中国现代文学馆青年批评家丛书

丛书主编 吴义勤

丛治辰 著

# 世界两侧
## 想象与真实

北京大学出版社
PEKING UNIVERSITY PRESS

图书在版编目(CIP)数据

世界两侧：想象与真实 / 丛治辰著. —北京：北京大学出版社，2016.11
(中国现代文学馆青年批评家丛书)
ISBN 978-7-301-27760-7

Ⅰ.①世… Ⅱ.①丛… Ⅲ.①中国文学—文学研究—文集 Ⅳ.①I206.6-53

中国版本图书馆 CIP 数据核字 (2016) 第 272995 号

| | |
|---|---|
| 书　　名 | 世界两侧：想象与真实<br>SHIJIE LIANGCE: XIANGXIANG YU ZHENSHI |
| 著作责任者 | 丛治辰　著 |
| 责 任 编 辑 | 黄敏劼 |
| 标 准 书 号 | ISBN 978-7-301-27760-7 |
| 出 版 发 行 | 北京大学出版社 |
| 地　　址 | 北京市海淀区成府路 205 号　100871 |
| 网　　址 | http://www.pup.cn　新浪微博:@北京大学出版社 @培文图书 |
| 电 子 信 箱 | pkupw@qq.com |
| 电　　话 | 邮购部 62752015　发行部 62750672　编辑部 62750112 |
| 印 刷 者 | 三河市国新印装有限公司 |
| 经 销 者 | 新华书店 |
| | 660 毫米 ×960 毫米　16 开本　16.25 印张　230 千字<br>2016 年 11 月第 1 版　2016 年 11 月第 1 次印刷 |
| 定　　价 | 40.00 元 |

未经许可，不得以任何方式复制或抄袭本书之部分或全部内容。
版权所有，侵权必究
举报电话：010-62752024　电子信箱：fd@pup.pku.edu.cn
图书如有印装质量问题，请与出版部联系，电话：010-62756370

# 目 录

丛书总序　　吴义勤　4

批评家之"我"与昆德拉与空间（代序）
——关于丛治辰　　李敬泽　6

选择与遮蔽：文学史叙事背后的文学现场
——以《棋王》为样本或以文学寻根为样本　1

现代性与主体性的探求、错位与混杂
——作为一代知识分子心史的《文明小史》　21

复杂的精神资源与艰难的形而上之维
——评宁肯《天·藏》　42

小说的三重美学空间
——论宁肯《三个三重奏》　58

小说的可能性与小说家的世界观
——论贾平凹《老生》　72

上海作为一种方法
——论金宇澄《繁花》　88

究竟什么是魔幻现实主义？
——从《我只是来打个电话》重新理解马尔克斯　103

乡土中国的内在裂变：我们时代未被重视的小说动机
　　——评刘庆邦《我们的村庄》　114

时间的抒情性与希望的辩证法
　　——"两奖"之后再读《隐身衣》　119

逃脱的叙事与铺展的地图
　　——评张大春《城邦暴力团》　125

来自时间的乡愁：失踪、替换与救赎
　　——评童伟格《童话故事》　131

时间的流民与无伤之书写
　　——论童伟格　139


八〇后写作：狂欢下的失语症　154

我们的时代与文学，以及我们这一代
　　——八〇后写作观察　161

抽打这个世界，并刺下印记
　　——赵志明论　174

另一种"八〇后"写作
　　——简评南飞雁《红酒》与《暧昧》　184

走开，你这亲爱的怪兽　187


散文的边界与时间的限度
　　——以2014年散文创作为例　192

科幻文学的批判力与想象力
　　——评刘慈欣的"地球往事三部曲"　205

可不可以有一种"科幻现实主义"？　209

茶茶的童话幻境与她的成人尾巴
　　——兼及儿童文学文体问题　*214*

侦探、游荡者与提线木偶
　　——评弋舟的《刘晓东》　*221*

今天我们怎样先锋？　*225*

有爱的文学批评　*235*


**后记：说明与致谢**　*238*

# 丛书总序

中国现代文学馆是在巴金先生倡议和一大批著名作家的响应下，于1985年正式成立的国家级文学馆，也是目前世界上规模最大的文学博物馆。中国现代文学馆的主要任务是收集、保管、整理、研究中国现当代文学书籍、期刊以及中国现当代作家的著作、手稿、译本、书信、日记、录音、录像、照片、文物等文学档案资料，为文化的薪传和文学史的建构与研究提供服务。建馆二十多年以来，经过一代代文学馆人的共同努力，中国现代文学馆的事业不断发展壮大，现已成为集文学展览馆、文学图书馆、文学档案馆以及文学理论研究、文学交流功能于一身的综合性文学博物馆，并正朝着建成具有国际影响的中国现当代文学资料中心、展览中心、交流中心和研究中心的目标迈进。

为了加快中国现代文学馆学术中心建设的步伐，中国作家协会党组决定从2011年起在中国现代文学馆设立客座研究员制度，并希望把客座研究员制度与对青年批评家的培养结合起来。因为，青年批评家的成长问题不仅是批评界内部的问题，而且是一个对于整个青年作家队伍乃至整个文学的未来都具有方向性的问题。青年评论家成长滞后，特别是代际层面上70后、80后批评家成长的滞后，曾经引起了文学界乃至全社会的普遍担忧甚至焦虑。因此，客座研究员的招聘主要面向70后、80后批评家，我们希望通过中国现代文学馆这个学术平台为青年评论家的成长创造条件。经过自主申报、专家推荐和中国现代文学馆学术委员会的严格评审，中国现代文学馆已经招聘了三期共30名青年评论家作为客座研究员。第四批客座研究员的招聘工作也已经完成。

四年多来的实践表明，客座研究员制度行之有效，令人满意。正如中国作协党组书记李冰同志在中国现代文学馆第二批客座研究员聘任仪式上的讲话中所指出的那样，青年评论家在学术上、思想上的成长和进步非常迅速。借助客座研究员这个平台，通过参加高水平的学术例会和学术会议，他们以鲜明的学术风格和学术姿态快速进入中国当代文学批评现场，关注最新的文学现象、重视同代际作家的创作，对于网络文学、类型小说、青春文学等最有活力的文学创作进行即时研究，有力地介入和参与着中国当代文学的创作实践，在对青年作家的研究及引领方面发挥了不可替代的作用。作为70后、80后批评家的代表，他们的"集体亮相"，改变了中国当代文学批评的格局和结构，带动了一批同代际优秀青年批评家的成长，标志着70后、80后青年批评家群体的崛起。鉴于客座研究员工作的良好成效和巨大社会反响，李冰书记在第一批客座研究员到期离馆时曾专门作出了"这是一件功德无量的事情，要进一步扩大规模"的批示。

为了充分展示客座研究员这一青年批评家群体的成就与风采，中国作家协会和中国现代文学馆决定推出"中国现代文学馆青年评论家丛书"，为每一个客座研究员推出一本代表其风格与水平的评论集，我们希望这套书既能成为中国当代文学批评的重要收获，又能够成为青年批评家们个人成长道路的见证。丛书第一辑8本、第二辑12本分别在2013年6月、2014年7月由北京大学出版社推出后引起了巨大反响，现在第三辑11本也即将付梓出版，我们对之同样充满期待。

是为序。

吴义勤<br>2016年夏于文学馆

# 批评家之"我"与昆德拉与空间(代序)
## ——关于丛治辰

李敬泽

有两种情况,一种是,你认识这个人,然后读了他的文章你感到失望,他的文不如他的人精彩,或者,他写的不如说的好。另一种,当然是反过来,人没什么意思,但文章有意思。

就前一种情况而论,表明书写对人的规训作用,提起笔来,小皮鞭子不锈钢镣铐一弄儿刑具戒具全摆在了心里。就有那么一位老兄,他是我所见过的口语表达最为精彩纷呈天花乱坠的中国人,仅次于王朔,但是,只要一下笔,立时呆若木鸡。为此我简直是痛心疾首。

话说到这里,我得赶紧收回来,因为此一篇文要谈的是丛治辰,我极喜欢的一个小兄弟。此人有趣,有一点呆萌,有一点拉伯雷式荤素不忌的小放荡,当然还有若干点的聪明、机灵、山东人的诚恳和貌似诚恳,这些点加在一起,你一定是喜欢他的,你对他的文章也一定满怀期待,所以按照一开始的行文逻辑,似乎我接下来就要说,他的文令人失望。

不,我不失望。我花了两天时间,认真读他的文章,读的时候满怀期待,同时怀着一个老前辈的满满的不厚道,随时准备挑毛病,挑到了毛病心欢喜,但尽管如此,我最终还是要承认,这个年轻人,他不属于上述两种情况,他是第三种情况。

丛治辰的博士论文是《现代性与社会主义城市建构——1949年后文学中的北京想象》。厚厚的一大本，我翻了翻，没有细读。"现代性""社会主义"，"城市"之"建构"，"北京"之"想象"，我大致能够想象出一个2013年毕业的80后博士在这一系列的概念所规划的路径中会怎么走，他的目光甚至语言，他会看到什么和走到哪里。

翻了翻，他确实谈到了"大院"，由此谈到国家空间与城市空间的对峙与隔膜等等。他说得都没错，但是，北京这个城市在历史中展开的空间复杂性可能既超出了他的经验范围也超出了他所运用的理论框架。我在北京生活了三十五年，坦率说，我几乎根本就没有意识到"大院"的存在，京西对我来说遥远得像外国。当然，我不能把井口当成天，但是，在翻着他的论文时，那机巧复杂的论述固然令我敬畏——这些年轻人，你没办法和他争辩，他不是他自己，他就是一支武装到牙齿的学术军团；可是另一方面，我又觉得，他太把那些"文学想象"当回事了，或者说，那些"文学想象"本身就需要被对象化，纸面上的"建构"和人的真实经验与内在空间常常不是一件事。

好吧，经验，这大概是我面对如今的年轻博士们时仅有的自以为优势尚存的地方。在知识生产中，经验的作用大概相当于身体里的那口气，平日你意识不到它的存在，但那口气断了也就剩不下什么。唐弢青年论文奖的评选中，博士们论述种种事件和现象，资料详赡，学理井然，但作为一个长期身在文学现场、长期身在体制之中的人，一堆论文看下来，我有时直觉地知道，有的分析和结论靠不住，离实情甚远。资料下面，是复杂含混的人心，不能或不愿形诸文字，若对人心无感觉，所能摸到的大抵只是皮毛。

当然，我知道合规范的论文是怎么写的，那不仅是双规，是N多规之下的书写，无论是他人还是自己的经验都很难合法地带进铁窗。所以，丛治辰鸿篇巨制的博士论文我懒得细看，倒真是花工夫读了他那些散碎文章。

《选择与遮蔽：文学史叙述背后的文学现场——以〈棋王〉为样本或以文学寻根为样本》，"本文写作的目的，即在于在文学史的叙述之外，尽量还原一个充满变量的生动历史现场，以求对寻根有更多面和可靠的知识，至少能对文学史提供的知识有所补充。"[①]——他达到了目的，他撬动了文学史叙述的光滑表面，刁钻地看出现场中人在"历史"中的自觉和懵懂、盘算和机变，看到时势造英雄、英雄造时势，其中步步都有阴差阳错和将错就错。

比如，关于1987年施叔青对阿城的访谈，丛治辰写道：

> 此时离1985年已经两年，自阿城于1985年底去国赴美，两年里我们再没有听到阿城的发言，而此时再发言，让我们感到阿城又是一变。施叔青问："从发表《棋王》之后，评论你小说的文章，大陆、香港、台湾陆续不断，这些评论对你有用吗？你看了以后觉得怎样？"阿城回答道："我看了以后，觉得就是他们在说自己的话。"说此话的阿城大概已经忘记了当初自己是怎样犹抱琵琶地一起加入到对自己作品的定位当中，并写出了《遍地风流》那样一批作品。大概因为旅美生活让他远离了中国大陆文学现场，此时阿城确实已没有当初的创新之焦虑，因此就能如此从容地应对问题。这篇访谈中尤其还值得注意的是这样一段回答："《棋王》发表以后的评论，我多多少少看过一些，几乎都没有提到第一人称'我'，只有一个季红真提到。《棋王》里其实是两个世界，王一生是一个客观世界，我们不知道王一生在想甚么，我们只知道他在说甚么，在怎么动作，对于一些外物的反应，至于他在想甚

---

[①] 丛治辰：《选择与遮蔽：文学史叙述背后的文学现场》，《上海文学》2012年第8期；本书第19页。

么,就是作者自己都不知道,怎么体会呢?另外一个就是我,'我'就是一个主观世界,所以这里面是一个客观世界跟主观世界的参照,小说结尾的时候我想这两个世界都完成了。"这是阿城在此前的自我评价里从未提到过的新的批评向度。……阿城究竟在写小说时有没有这样一个第一人称的自觉,我们难以判断,但是值得我们考虑的是,阿城为什么偏偏在这个时候提出人称的问题而不是此前或此后?不能忽视的是当时的时代背景,1987年,这正是先锋派文学在各大文学刊物抢滩登陆的时候,而人称问题是什么?人称问题就是叙述问题,是文学自主性问题,是先锋派。①

——大段引述,因为实在精彩。字里行间,我看出的是丛治辰的"我",眼贼、狡黠,甚至有表情和口气,纸面上的材料,被他飞针走线,活活指到了当事当时人不会形诸文字甚至没有明确意识的层面。

这样一个"我",对批评家至关重要。无论对人对事还是对作品,批评家的"我"摆进去,就不仅仅是资料和学理,资料和学理是他的力量而不是规训他的力量,这个"我"有可能把他引向难以测度、难以被定见所囿的人类经验的复杂之域。

在《八〇后写作观察》中,"我"大张旗鼓地出现:

那时还在中学里埋头苦读的"80后"们,大部分都还没有想过自己和"文学"会有什么关系,直到郁秀的《花季·雨季》出版。……当时正读初三的我是在家乡小城的新华书店里发现它的。②

---

① 丛治辰:《选择与遮蔽:文学史叙述背后的文学现场》;本书第17—18页。
② 丛治辰:《八〇后写作观察》,《悦读MOOK》第16卷,2010年;本书第162页。

——此时,那个小小的胖子,他在那个杂乱的书店里游荡,他想必不会想到,在若干年以后,此时的他会成为一种正在形成的历史意识和历史书写的一个见证者,这种意识和书写由此带上了个人的气息,迷茫,不确定,有限但好就好在有限。

正是在这个意义上,我信任丛治辰对韩寒和郭敬明的分析:

> 而他第一次出境,在央视的《面对面》节目与好学生的代表对话,摄像机有意无意捕捉到的细节总让我记忆犹新:不管他舌战群儒何等威风,毕竟仍是个不满二十的少年,两只手神经质一般的小动作,究竟意味着他怎样的心理活动?不仅韩寒,那些因为种种原因跳脱一般少年成长历程,将成功的希望寄托于文字才华的80后作者们,又是以怎样的心态面对所谓的主流话语和自我认同?"什么坛到最后也都是祭坛,什么圈到最后也都是花圈",真的那么洒脱吗?[①]
>
> 如果我们还记得郭敬明卷入《梦里花落知多少》抄袭案时,狂热的粉丝在网络上大力声援,称"即使小四抄袭我们也爱他"或"虽然我们小四是抄袭,但是抄得比你好看",我们就该明白,不但作者已非传统意义上的作者,读者亦非传统意义上的读者了,他们只是文化产品的消费者,是大众偶像的追随者。而我们谈论郭敬明及其作品的时候,就显然不便再以传统文学的眼光去审视,而更应该关注,究竟是何种因素造成了他的畅销?而其作品中造成其畅销的各元素,又如何症候性地呈现出这个时代和这一代人的面影?[②]

---

[①] 丛治辰:《八〇后写作观察》;本书第168页。
[②] 同上书;本书第170页。

我喜欢这些问号,因为正是这些问号把我们带向悬而未决的人类生活现场,从而使所有确定的说法被对象化。

丛治辰师从陈晓明先生,实际上我对晓明先生比对丛治辰熟悉得多。我曾在无数场合见识晓明兄的理论炫技,那是庖丁解牛啊,他总是漂亮的,总是敏锐敏捷的,总是能从最出乎意料的部位下刀,干净地完成解剖。这就是理论的魅力,让你知道牛是可以这样杀的,而当你知道牛的另一种精巧的杀法时,你对牛的认识也就得到了更新。丛治辰是陈门高徒,这差不多确保了他不会杀出满身血来——顺便说一句,杀出一身血的评论家也很多,我觉得他用了那么大力气,只是为了证明他对某种杀法的忠诚,有时候牛都没了,他还在动作着,他的老实会让你忍不住心疼。——在面对具体作品时,丛治辰反复表达了一种态度:重要的不是作家发现了什么,而是他如何以小说的方式发现了它。这不仅是态度,而且是方法,这种方法听上去如此简单,但在批评实践中极具难度,对相当多的批评家来说,重要的恰恰仅仅是作家发现了什么,而作家所发现的也不过是批评家已经知道的东西。这不禁使人怀疑小说的价值何在,如何它的价值仅仅在于最终翻译为我们能够用学术话语、用另一种散文明明白白说出来的道理,而且即使它不说我们其实也知道,那么,它究竟有什么价值?

而丛治辰坚定地认为,小说家如何说至关重要,批评的职志就是发现小说之所以为小说的那些东西,面对着经验、理论、现实,小说家的虚构应该为这个世界增加了一些不可化约、不可翻译为等值之物的东西,批评家的职责就是认识它,据此出发去考验我们的知识和成见。

在这方面,丛治辰深受昆德拉的影响,他对小说的价值、伦理和能力的信念几乎完全来自于昆德拉。他说过:"对于执掌权力的理性世界而言,小说就是这个时代的疯狂之物,是始终难以加以规训的。这就是为什么米兰·昆德拉总是强调要用《巨人传》中庞大固埃的大笑与狂喜,来反抗缺乏幽默感的冷硬世界。在理性主义的古老修道院中,小说让我们撕开修道院坚固的砖瓦，从厚实的围墙上找到一丝缝隙，洞察这个世界秘而不宣的秘密，并获得隐秘的属于疯狂的快感。"①

我很高兴和丛治辰有一处共同的背景。我承认，我同样深受昆德拉关于小说艺术的论述影响——虽然我其实不喜欢昆德拉的小说，关于小说，昆德拉所说的比他所写得更好。——对于被庞大的现实追迫着，几乎注定以重力加速度滑向各种形式的简单反映论的中国批评家来说，昆德拉提供了一个坚实的支点，这个支点不仅证明了小说在现实面前可以自立，而且证明了小说是现实之中的一种能动力量。

所以，丛治辰本能地喜欢难以界定归类的作品：宁肯的《天·藏》和《三个三重奏》，格非的《隐身衣》、马尔克斯的《我只是来打个电话》，张大春的《城邦暴力团》，而相比于《古炉》《带灯》，他独致意于贾平凹的《老生》。所有这些小说都近于昆德拉所说的那种复杂的小说精神，都证明着小说艺术远比笛卡尔所表征的理性传统更能帮助人类将"生活的世界"置于永恒光芒之下。当然这些小说也对批评家构成了挑战，而丛治辰通常表现得游刃有余。有一次在酒桌上，我戏称他是"丛空间"，这不仅是指他的博士论文研究空间政治和空间意识形态，更是指空间分析对他来说既是理论路径，也是审美方式，对宁肯、格非、张大春、贾平凹，他都是从空间入手，抽丝剥茧、探幽入微。他对《文明小史》的分析②更是由空间意识钩沉出小说于无意当中暴露的群体意识，在我的眼目所及中，可说是对《文明小史》和晚清小说的一种别辟蹊径的阐释。

对空间的执迷，也未必全是学术训练的结果，这也是性情，是世界观。也有人坚信时间，时间所代表的逻辑、历史、整全性和意义的

---

① 丛治辰：《究竟什么是魔幻现实主义？——从〈我只是来打个电话〉重新理解马尔克斯》，《南方文坛》2014年第5期；本书第112页。
② 丛治辰：《现代性与主体性的探求、错位与混杂——作为一代知识分子心史的〈文明小史〉》，《新文学评论》2012年第1期；本书第21—41页。

自洽。而一个执迷于空间的人大抵是好奇的，空间必有幽处必有意外，必有裂隙必有阻隔，必有远方和更远方，这几乎就是一种信念，这种信念既是对小说艺术本性的把握，又是对生活世界的礼赞和沉迷。爱时间的人，爱时间的流畅和方向，爱空间的人，爱空间的歧路多端。也正是在这里，丛治辰的学术背景与他的"我"、他的性情完善融合。

当然，爱空间的结果就是你必须承认有限性，承认人很可能把路走错。比如丛治辰对赵志明的分析①，全情投入，他真的喜欢这个作家。但是，在我看来，这里发生了一个很有意思的错误——好吧，在昆德拉或空间狂来看，这也许不算是错误，反正没人规定你必须走哪条路才能抵达天安门，但问题是丛治辰显然选择了长安街，他在当代文学的乡土叙事的背景下阐释赵志明。我其实没看过赵志明的小说，但是，在丛治辰的分析中，我差不多一眼辨认出赵志明的真正背景：那恐怕和乡土叙事真没什么关系，那只和赵志明所在的江苏和南京在上世纪90年代以韩东为核心的"他们"有关，看起来赵志明更像是一个至今坚持着"他们"道路的小说家，而由于"他们"是一个在新世纪文学中被搁置和遗忘的微小文脉、一段阻塞废弃的毛细血管，赵志明在丛治辰这样的80后批评家看来，就变成了一件相对于乡土叙事传统的新事。

好吧，我很高兴告诉热爱空间的丛治辰，还有你所不知的所在。顺便说一句题外话，90年代文学的很多因素，它曾经探索、曾经打开的很多可能性在当下几乎等于曾不存在。博士们、硕士们、同学们，我认为，这里其实潜伏着很多做论文的好题目。文学史需要遗忘，文学史也必须不断地反抗遗忘。

现在，回到开头，谈谈丛治辰所属的第三种情况。他的文章固然是好的，但是，他真正精彩、尽显才华性情的文章还没写出来。这就是

---

① 丛治辰：《抽打这个世界，并刺下印记——赵志明论》，《百家评论》2014年第6期；本书第174—183页。

第三种情况，你看着这个有趣的家伙——

他乐于把"我"拿出来、放进去，这样一个批评家一定不仅有头脑，还有身体，一个有身体的批评家一定忍不住在文章中的兴致勃勃和妖娆多姿。

同样的，一个有身体的批评家几乎一定是昆德拉的朋友。昆德拉最喜爱的庞大固埃是一个胖子，丛治辰则是一个小得多的胖子，这样的人对于规训和逻辑和理性抱有天生的乐呵呵的不信任，有一种天生的酒神或酒鬼精神，他没法把话说绝说尽，因为他在那样说时一定忍不住笑场。所以他一定会成为一个空间狂、一个在躲猫猫的游戏中不断探索世界边界也不怕把自己弄丢的人。

在这么多"一定"之后，我要说，一切还在未定之天，治辰仍须努力。

2015 年 6 月 23 日晚改定

（原载《南方文坛》2015 年第 5 期）

# 选择与遮蔽：文学史叙事背后的文学现场
## ——以《棋王》为样本或以文学寻根为样本

提起上世纪80年代中期那场文学寻根的热潮，《棋王》当然是一篇无法回避的重要文献，它的作者阿城也当然是一位无法忽略的重要人物，不管他自己后来将如何重述这段历史，如何评判自己在这场运动当中所起到的作用。在陈思和的《中国当代文学史教程》中，《棋王》和韩少功的《爸爸爸》被作为文学寻根的两个典范，是潮流退去之后最主要的收获，这应该也代表了绝大多数研究者的意见。寻根运动的正式发轫，大概应以1984年12月的"杭州会议"为标志，《棋王》则是发表在之前1984年第7期的《上海文学》上，也就是说，《棋王》并不天然属于文学寻根，而是通过追认被纳入到文学寻根的名下。作为一篇独立的作品，它穿越历史的喧嚣，面对前寻根、寻根和寻根退潮后等不同时期的具体文学背景，不同的批评声音使它在历史之镜面前幻化出复杂多变的镜像，而我们则或许正可借以窥探所谓文学寻根在历史发生现场的真实情态，并检讨我们的知识。

## 身在边缘的表意焦虑：《棋王》的创作与发表

对于《棋王》的创作过程及创作前后作者的生存状态，阿城本人绝少提及，偶尔透露也是有意含混语焉不详，我们只能从其他当事人后来的回忆了解大概。由于和阿城父亲工作上的往来，李陀在1983年的冬天已经和阿城很熟，他后来回忆了当时的情况："1983年冬天在我们家吃羊肉，是暖忻张罗的，有陈建功、郑万隆、何志云，当时阿城讲故事已经很有名了。大家说，给讲故事吧。……阿城不理我们，闷头吃涮羊肉，他的吃相特别狼狈，说吃完再说。吃完了，他把烟斗点燃了，讲《棋王》的故事。刚讲完，我就说这是很好的小说，而且是个中篇小说。建功和万隆也说这肯定是个好小说，你写吧。他戴眼镜，当时灯也没那么亮，眼镜闪着光，用特别怀疑的眼睛看着我说，这能弄成一篇小说吗？我们说保证成，都鼓励他写。然后我就到西安给腾文骥写剧本，我走之前就和他们说，阿城你小说写完一定要让我看，那时候我就像大哥似的，我比他们大几岁。后来我给他们打电话，具体记不清了。问建功和万隆，说已经给《上海文学》了，我说你急什么呢？我和肖元敏说有这么个小说，但不是说马上给，我说经过我看了再给，我是告诉肖了，当时大伙来往特别多。"①

如果对比《棋王》中阿城对王一生吃相的描写，李陀所叙述的阿城闷头吃涮羊肉一节难免令读者辛酸。阿城彼时正在中国图书进出口公司做以工代干的美术编辑，生活境遇恐怕不妙，这在朱伟《接近阿城》中也可见一二。回城知青的身份，在城市中相对边缘的处境，恐怕是我们在考察《棋王》的创作时不得不考虑的因素。当时阿城从云南回北京已经5年，但是"一直感觉北京在某种意义上仍然不属于他"，

---

① 王尧：《1985年"小说革命"前后的时空——以"先锋"与"寻根"等文学话语的缠绕为线索》，《当代作家评论》2004年第1期。

这当然不仅由于物质上的不满足,更多的是一个成年男子对于社会身份认同的强烈诉求:"他没有文凭,在编辑部是'以工代干',在上层的文化圈子里更没有他插足的余地。他觉得在北京的璀璨灯火之外,他仍然是个多余人,仍然徘徊于荒郊寒舍的潇潇夜雨之中。作为一个正常人,阿城当然想从多余转为不多余。这意味着作为个人价值的被确认。他通过范曾,认识了袁运生,自告奋勇帮袁运生到首都机场搞壁画,帮着做些粗活。袁运生很看中他的悟性,便和范曾一起推荐他报考中央美术学院。但他作出最大努力,却还是不能通过考试。之后,有一个研究所很看中他的才华,执意要帮他改变状态,但他是以工代干,有明确的政策规定,按规定就是调不成。之后,他和一批有志于发展中国现代艺术的朋友一起搞画展;想自己努力来争取社会的承认。但画展刚搞起来就因种种原因夭折,画展夭折后参加者一个个都出了名,就他还仅仅是一个高水平的组织者。之后,他在东碰西撞后,想换一个方向突破。他和苏阿芒合作搞起一个公司,但辛苦一段,什么钱也没挣到,公司又遭倒闭。阿城说,写《棋王》之前,倒霉一直一步步在跟着他,使他一直无法挣脱冥冥中一种力量对他的钳制。我体会,他是一直没有找到一种适合于表现他自己的方法……"① 这是阿城的个人遭遇,可也不仅仅是他个人的遭遇,倒更像是整整一代知青作家共同焦虑之隐喻:从大有作为的广阔天地回到曾经熟悉的城市,却发现物是人非,这里已经没有他们的位置,或者说从来没有他们的位置。即使在找到了适合于表现自己的方法,开始文学创作之后,焦虑也并未减轻,这是一种后来者对于主流话语权力的焦虑,也是个体面对历史的焦虑。在由前辈作家的叙述构成的文学格局中,他们依然是没有地位的边缘人,他们的位置是在各自的"白洋淀",是在历史之外。"五七"一代作家自有属于他们一代的整套成型世界观,他们对于自身

---

① 朱伟:《接近阿城》,《作家笔记及其他》,江苏人民出版社,2006年。

和历史的关系有着坚固的信仰，因此"文革"一结束，他们便能够立刻借助"伤痕文学"的控诉重新获得身份认同，确立自己的历史主体性。而知青一代本身便是成长于破碎的历史，对"五七"一代作家的历史他们无法认同，可是又还没有能力叙述出属于自己的历史，而缺乏自己历史观的作者在他人的历史叙事面前将永远是苍白和边缘的。他们必然不能再满足于在"五七"一代的历史叙述框架里讲述知青的或悲凉或慷慨的往事，而需要另起炉灶，做另外一锅粥。这就是为什么"阿城在写作《棋王》之前，在好几年内已经一直关注于文学现状，在关注中一直等待着时机的降临。在关注过程中，他其实已经对新时期中国小说的现状进行了一番考察。这种考察，实际确定了他写作方式的使用，使他从一进入写作，考虑的就是：怎么写才具备价值，而并非是我的生存状态要求我写什么，怎样才能真实传达我的生存状态。"① 而此时的韩少功虽因发表过一些知青题材的作品已小有名气，可也还远没有写出能够奠定他文坛地位的作品；李杭育这位自负的江浙才子，也还在"研究南方的幽默和南方的孤独"。正是这些人共同的焦虑和突围的诉求，成为后来轰轰烈烈的文学寻根的内在动因之一。但是这样顺畅的历史逻辑叙述也让我产生怀疑：阿城一代人当然需要自己的历史表达，但是这个历史表达就一定是对于文化时空的想象和构建吗？他们突围的方式就那么目的一致条理分明吗？这样的结论是否也略嫌武断，遮蔽掉了很多东西？文学史叙述的条块分割会使我们忽视历史事件之间的一些隐秘联系，而同样触目惊心的是任何对历史的学理概括都可能导致因选择而造成的片面和遗失。

李陀之所以一直对阿城等人不先把小说给他看过就给了《上海文学》如此耿耿于怀，最主要的原因恐怕还是在于《棋王》结尾的被改动："……等我回来了，我说既然给了，这个小说给我看一看，这时小

---

① 朱伟：《接近阿城》，《作家笔记及其他》。

说的清样已经出来了,一看结尾和阿城讲的不一样。我说你太可惜了,阿城讲,'我'从陕西回到云南,刚进云南棋院的时候,看王一生一嘴的油,从棋院走出来。'我'就和王一生说,你最近过得怎么样啊?还下棋不下棋?王一生说,下什么棋啊,这儿天天吃肉,走,我带你吃饭去,吃肉。小说故事这么结束的。我回来一看这结局,比原来差远了,后面一个光明的尾巴,问谁让你改的?他说,《上海文学》说那调太低。我说你赶紧给《上海文学》写信,你一定把那结局还原回来。后来阿城告诉我说,《上海文学》说了,最后这一段就这么多字,你要改的话,就在这段字数里改,按原来讲故事里那结局,那字数多。我说那也没办法,我就说发吧。……"① 此事朱伟在文章中也有提及,同样表示惋惜。今天看来,确实原来的结尾更能与《棋王》整体的意思符合,在当时也更具有革命意义。而编辑部的改动则显得颇狡猾和耐人寻味,在此改动下,《棋王》虽被阉割却还保留了相当的独特韵味,而同时又能与当时已被意识形态肯定的知青题材小说恍惚相似。这一改动不但成为了解历史的一道缝隙,也为后来对《棋王》评论声音的多样和复杂埋下了伏笔。

## 各行其是:发表之初的评论与自我评论

《棋王》一发表,立刻如预期那样获得好评。

最早对《棋王》作出反应的,是许子东在 1984 年 7 月 25 日《文汇报》第三版上发表的评论《平淡乎?浓烈乎?》。评论是即时性的,很短,主要称赞《棋王》在艺术上平淡、克制的表达方式,认为对"荒诞奇特的事情实在太多"的"那时候"而言,可能冷静的关照能"更

---

① 王尧:《1985 年"小说革命"前后的时空——以"先锋"与"寻根"等文学话语的缠绕为线索》。

见其奇特"。许子东是后来参与"杭州会议"的青年批评家之一,在文学寻根的过程中做过很多积极的工作,但此时的他仍是在知青题材这个批评范畴内讨论《棋王》而毫未涉及文化。若与他1988年《寻根文学中的贾平凹和阿城》中从"士"的精神来解读"三王",认为"阿城小说是观念的产物,是文化之梦的产物"的结论相比照,不能不让人感到接受上的落差。其实此时他以出色的批评敏感指出中国文学由浓烈转向平淡的倾向,可能更加深刻,要到多年之后才有其他批评家再来回应。

1984年10月《文艺报》发表王蒙《且说〈棋王〉》一文,对《棋王》给予热情的肯定。文中王蒙表达了对小说语言的爱不释手,认为异于当时流行的各家笔墨而又不显生僻。而就小说"质"的一面,王蒙指出《棋王》在知青题材的小说当中非常独特:它不是将上山下乡作为小说的主要表达对象,而只是将之作为一个背景;小说选择王一生这样一个底层的城里人作为主要人物,不着力写上山下乡的苦,而是将那种伟大与壮烈淡化了、日常化了。尤其让人佩服的是,王蒙一针见血地指出,下棋这个主题是与中华独有的思想体系相关的,但是王蒙显然无意将之与民族文化之根联系,而只是联系到人,联系到时代,认为是在那个特殊的时代"对人的智慧、注意力、精力和潜力的一种礼赞",这显然还是在伤痕文学和反思文学的评价体系里讨论这篇小说。王蒙并且认为:"说下大天来,象征也罢,寓意也罢,棋道也罢,下棋毕竟就是下棋,谈不上'重大题材',《棋王》这篇小说无法完全摆脱它的题材的局限性。"并且,"王一生的信条里确也存在着消极的东西"。也就是说,在当时的评论者王蒙眼里,《棋王》只不过和《烟壶》一样,只是奇文而已,并不是"反映现实斗争的时代之强音",也不代表"文学发展的主流"。

类似的评价角度和姿态,在同期《上海文学》刊登的曾镇南《异彩与深味——谈阿城的中篇小说〈棋王〉》一文中更显突出。曾文先是以一半的篇幅肯定《棋王》独特的语言风格,称在《棋王》里"看得出《水浒》《儒林外史》《红楼梦》等古典小说在语言艺术上的留影,也可以看得出讲究简约的西方文学语言创新的大师海明威的踪迹,但流注在《棋王》的语言中的,主要还是棋王生活其间的彼时彼地人民口语的活泉。博采活人的口语,师法前贤的法度,而后自铸新词,这是一条有出息的创造优美有力的文学语言的道路。"可谓精辟。继而曾镇南指出,《棋王》的深度在于:"……它在对棋王的性格的深深的开掘中,写出了一个严酷的、令人窒息的时代,写出了扑不灭、压不住的民族的智慧、生机和意志,为我们留下了变幻浮动的政治闹剧后面普通人民沉着凝定的面容。……这是对伟大的民族的礼赞。"而王一生则"是中华民族在罹难遭灾的时候犹能开出的一朵智慧与意志之花"。他向天下人学棋,是"人民之子,也是时代之子,他虽寡言少语,但却也不能不深沉地感受着那个特定的时代的苦闷……"不需多引亦可看出,曾镇南依旧是以社会历史批评的办法对《棋王》发言,依此意见,则甚至将《棋王》纳入到伤痕文学当中也未始不可。

两个月后,1984年12月的《作品与争鸣》转载《棋王》全文,连同唐挚和臻海的两篇评论文章。说是争鸣,其实两篇评论全是表扬,且也并无新意,依旧在知青题材的批评框架内讨论《棋王》的独特成就。两篇文章都不约而同地提到《棋王》的笔法与《儒林外史》等传统小说颇有渊源,小说具有"地道的民族风格,纯然的白描手法,和那超脱的,既带讽刺又含幽默的叙述笔调"。若将这两篇评论和王、曾的两篇评论对照,我们还注意到几个大家普遍青睐的细节:一是地委文教书记收礼;一是王一生拒绝脚卵送家传象棋换来的参赛机会;一是王一生一人对九人车轮大战时的惊心动魄,即"王一生孤身一人坐在大屋子中央……灼得人脸热"一段文字。对于前两处细节,各人都论述颇多,盖这是此前大家熟悉的批评话语容易操作的对象。而最后这一处倒颇能读出些寻根意味的细节,四篇评论文章无一例外都是全文引用却评论殊少,曾文认为是体现了国运不衰,是对中华民族生命力的礼赞;唐文只是感慨于此段所表现出来的精神力量;臻文则主要从技巧上谈,认为是"熔肖像描写、心理刻画、景物渲染、抒情议论于一炉,笔墨高度凝练,意境颇为深邃";只有王文闪烁其词地提到这是一种境界,使得下棋成为一种象征。显然,在寻根潮流尚未发起的前夜,评论家们还没有找到一种统一的话语方式来评价这段文字,或许就如蔡翔后来回忆时所说:"八十年代对作品的评价最高的就是'很难归类',不管作品,评论,发出来,大家说不好归类,可能就会是影响最大的。强调文章的独特性,个人化。"① 不好归类,因此可以见仁见智,可能是一种更加良好的批评生态,而一旦僵硬的类别建立起来,统一的声音就多少显得无趣而可疑了。

在新时期以后接连不断或重叠并存的诸多文学潮流中,文学寻根的独特之处还在于:这是一场自觉的文学运动,作家自身积极地参与到了自我评估和自我命名的过程中。如果我们还记得阿城后来的那些重要文章,我们不免要好奇地问:对于《棋王》,此时的阿城说了些什么?1984年底,双月刊《中篇小说选刊》在当年第六期转载《棋王》,由于其一向的体例,请阿城写创作谈,于是阿城写了《一些话》,这是现在能够看到最早的阿城谈创作的文字。现在读这篇文字,觉得倒有些像是对"底层文学"的声援。阿城先是调侃,声称自己的写作是为了抽烟,为了伏天的时候能让妻子出去玩一次,让儿子吃一点凉东西,总之是为了日常生活。继而将衣食的问题从个人引发到中国,他说:"我不知道大家意识不意识到这个问题(吃饭的问题)在中国还没有解决得极好,反正政府是下了决心,也许我见闻有限,总之这一二年讨饭的少了,近一年来竟极其稀罕,足见问题解决得很实在。如果有什么

---

① 王尧:《1985年"小说革命"前后的时空——以"先锋"与"寻根"等文学话语的缠绕为线索》。

人为了什么目的,不惜以我们的衣食为代价,我和王一生们是不会答应的。"这一段耐琢磨,看上去是表扬政府,言外之意却直指十年浩劫,而所谓的"我和王一生们"又所指何人?知青?为十年浩劫所损害的人们?全国人民?阿城的话说得含混,八面玲珑,不管是爱伤痕的还是爱反思的都能从这话里读出自己想要的意思,可就是读不出半点民族文化的影子,后来的寻根,在这篇文章里倒一点根都寻不着。大概阿城那时候确实不知道自己的小说"好"在什么地方。此文发表最晚当在 12 月上旬,阿城写作时间自然在这以前,那时他显然对文章发表时在杭州召开的那次重要会议毫无预感。

## 1984 年 12 月,在杭州发生了什么?

1985 年 2 月的《上海文学》最后一页,刊登了一则简单的会议通报《青年作家与青年评论家对话,共同探讨文学新课题》,从通报看来,这次会议并无什么特别之处,无非是对文学状况的盘点,议题是"对近年来文学创作的回顾与对未来文学发展前景的预测",并在讨论中一致"就文学的当代性问题展开了热烈的讨论"。提到了《北方的河》,认为表现了当代青年的苦闷和求索的精神;也提到了《棋王》,认为具有深刻的当代性。文章写道:"作者通过一个底层青年在'文化大革命'那个疯狂年代对中国传统文化的痴迷,表现了作者自己对中国传统文化精华的重新发现与重新认识,而这种发现与认识正是今天我们搞经济改革与对外开放的立足点之一。"全文只在此处提到"中国传统文化",并且立刻纳入到对当代性的讨论之中,不显山不露水,相信再敏锐的读者也难从中看出寻根的蛛丝马迹。但是可以明显体会到青年作家与评论家们变革的焦虑,面对文学史和意识形态的双重压力,他们显然都对塑造新的历史(自己的历史)怀有极大热情:"青年作家们提出,我们正处在一个大变革的时代,为了适应与反映这个时代,希望批评家与作家们一道,'换一个活法(即改变陈旧的生活方式),换一个想法(即改变僵化的思想方式),换一个写法(即改变套化的表现程式)',使文学创作与文学批评更加多样化。"这样的宣言不能不使人有"山雨欲来风满楼"之感。

这次会议,就是由《上海文学》编辑部、杭州市文联《西湖》编辑部、浙江文艺出版社三家联合在杭州召开的部分青年作家和批评家的对话会议,这次会议将直接催生文学寻根的潮流,对中国文学产生不可估计的重要影响,后来在众多当事者的回忆里被隆重地命名为"杭州会议"。

"杭州会议"召开缘起及会议花絮,蔡翔、李陀和李庆西等人的回忆文章已多有提及,无须在此赘叙。[①] 可惜的是,"由于当时的特殊情况('反自由化'和'清除精神污染'),为避免不必要的麻烦,这次会议没有邀请任何记者,事后亦没有消息见报,最遗憾的是没有留下完整的会议记录"[②],因此对于当时会上具体的讨论情况我们已经难以了解。韩少功在回忆当时情况的时候,出于对寻根文学发生之本土必要性的捍卫,否认会上曾过多讨论马尔克斯,并指"寻根"在会上是一个很次要的话题。而蔡翔的回忆则是,虽然"当时会议并没有明确提出'寻根'的口号","但有一点是肯定的,把'文化'引进文学的关心范畴,并拒绝对西方的简单模仿,正是这次会议的主题之一。面对'文化'的关注,则开始把人的存在更加具体化和深刻化,同时更加关注'中国问题'。"[③] 二者因动机与身份不同而造成对同一事件的回忆有

---

[①] 蔡翔:《有关"杭州会议"的前后》,《当代作家评论》2000年第6期。王尧:《1985年"小说革命"前后的时空——以"先锋"与"寻根"等文学话语的缠绕为线索》。李庆西、夏烈:《李庆西访谈录(上)》,《西湖》2006年第3期。

[②] 蔡翔:《有关"杭州会议"的前后》。

[③] 王尧:《1985年"小说革命"前后的时空——以"先锋"与"寻根"等文学话语的缠绕为线索》。蔡翔:《有关"杭州会议"的前后》。

意无意的差异,也提醒我们历史叙述之复杂与可疑,耐人寻味。蔡翔还回忆,会议对文化的关注正与阿城的《棋王》有微妙的牵连:"当时《上海文学》刚发表了阿城的处女作《棋王》,反响极为强烈。我们编辑部在讨论这部作品时,觉得就题材来说,其时反映知青生活的小说已很多,因此《棋王》的成功决不在题材上,而是其独特的叙事方式和深蕴其中的文化内涵(我们那时已对'文化'产生兴趣)。可是,《棋王》究竟以什么样的叙事方式和文化内涵引起震动,我们一时尚说不清楚……"① 那么阿城本人在这次会议上究竟有何表现,又在这次运动的前后起了什么样的作用呢?当事过境迁,阿城的回忆都是语调淡漠,声称自己由于知识结构上的优势,在当时并无焦虑,"我的文化构成让我知道根是什么,我不要寻"。倒是韩少功很激动,"有点像突然发现一个新东西"②。事实是否如此呢?

当时的会议组织者之一,时任《上海文学》理论组负责人的周介人后来根据自己的记录与回忆,写作《文学探讨的当代意识背景》一文,对会议的情况有一个简单的介绍,基本可信。然而这份记录亦相当简略,我们只能据此约莫猜测当时的情况。根据记录,首先发言的是韩少功,周介人记录他的发言要点是:"小说是在限制中的表现,真正创造性的小说,都在打破旧的限制,建立新的限制。"从这个发言要点,足可看出作为作家的韩少功对于创新的迫切。记录当中阿城是第二个发言的③,他在韩少功提出的限制的基础上,提出了民族文化的问

---

① 蔡翔:《有关"杭州会议"的前后》。
② 查建英:《八十年代访谈录》,生活·读书·新知三联书店,2006年,第33页。
③ 周介人在文章开首说明是根据"记录与回忆"写作该文,则依常理推测,对发言要点的记录当是按照会议的发言顺序。但根据蔡翔在《有关"杭州会议"前后》中的回忆,与会人员在会议正式开始前一天晚上的舞会上就已经开始了激烈的讨论,可能已经互相交换了意见。因此每人在会上的发言已经不单纯是各人的意见,而肯定已经包含了大家的共同智慧。

题:"限制本身在运动,作家与评论家应该共同来总结新的限制,确立新的小说规范。这种新的小说规范,既体现了当代观念,又是从民族的总体文化背景中孕育出来的。"韩少功与阿城之后,作家和评论家们围绕着文化与限制这两个关键词展开讨论,有趣的是,从记录看来,批评家们普遍感兴趣的话题大致是文化,而作家们则更愿意围绕如何突破当前限制发表意见。

## 争论 / 同一:历史硬币的一体两面

"杭州会议"之后不久,1985年4月的《作家》上就刊出韩少功的《文学的"根"》,文学寻根正式拉开序幕。韩少功这篇文章的确堪称纲领性文件,基本把后来寻根遭遇的问题都点到了,也确定了后来寻根创作和批评的范畴。韩文开门见山地提出绚烂的楚文化,其实却在有意无意之间造成后来对寻根的某种误会,即以为寻根所寻求的所谓文化之源是要向边荒之地寻异质于中原主流文化的野性文明,寻根写作也是一种以地域写作为基础的写作方式——不能不承认,这是寻根写作中非常重要的一派,但是并不代表寻根的全部,如阿城本人在《棋王》中所表现的"文化",其实重点即在世俗的普通人生而不属荒蛮。以韩文的范畴讨论寻根,显然是把"文化"这一原本涵盖颇广的词语狭隘化,变成某种神秘不可辨认之物。这本身即是历史的误读,却竟然最终代替成为历史本身,叙述的力量就是如此强大。而更显其强大的,是连阿城这样原本有自己文化定义的人,都于无意识中接受了这样的观念而使自己的创作有所变化,这当然是后话。《文学的"根"》发表之后,阿城也立刻发表意见予以声援,而且借各种机会在不同场合反复强调寻根理念,一时非常活跃,与后来的淡定判若两人。

1985年4月22日的《文汇报》,阿城借《棋王》获文艺百家奖机会发表笔谈,称"以我陋见,《棋王》尚未入流,因其还未完全浸入笔者所感知的中国文化，还属半文化小说。若使中国小说能与世界文化对话，非要浸出丰厚的中国文化"。正式提出小说与文化之联系。当年7月6日的《文艺报》，阿城又将"中国小说能与世界文化对话，非要浸出丰厚的中国文化"这个意思更加系统化，写成《文化制约着人类》，成为文学寻根的另一份纲领性文件。而该年度第4期《中篇小说选刊》再次选载阿城作品《孩子王》，阿城依例二写创作谈，在这篇名为《又是一些话》的短文里，阿城再次老话重提："中国的小说，若想与世界文化进行对话，非能体现自己的文化不可，光有社会主题的深刻是远远不够的。"这次重说的重点在于提出一个对立面（"光有社会主题的深刻"），把文学寻根的靶子也立了出来。将《又是一些话》与阿城"杭州会议"之前的《一些话》相比较，阿城思想转变之陡然让人佩服。

不但著文立说，阿城还身体力行做宣传，多年之后王安忆的一段回忆为我们提供了一则有趣的材料："有一日，阿城来到上海，……他似乎是专程来到上海，为召集我们，上海的作家。这天晚上，我们聚集到这里，每人带一个菜，组合成一顿杂七杂八的晚宴。因没有餐桌和足够的椅子，便各人分散各处，自找地方安身。阿城则正襟危坐于床沿，无疑是晚宴的中心。他很郑重地向我们宣告，目下正酝酿着一场全国性的文学革命，那就是'寻根'。"王安忆没有明确说明时间，但据文章可知此次会面是在韩少功《文学的"根"》发表之后，当然也就在杭州会议之后。王安忆尤其回忆道："阿城没有提他自己的《遍地风流》，是谦虚，但更像是一种自持，意思是，不消说，那是开了先河。""阿城的来上海，有一点像古代哲人周游列国宣扬学说，还有点像文化起义的发动者。回想起来，十分戏剧性……"其实这戏剧性的会面并不难理解，写小说之前阿城搞美术，是星星画派高水平的组织者，他对于艺术运动与流派的发生是有着天然的敏感，何况又是在那样一个"人人都是诗人"的年代。①

对于一场文学运动来说,更加有说服力的当然还是创作。"杭州会议"之后阿城又陆续发表《树王》《孩子王》《遍地风流(三篇)》。其中前两篇作品分别发表于1985年1月《中国作家》和1985年2月《人民文学》,根据文学期刊的收稿发稿程序推断,两篇作品应该写作于"杭州会议"之前,朱伟的回忆文章也可作为旁证。而《遍地风流(三篇)》,根据蔡翔的回忆,则确定当是成篇于会议之后。②这三篇《遍地风流》与"三王"显然有较大差异,用王德威的话说,如果"三王"是"礼失求诸野",那么《遍地风流》就是"礼不下庶人"。《遍地风流》写的是一种野性的元气,蛮荒状态下的文明情态,和他在《棋王》中试图表达的渗透在世俗生活和平民精神中的中华文化存在状态完全不同,倒与韩少功、郑万隆等人的写法类似,在边缘的文化当中寻找文化之根。我当然不能断言阿城是刻意迎合韩少功对于文化的看法,特别制作这样一类小说以使文学寻根形成势力强大的阵营,但有时无意识的影响更加深刻。文学寻根一旦提出,就成为幽灵般的存在,再聪明的创作者如阿城,都不能不面对这样的存在。如果说之前政治的询唤破坏了原本自为多样的文学生态,那么此时文学寻根的呼声同样造成了对创作者的规训,而这种规训未必显得更合法些。

韩少功、阿城等人文章一出,立刻引起轰动一时的文学寻根大讨论,《作家》《文艺报》都专门开辟专栏刊登争鸣文章。所谓争鸣,其实在相当多的时候是自说自话,并不理会别人的说辞,甚至有时连讨

---

① 王安忆:《"寻根"二十年忆》,《上海文学》2006年第8期。
② "阿城那时极瘦,在会上说了好几个故事,每个故事都极具寓言性,把大家听得一愣一愣的。而李陀每听阿城讲毕,即兴奋地说:这是一篇好小说,快写。以至阿城戏称李陀为小说挖掘者。不过,后来阿城还真把这些故事写成小说,总题为'遍地风流',并交《上海文学》发表。"蔡翔:《有关"杭州会议"的前后》。

论的对象都没有搞清楚就敢于发表文章。① 争鸣主要围绕以下一些面向展开：寻根是否等于仿古或排外？向民族传统文化寻根是否会削弱文学的当代意识？如何看待文学与社会学的关系？应该如何看待中国文化传统，如何甄别精华与糟粕？文化的断裂是否存在？② 这些面向当中，其实有不少伪命题。韩少功《文学的"根"》一文立论实际上已相当谨慎，对于外国文学的影响和当代的社会意识都有涉及，是在与它们对话的基础上提出寻根的；而强调文化在文学中的重要性，本身就是对此前文学中过多社会学侵入的反拨，而这反拨基本上还是商榷的，温和的，并未一棍子打死。而关于文化断裂是否存在的争论，其实已超出文学讨论范畴，而涉及某种程度的意识形态分歧。文学寻根的争论在当时显然并不受主流意识形态欢迎，主流的报纸《光明日报》和《人民日报》都有对寻根的反应，分别由老作家流沙河和唐弢发表反对意见，语词相当严厉。但是细读又会发现，他们似乎同样没有搞清楚眼下发生的寻根是怎么回事。③ 李庆西回忆当时的情况说："当时

---

① 刘友宾：《阿城小说一瞥》，《上海文学》1986 年第 1 期。文末颇作痛心疾首状："至于《一次中断的就职演说》，我真希望那毫无城府的叫嚷着的是另一个涉世不深的阿城。"《一次中断的就职演说》发表于《小说林》1985 年第 1 期，作者为阿成，是否涉世不深，不得而知，是"另一个阿城"倒是确然。

② 对争论话题的总结，笔者在翻看 1985 年至 1987 年各重要文学评论和研究期刊上刊登的相关文章的基础上，参考了 1986 年 6 月至 9 月《作品与争鸣》上秋泉对文学寻根争鸣动态的综述文章。

③ "《阿Q正传》写的就是一种'根'，鲁迅把它'寻'出来抛弃了。……笼统地提出'寻根'，你要寻什么'根'呢？……还是要面对现实，文学总的说是现实生活的反映。你可以去写'淡化'的作品，这是你个人的事，但要上升成理论，就是荒谬的了。"流沙河：《光明日报》1986 年 1 月 6 日。"我以为'寻根'只能是移民文学的一部分，……奇怪的是，在有着五千年历史我们华夏民族的广袤国土上，居然也出现了'寻根'的呼声，……先生们，难道你们不是中国人、不是彻头彻尾地生活在中国大地上的吗？还到哪里去'寻根'呢？……'寻根'的朋友们不要寻了！'根'是你们生命的起点，'根'就在你们的脚下，塌实些，再塌实些吧！"唐弢：《"一思而行"——关于"寻根"》，《人民日报》1986 年 4 月 30 日。

作协是想把握从反思文学进入改革文学的潮流,让中央放心。搞社会主义现实主义文学,'改革'是最符合中央文化战略部署的。因此他们对年轻的寻根派是非常恼火的,因为寻根文学打乱了作协原来的部署。但是当时作协不想左右受敌,主要还是想团结广大作家,对于游离于部署之外的寻根派首先也是想团结,但是客观上仍然是想管束和压制的,这其中的关系是很微妙的。若干年后,我跟黄育海搞《新时期文学大系》(浙江文艺出版社组织,后未果)时,到北京去找各位老师做编委开会,当时陈荒煤、冯牧他们就很委屈地跟我们讲,你们不知道当时我们斗得多艰难,你们还在后面给我们捣乱。我非常能体会他们那种悲凉的心情。就当时中国的文学观念上讲,首先寻根不是写现在的事情,不是写改革开放时期工农业生产的大好形势,至少都在写解放前,这一点就违背了主流意愿,令他们(作协)很不舒服。当时是把'写什么'看得非常重要的。现在保护主流文学也是一样的道理。"[①] 了解这样的背景,我们大概可以知道当时的争鸣如此热闹的部分原因,也由此知道当时文学场之复杂,远不是文学史那么一章风平浪静的叙述能够概括的。

争鸣争来争去,其实并无输赢可言,最重要的结果就是使"寻根"成了一个事件。而一旦成为事件,它就成为不得不面对的东西,它的存在本身构成作家和批评家每次发言必须参照的坐标。在这个意义上说,争论最终达成了同一,这个同一就是,此后的所有评论都将在文学寻根的框架当中展开。仍以对《棋王》的讨论为例,文学寻根之后又有若干对于《棋王》的评论,基本全是从文化角度讨论问题。最典型的是苏丁、仲呈祥的《论阿城的美学追求》(《文学评论》1985年第6期)和《〈棋王〉与道家美学》(《当代作家评论》1985年第3期)两篇文章,从文章的标题也可以大概看出评论的理路来,这立论看似极

---

[①] 李庆西、夏烈:《李庆西访谈录(上)》,《西湖》2006年第3期。

高,但是也极可疑,以儒道谈《棋王》,未尝没有牵强的地方,总之看罢他们的论文我仍难以相信《棋王》与儒道的必然联系。"棋是道家的棋",则文就肯定也是道家的文?这样的文学评论未免想当然,失之机械与肤浅。看过大量众口一词的批评,不能不叫人问一句:"杭州会议"之前那些评论的调子哪里去了?其实作为小说文本,天然应该有多种评价的角度和进入的缝隙,为什么一下子都来谈文化了呢?倒是一些国外的研究者,大概由于研究语境之不同,尚能够在文学寻根发生之后,跳出寻根的窠臼,提出一些新的批评向度来。1987年2月,《当代文艺探索》刊登苏联汉学家李福清的论文《中国当代小说中的传统因素》,将《棋王》与《二刻拍案惊奇》里的《小道人一着饶天下,女棋童两句注终身》对举,指出《棋王》在情节模式上与传统小说的继承关系,为在当时貌似热闹的讨论中已显面目僵化的《棋王》的再解读提供了一个令人耳目一新的方法。同样是1987年2月,《文艺理论研究》刊登两篇文章,一是菲律宾黄凤祝的《试论〈棋王〉》,该文详细辨析了道家文化,反驳了文是道家的文这样肤浅的想当然的批评,进而指出《棋王》与武侠小说的联系,独具慧眼。另外一篇是美国施叔青对阿城的访谈录,此时离1985年已经两年,自阿城于1985年底去国赴美,两年里我们再没有听到阿城的发言,而此时再发言,让我们感到阿城又是一变。施叔青问:"从发表《棋王》之后,评论你小说的文章,大陆、香港、台湾陆续不断,这些评论对你有作用吗?你看了以后觉得怎样?"阿城回答道:"我看了以后,觉得就是他们在说自己的话。"说此话的阿城大概已经忘记了当初自己是怎样犹抱琵琶地一起加入到对自己作品的定位当中,并写出了《遍地风流》那样一批作品。大概因为旅美生活让他远离了中国大陆文学场,此时阿城确实已没有当初的创新之焦虑,因此能如此从容地应对问题。这篇访谈中尤其还值得注意的是这样一段回答:"《棋王》发表以后的评论,我多多少少看过一些,几乎都没有提到第一人称'我',只有一个季红真提到。《棋王》里其实是两个世界,王一生是一个客观世界,我们不知道王一生在想甚么,我们只知道他在说甚么,在怎么动作,对于一些外物的反应,至于他在想甚么,就是作者自己都不知道,怎么体会呢?另外一个就是我,'我'就是一个主观世界,所以这里面是一个客观世界跟主观世界的参照,小说结尾的时候我想这两个世界都完成了。"这是阿城在此前的自我评价里从未提过的新的批评向度,而遗憾的是,在这次访谈中阿城对第一人称的使用并未说出什么高深的道理。倒反而是李杨对于第一人称表现出的启蒙姿态的论述,像是多年之后阿城的一个知己。[①] 阿城究竟在写小说时有没有这样一个第一人称的自觉,我们难以判断,但是值得我们考虑的是,阿城为什么偏偏在这个时候提出人称的问题而不是此前或此后?不能忽视的是当时的时代背景,1987年,这正是先锋派文学在各大文学刊物抢滩登陆的时候,而人称问题是什么?人称问题就是叙述问题,是文学自主性的问题,是先锋派。

## 经典化与僵化:进入文学史

阿城自觉不自觉地又为自己的小说镀上了新的色彩,这也从侧面表明寻根热潮已经退去。(可能还要更早,北京的作家在1986年元旦就宣布,1985年寻根,1986年谁爱寻谁寻去吧,我们要干点自己的事了!可惜的是我已不记得这样生动的宣言是从哪份期刊上看到的了。)寻根文学发表的重镇《上海文学》上渐渐不再出现寻根作家们的名字,而被马原等人所取代。作为一场异常热闹的文学事件,寻根已经偃旗息鼓,等待它们的将是文学史的记录和评估。洪子诚的《中国当代文

---

[①] 李杨:《重返80年代:为何重返以及如何重返——就"80年代文学"研究与人大研究生对话》,程光炜编:《重返八十年代》,北京大学出版社,2009年。

学史》是将文学寻根作为一个事件来写，基本上客观地反映了当时争论的情况和寻根小说的艺术特征，但是宏观的叙事必然造成某种细节的丧失，历史在这样的叙事当中并不能得到有效的还原。而另一部重要的文学史《中国当代文学史教程》的作者陈思和，大概由于本人自"杭州会议"开始就是寻根潮流的参与者，自有其个人的立场和眼光，在介绍寻根文学时，甚至未将当时的争论情况表现出来，使人一读之下，简直以为寻根文学是自伤痕文学、反思文学、改革文学以来，由乡土文学孕育的自然而然的发展结果，丝毫看不出断裂的痕迹。对于《棋王》的文本分析，也只限于文化的影响，平淡无味。对此自然不应过分苛责，盖文学史当然只能从宏观着眼，以史家自己的历史观总结历史发展的线索，在必要时不能不割舍历史现场的丰富与活泼，否则一部历史如何写得完？历史叙述是什么？是选择，是固定，喧闹的事件一旦进入文学史，其作为鲜活事件的流动可变性就消失了，而在选择中变得单调然而坚固，多样的可能性萎缩凝聚成为干巴巴的带有不可避免的偏执的历史知识，这不但是意识形态使然，也是无可奈何的必然。只是如果文学史成为我们知识的唯一来源，则未免可怕。本文写作的目的，即在于在文学史叙述之外，尽量还原一个充满变量的生动历史现场，以求对寻根有更多面和可靠的认识，至少能对文学史提供的知识有所补充。

## 没有结论的结论：同样不可避免的见与不见

本文并非一篇论述性的论文，而是一篇叙述性的论文，因此并无结论之必要，盖结论已贯穿于叙述之中。赘叙的这一部分，只是想对叙述本身有所检讨。在做此论文时，我尽我所能寻求当时的材料及亲历者后来的回忆，对所有回忆予以推敲考察，推断其真伪或言语背后的动机。同时参照已有的文学史叙述，对已成常识的文学史知识如文学寻根的一般原因和背景,我不再涉及,而只把叙述的重点放在为通常论者不见的关节。但这当然也造成了新的见与不见。由此我反思方法本身,其实任何方法都有其自身的见与不见,对于历史的完全客观重述是不可能的。一旦选择某种特定角度来叙述,就已造成新的遮蔽。在强调阿城等作家个人对于创作创新的强烈诉求的同时,我必然放弃了关注当时大的文化环境,以至整个民族重塑国族神话的诉求,这是无可奈何的。因此检讨是必要的。说到底,这篇笨拙的文章顶多提供了一个看世界的角度而已,而从这个角度看到的,未必更多,也未必更少。

(原载《上海文学》2012年第8期)

# 现代性与主体性的探求、错位与混杂

## ——作为一代知识分子心史的《文明小史》

《文明小史》凡六十回，自1903年在作者李伯元自己主持的《绣像小说》上连载，至1905年结束，1906年出版单行本。这一时期正是欧阳健所谓晚清小说创作的第一个高峰，其间创作的39部小说，"几乎全是新型的小说，也就是说，这一年的小说创作，无论从数量上还是质量上，都确确实实有了一个极大的飞跃"[①]。欧阳健认为，对于小说演进轨迹发生了重要影响的历史性事变，是1901年开始的改革，而导致这一改革的，则是庚子国变的巨额之代价。"庚子国变造成了全民族的灾难，加重了全民族的危机感，包括慈禧太后在内的最高统治者，经历了搬迁逃亡、豆粥难求的苦难以后，以巨额代价，增一层见识。"[②]欧阳健所指出的晚清小说勃兴于1903年的原因，与鲁迅《中国小说史略》的意见基本一致。而在笔者看来，全民族因庚子事变而增的这一层见识，除了民族的危机感，还有重要的一方面，就是对西方列强所挟来的西方现代性时间观念的更深刻体认。对于现代性时间观念的理解与对于民族国家主体性的想象交织在一起，成为晚清一代最大的焦虑。

一些研究者就特别针对李伯元本人及其创作，对一些历史材料进行

---

[①] 欧阳健：《晚清小说史》，浙江古籍出版社，1997年，第4—5页。
[②] 同上书，第5页。

了发掘、梳理和辨析，认为除庚子事变的刺激，梁启超号召的"小说界革命"也对李伯元创作谴责小说产生了重要影响。根据这些研究，则李伯元是"自己放弃了可以获得的训导之职、科举之途和向仕途发展的机会，也即脱离传统的'士人'道路，主动选择了办报生涯"成为一个新型的知识分子。而他的主要助手欧阳钜源，则是为"寻找谋生之方"而同样来到了上海投身报业，成为一定程度上被动选择的新型知识分子。[①] 鸦片战争打开中国国门之后，此类不同于传统士子的新兴知识分子大量涌现，其实才真正成为梁启超所谓"新小说"的接受者，构成梁启超欲以小说塑造的"新民"。因此，阅读这一时期的小说，最有价值的地方恰在于考察这些新型的小知识分子如何想象和描述自己的时代，以及在此想象和描述当中所袒露的主体心态。钩沉出小说于无意当中暴露的群体意识，而非探讨作者一人的思想与见解，才是阅读晚清小说最有价值的所在。则在此意义上，有些研究者纠缠《文明小史》后四十回是否为欧阳钜源代作，不论结论如何，都显得不重要了。[②]

## 此前研究的梳理和小说要旨的认识

第一位对《文明小史》作热切关注和深入分析的研究者是阿英。阿英认为："就表现一个变革的动乱时代说，李伯元的小说，如其举《官场现形记》，是不如举《文明小史》更为恰当的。《官场现形记》虽也反映了这个时代，是不如《文明小史》写的更广泛、更清晰。"[③] 在此让

---

[①] 这些考证以王学钧的研究最为充分，可以参看《李伯元传记研究的新进展》，《明清小说研究》1996年第4期；《李伯元与"谴责小说"的兴起》，《江苏社会科学》2002年第5期；《欧阳钜源与李伯元的两度合作》，《明清小说研究》2005年第1期；《李伯元的"功名"与"选择"》，《学海》2005年第6期。

[②] 邓季方：《〈文明小史〉后四十回非李伯元著作考》，《西南师范大学学报》1990年第2期。

[③] 阿英：《晚清小说史》，人民文学出版社，1980年，第8页。

人感到疑惑的是,既然《文明小史》有这样高的价值,何以此前的研究者往往忽视呢?

在《中国小说史略·清末之谴责小说》一节,鲁迅选择了《官场现形记》等四部小说作为主要分析的对象,从而奠定了此后论述谴责小说的框架和范本。而对于《文明小史》,则只在文后注释当中稍作论述:"叙写清廷官吏的昏庸腐败,提倡改良。"[①]官场固然是《文明小史》用力的一方面,且其中情节、地点与人物的流转过渡,也多由官场人事的迁贬往还来完成,但是李伯元于此书中,本意却显然不在揭露官场黑暗。至于说"提倡改良",这个判断也十分可疑。鲁迅作这样简单的判断,显然由于他对晚清谴责小说的整体认知:"似与讽刺小说同伦,而辞气浮露,笔无藏锋,甚且过甚其辞,以合时人嗜好,则其度量技术之相去亦远矣。"甚至认为"其下者乃至丑诋私敌",或"应商人所托"。[②]鲁迅显然是怀着写实主义的抱负考察谴责小说,认为谴责小说之价值乃在于揭露或曰反映现实,则在此层面,《文明小史》自然不及《官场现形记》所暴露之广阔细致。而一旦陷于文本/现实机械对应的认知框架,鲁迅又何尝能够体会《文明小史》当中至关重要的知识分子缱绻踟蹰的生动心态呢?其实以鲁迅呐喊而复彷徨的怀疑主义,本来未必不能对这样的心态产生同情甚至知己之感,问题的关键可能还在于一种先在的论述姿态。已成老生常谈的是,鲁迅等人的整理研究国故,其用意本在为"五四"新文化的发生建构一个他者,因此一切模糊暧昧的面影都必须整合为一单面的形象。《文明小史》当中在在呈现的矛盾与抵牾,自然不能为《中国小说史略》的论述所包容。何况《文明小史》当中对于所谓维新的质疑,也难以被"五四"一代论述者接受。

而阿英对于《文明小史》的论述之所以可能,恰在于其论述在相

---

① 《鲁迅全集(9)》,人民文学出版社,1981年,第293页。
② 同上书,第282页。

当大的程度上以"六经注我"的方式对《文明小史》进行改写甚至歪曲。通过改写而将这样一部暧昧混杂的作品纳入左翼叙事的框架当中，却也扯出了晚清小说的现场以外。阿英以一句轻描淡写的"由于李伯元自己的思想主张关系，这部书的描写，有许多失实与夸张的所在，但他也获得了不少成功"①即卸掉了体察"李伯元自己的思想主张"的任务，免去追问何以要有"许多失实与夸张"的麻烦，顺利而粗暴地转向论述自己所认为的《文明小史》的"不少成功"。在阿英看来，《文明小史》这部小说："一般的讲，里面所涉及到的，在官僚方面，主要的是他们对于外国官员、商人、教士们的畏惧、屈服、献媚。对于维新运动方面，有的是真诚的提倡新学，有的只是投机，有的碍于上峰的命令不得不敷衍塞责，有的却是阳奉阴违，对新党加以迫害。对人民，照例是高压、剥削、横征暴敛，或者欲加之罪，便陷以叛乱的罪名等等。在洋人一方面，写他们横行、要挟、袒护教民、任意索取被拘的囚徒、任意勒索赔款，以及士兵的醉酒伤人、调笑妇女。在维新党方面，所写的大都是些投机，不识之无，假借几个新名词以招摇撞骗，希图升官发财的人。此外，也还杂以其他的事件和角色，如兴办实业，开立书局，编译新书，知识分子的无耻，和应有尽有的一些官场普通的黑幕。"②这一概括已尽量周到全面，但仍因其论述的立场而有所遮蔽。即以洋人为例，固然横行、要挟、袒护教民，但这些行为后面都有具体背景，抽去背景，理解就不免太过片面。而只说"兴办实业，开立书局，编译新书"，叫人以为是多么"文明"的事情，谁知道做这些事的人是怎样的魑魅魍魉呢？阿英复认为维新派"最出色的工作，也就是李伯元描写得较庄严的部分，是无畏的对官僚实行暗杀"，虽然指出这样的维新派还是没有出路，毕竟认为聂慕政的暗杀是庄严和壮烈的，却忘记这样庄严的

---

① 阿英：《晚清小说史》，作家出版社，1955年，第9页。
② 同上书，第10—11页。

行为，最后还是以洋教士"袒护教民"作一解决。细读小说中对聂慕政一节的文字，李伯元对这种莽撞幼稚的无政府主义行为，何尝赞同，以致给以庄严的描写？阿英的这种论述方式，发展到后来，愈见其弊端。论者往往不是在探讨《文明小史》，而只是将之作为反帝反封建的注脚，论述一有牵强的时候，便削足适履，肢解得鲜血淋漓。在阿英的论述中其实没有出路的暗杀，也在后来者的论述当中成了"最严肃最壮烈的暗杀卖国官僚的行为，使他的形象比那些只会讲大话的维新人士高出了许多"①。

其实《文明小史》何尝有一确定的主张呢？阿英说"作者是意识到他所处的时代，正是一个新旧过渡的时代，正是黑暗和光明的交替处"，这正是《文明小史》和一批晚清小说何以产生以及何以呈现现在面貌的原因。在此时此刻，要李伯元等一批晚清知识分子在这黑暗和光明还不分明的时候，"相信这是过渡期的必然"，未免是太高的要求。②《文明小史》的楔子写一个在海上航行的火轮船，与《老残游记》庶几相似，历来论者因此倍加重视，冀望于此发现作者的命意所在。而李伯元的夫子自道看似已把话说得明白极了：

> 诸公试想：太阳未出，何以晓得他就要出？大雨未下，何以晓得他就要下？其中却有一个缘故。这个缘故，就在眼前。只索看那潮水，听那风声，便知太阳一定要出，大雨一定要下，这有什么难猜的？做书的人，因此两番阅历，生出一个比方，请教诸公：我们今日的世界，到了什么时候了？有个人说："老大帝国，未必转老还童。"又一个说："幼稚时代，不难

---

① 可参见李丹：《〈文明小史〉：晚清维新历史的一面镜子》，《四川师范大学学报（哲学社会科学版）》2000年第5期。
② 阿英：《晚清小说史》，第10页。

由少而壮。"据在下看起来,现在的光景,却非幼稚,大约离着那太阳要出,大雨要下的时候,也就不远了。何以见得?你看这几年,新政新学,早已闹得沸反盈天,也有办得好的,也有办不好的,也有学得成的,也有学不成的。现在无论他好不好,到底先有人肯办,无论他成不成,到底先有人肯学。加以人心鼓舞,上下奋兴,这个风潮,不同那太阳要出,大雨要下的风潮一样么?所以这一干人,且不管他是成是败,是废是兴,是公是私,是真是假,将来总要算是文明世界上一个功臣。所以在下特特做这一部书,将他们表扬一番,庶不负他们这一片苦心孤诣也。

作者的意思仿佛提倡维新,但读罢全书,哪里看得到一点"表扬"?在此太阳要出,大雨要下的时刻,李伯元倒像刻意要告诉我们,所谓维新改良的文明人士,不啻跳梁小丑,骨子里反是最陈旧腐败的奴才。偶尔当然也有王济川和聂慕政这样真正的新派,却也不过是天真的憨人,一点用处也没有。即从楔子本身进行分析,"潮水显示太阳要出,风声显示大雨将下,但'太阳'与'大雨'两个意象显然有不同的情感指向:太阳象征着光明的未来,而大雨似乎预示着灾难性的后果,至少是令人不快的,因为对'大雨'的描写中透露出一种阴森的气氛,它的到来并不是消除炎热,而只是增添了忙乱。"因此,与其说李伯元于此表达的是对改良维新的振奋,毋宁说是对时局将变而前途未卜的不安与茫然。[①]

晚清中国的特殊性就在于鸦片战争的失败使国门打开,亡国亡种的危机将一代知识分子骤然推到世界面前,直面来自西方的冲击。尽

---

[①] 对于楔子的分析,可参见陈文新、王同舟:《李伯元〈文明小史〉解读》,《明清小说研究》2002年第1期。

管柯文、沟口雄三等人怀着在中国发现历史的热切愿望，但是不得不面对的事实是，中国自身的历史已经成为不可能。而费正清所谓的挑战／应战当中，又包含了多少难以挣脱旧我的沉溺与迷恋。在此脱胎欲出的时刻，李伯元等一代知识分子既被动地遭遇现代性，当然知道求变之不得已，却也无法于仓促间寻找到合适的出路，只能于狭小的空间里躐突碰撞。新与旧，中与西，进步与保守，世界与中国，各组二元对立交错在一起，令人无所适从。这一部《文明小史》，就呈现了此间种种"怪现状"，而于所呈现出的事实背后，折射出的是李伯元等一批知识分子的内心焦灼与渴念。在这个意义上，《文明小史》更重要的是一部心史。对于这样一部自许要展现太阳和大雨来临之前一时刻的小说，更重要的可能是在文本与事实的褶皱和夹缝中，读出一代人的内心隐秘，考察中国的现代性何以成为不可能，以及中国在投向现代性怀抱的过程中如何建构自身的主体性，现代性和中国性又是怎样相互伴生与相互寄存，才能庶几得其本义。

## 时间的迷失与空间的想象

《文明小史》，顾名思义，是为文明写史。对于历史的表述，时间理所当然应该成为贯穿小说叙事的脉络。但偏偏在这部"史书"当中，时间标志基本隐匿不见，通篇小说，没有一处提及年代，不论是以清帝国的年号形式，还是以西元纪年。因此，时间上的定位无法完成，读者难以感知时间的流向，时间似乎迷失在叙述当中，既无法串联，更不能引导。全书的肇始，并非从时间坐标轴上确定一点作为开端，却是从一处空间的营造开始："却说湖南永顺府地方，毗连四川，苗汉杂处……"而时间既然不作为叙述线索，则与《儒林外史》等部分中国传统章回小说一样，《文明小史》多是以人物做针线，使人物从这一情节游走至另一情节，从而引起空间与事件的变化，而并无时间上和逻辑上前因后果的联系。在移花接木之后，对于新的情节所涉及的新的人物，往往又倒叙其故事来历，时间因此而不断地跳跃闪回，完全不可能按照线性方向向前延展。一个较为典型的例子是劳航芥在从香港回国的船上遇到了出洋游历归来的道台饶鸿生，在劳航芥的这组情节当中，饶鸿生连名字也没有，小说不管不顾地将劳航芥故事讲了六回，到五十一回却又折回来讲饶鸿生的出洋游历，而此事的缘起和结束，都在时间上早于劳航芥的故事。与传统说部相比，李伯元还往往显得更加大胆和突兀，如十四回湖南永顺事情结束，笔者陡然笔锋一转，凭空改叙江南吴江县贾氏三兄弟的故事，前后情节、人物之间都毫无关联，更谈不上时间的连续与因果的顺承。

虽然时间在《文明小史》当中如此暧昧纠缠、回环往复，但我们依然可以从小说中找到一些时代的蛛丝马迹，大致判断出小说叙述的历史跨度。阿英对此的判断说："这一部书，是全面的反映了中国维新运动期的那个时代，从维新党一直到守旧党，从官宪一直到人民……"，但从小说末尾清政府委员出国考察宪政即可看出，其时间跨度绝对不只是维新运动期间，下限应到1905年。当代大部分论者都认为小说所描写的是1901年清政府在外部压力下实行改革，到1905年这段历史。而从小说第一回看，新到湖南永顺县的柳知府"在京时候，常常听见有人上禀折子请改试策论，也知这八股不久当废"。则可见此时八股还未废，显然未到1901年。根据晚清科举改革的进程，大致可以确定，《文明小史》叙事时间的跨度，是从1898年维新变法前后到1905年小说连载结束为止。前文已经提到，《文明小史》在《绣像小说》上连载的时间是1903年到1905年。也就是说，李伯元基本是在写作当代史。不但《文明小史》如此，晚清一代小说都大多直书当下，因此才有可能产生鲁迅所说的应商人之托而作谤书的情况。长篇章回小说关注当下，是中国小说史到了晚清的新变化。此前的传统章回小说，或构造历史叙事（《金瓶梅》《三国演义》《水浒传》），或于一个模式套路当中腾挪运动(才子佳人小说),或淡化历史背景以求表达一种普适意义的寓言(《红楼梦》),从不曾以共时的人物事迹为对象。则何以偏偏在晚清的小说当中,如此关注当下呢?何况基于此前我们对于小说叙事线索的考察,虽然有长达七年的历史跨度,小说对于时间的表达却如此碎片化,时间于情节和空间的碎片当中踌躇难行。七年的时间停滞纠结,拉平成为同一个时刻,就是读者阅读小说的时刻。小说因此也就往往只呈现事实,而无法牵连起事实的历史感,既不勾连过去,也无法展开未来。因此,晚清小说的关注当下可能不仅仅是主动的关注,而更可能是一种被动的选择。

安德森在《想象的共同体》一书中,对时间观的重要性予以特别的强调。在《文化根源·对时间的理解》一节当中,他指出只有在"同质的,空洞的时间"的概念之下,才方便对共同体产生想象。现代性的时间观念,在此与国家共同体的主体想象结合在一起。他特别提到现代新闻报纸,这一"短暂流行的畅销书"提示了共同的时间:"正是这个极易作废之特性,创造了一个超乎寻常的群众仪式:对于作为小说的报纸几乎分秒不差地同时消费('想象')。我们知道,特定的早报和晚报绝大多数将会在这一刻和另一刻之间,只是在这一天而非另一天被消费掉。"[①] 而在《文明小史》中,贾氏三兄弟对于新闻纸的阅读却违背了报纸当天消费的规律,从而造成了对时间感受和理解的错位误置,并由此引出新的维度。对于这个故事的解读或许有助于我们理解发生在晚清小说当中的时间尴尬。

这贾氏三兄弟,"长名贾子猷,次名贾平泉,幼名贾葛民,年纪都在二十上下。只因父亲早故,堂上尚有老母,而且家计很可过得,一应琐屑事务,自有人为之掌管。所以兄弟三人,得以专心攻书,为博取功名之计。这时候,兄弟三个,都还是童生,没有进学,特地访请了本城

---

① [美] 佩里·安德森:《想象的共同体》,吴叡人译,上海人民出版社,2005年,第31页。

廪生著名小题圣手孟传义孟老夫子，设帐家中，跟他学习些吊渡钩挽之法，以为小试张本。"这是传统中国最典型的知识分子，为着三年一期全国性的科举考试而埋头苦读。如果说对于同天消费的报纸的阅读，能够建立起对同一时刻的共同体想象的话，那么中国传统的知识分子也必然会因为科举考试而能够建立一个共同的时间想象。所不同的只是，基本固定不变的考试周期和绝对不予改动的经典考试内容，使得于此想象当中形成的时间观是循环往复的。而所谓循环的时间观，其本质其实乃是静止。而从姚文通那里获得的现代报纸，打破了这样的传统时间观念：

> 姚拔贡从前来信，常说开发民智，全在看报，又把上海出的什么日报、旬报、月报，附了几种下来。兄弟三个见所未见，既可晓得外面的事故，又可藉此消遣，一天到夜，足足有两三个时辰用在报上，真比闲书看得还有滋味。至于正经书史，更不消说了。这贾家世代，一直是关着大门过日子的，自从他三人父亲去世，老太太管教尤严，除去亲友庆吊往来，什么街上、镇上，从未到过。他家虽有银钱，无奈一直住在乡间，穿的吃的，再要比他朴素没有。兄弟三个平时都是蓝布袍，黑呢马褂，有了事情，逢年过节，穿件把羽毛的，就算得出客衣服了。绫罗缎疋从未上身，大厅上点的还是油灯。却不料自从看报以后，晓得了外面事故，又浏览些上海新出的些书籍，见识从此开通，思想格外发达。

从这段叙述中可以清楚地看到，在看到新闻报纸之前，贾家是一个典型的为传统时间观所支配的封闭空间，而在阅读了报纸之后，关着大门过日子的封闭空间一下子打开了。这个转变暗藏丰富的隐喻意义，首先是以这样一个传统书香门第的敞开视野，隐喻清政府的大门洞开；更是以空间的敞开，隐喻一种封闭的循环的静止的时间观念，遭遇了新闻纸所携带来的现代性的新时间观；进而它向我们暗示，整整一代晚清知识分子对于时间的体认方式，都从此发生了巨大的改变。由此我们或可理解何以在晚清小说当中时间是那样踌躇不前，盖旧的时间范式已经失效，而新的时间观念尚未建立。因此这一代知识分子既不能也不愿回首前尘，亦尚无能力展望未来。对于线性向前的时间，将把中国带到一个什么所在，这一代知识分子全无把握，也就只能在历史的夹缝中小心翼翼地抓住当下。

贾氏三兄弟为新闻纸带来的现代想象召唤，随姚文通到上海见识文明，"正说话间，只见一个卖报的人，手里拿着一迭的报，嘴里喊着《申报》《新闻报》《沪报》，一路喊了过来。姚老夫子便向卖报的化了十二个钱，买了一张《新闻报》，指着报同徒弟说道：'这就是上海当天出的新闻纸，我们在家里看的都是隔夜的，甚至过了三四天的还有。要看当天的，只有上海本地一处有。'"则原来贾氏兄弟一干人在家乡时对于现代时间的把握，全都存在三四天的误差；而从吴江县到上海的旅程，倒可以看作对于这时间上的误差的追赶。上海在此已经不是一座城市，更是一种时间的标志。其实不但上海，在追赶的旅途中，任何一处地理空间都带上了时间的差异性印记。空间与时间以这种奇异的方式结合在了一起，对于线性时间的未来之展望，由是理所当然地通过对地理的认知来完成。找不到出路的时间焦虑被挤压、拉平，转化为对于空间的开拓和想象，这才是《文明小史》等一批晚清小说如此强调空间流转的本质所在。离开了空间的想象，晚清知识分子就不可能想象时间。①

---

① 从梁启超《新中国未来记》等一些作品，或许我们更好理解这种时间和空间的转换。梁启超对于20世纪60年代之中国的想象，纯是以今日之西方为蓝本。对于时间的展望必须通过空间的想象才能够得以完成。

《文明小史》在《绣像小说》上发表的时候所配合的自在山民的评语,早已指出:"书曰文明,却从极顽固地方下手,以见变野蛮为文明,甚非易事。"① 研究者在此提示下对这野蛮地方多有论述,却少有人意识到,在现代性的时间观念当中,野蛮与文明不但是价值评判,也是一种时间性的表述。直到欧阳健的《晚清小说史》,才初步建立起时间和空间的关联,或许算触及这一时间的失常。欧阳健认为:"小说既以文明之'小史'为名,勾勒闭塞不通的中国如何'卷到文明中来'的历史过程,自然是作品给自己提出的第一个使命。……《文明小史》的故事,是从湖南永顺府开始的,并且顺着湖南→湖北→江南→上海,亦即从闭塞到渐次开放,野蛮到渐次文明的地域的次序来开展情节的……从引进文明的次第看,这种安排是倒置的,而作者在结构上作这样的处理,恰是为了重现中国'卷到文明中来'的历史轮廓,因为闭塞地方的今天,就是开放、文明地方的昨天。"② 但是这样的论述,似乎并不能解释,何以需要展开那么多空间。若只是为了重现中国"卷到文明中来"的过程,则四五个省份足以作为代表,而李伯元却不惜笔力,使小说辗转于除现在东北三省以外的整个东部中国。晚清知识分子确乎是要借助空间的想象来解决时间的迷失,但似乎并不能将时间与空间作过分机械的一一对应。与其说空间成为时间的替身,不如说提供了一个广阔的场域,能将晚清迷失时间的焦虑发泄其中,而于此发泄中一方面想象事件,一方面又别有怀抱。

《文化地理学》当中的观点或许将为我们理解李伯元等晚清小说家对地理开拓的无节制狂热提供参考:"创造家或故乡的感觉是新作文本中一个纯地理的构建,这样一个'基地'对于认识帝国时代和当代世界的地理是很重要的。一篇文章中标准的地理,就像游记一样,是家的

---

① 魏绍昌编:《李伯元研究资料》,上海古籍出版社,1980年,第149页。
② 欧阳健:《晚清小说史》,第93页。

创建，不论是失去的家还是回归的家。许多文学作品中关于空间的故事验证了游记的这一规律。主人公离开了家，被剥夺了一切，有了一番作为，接着以成功者的身份回家。"① 也就是说，对于空间不断拓展的迷恋，其实是一种自我证明，是对于家的建构。在此意义上，时间层面的现代性追寻与政治层面的主体性建构再次重叠，而我亦得以就小说的起点提出不同的意见。尽管自在山民早已作了权威的评语，尽管这个自在山民甚至极可能就是李伯元本人，但我依然要说，他没有意识到，小说的真正起点绝非永顺，而是京城。小说的确第一段就从永顺落笔，营造出一个颇有象征意味的前现代的桃花源世界。但是不要忘记小说的第一个出场人物柳继贤柳知府仍有其"前史"：他是两榜进士，在吏部观政了二十多年的老京官。而小说的收煞，同样是在京城：平中丞从陕西巡抚任上被召回京，准备出洋考察宪政。因此我更愿意在《文化地理学》提出的"危机—出走—自我证明—归来"的模式当中认识《文明小史》，只不过这里出走的英雄并非独自一人，而是整整一代人，是晚清知识分子的群像。而使他们产生认同危机而出走的，正是京城，是古老帝都所代表的政治认同。在近代中国历史上，作为西方现代性的被动接受者，对于现代性的追求从来都与国族的认同危机混杂在一起。《文明小史》中的众多人物因此流转迁徙，自京城放逐出走之后，在旅途中丈量世界并认识自我，以完成最后的归来。尽管在归来时未必真的能够完成对于家园的重新想象，但是毕竟表达了晚清知识分子对于现代性和主体性建构的强烈愿望与努力。在由湖南而江苏，而上海，而浙江、湖北、山东、安徽、陕西，而香港，甚至出洋日本和美国的旅途中，对于一个现代民族国家的版图想象已渐渐完成。

---

① ［英］迈克·克朗：《文化地理学》，杨淑华、宋慧敏译，南京大学出版社，2005年，第43页。

## 他者的显形与认同的错位

晚清之前,自认为处于天下中心的文化中国无所谓他者与边界,普天之下莫非王土,而中国以外则全是夷狄,是非我族类的异种,他们不构成他者。而随着中国的历史被西方现代性侵入,怀着对于现代性的迫切追求和民族国家主体建构的深刻焦虑,《文明小史》等一批晚清小说驱使个体在大地上流徙辗转,重新丈量故国神州,开拓地理空间,而在此地理发现的旅途上,必然将于空间延展的尽头遭遇边界,同时也就遭遇了他者。恰恰在与作为他者的西方国家的相互探视中,晚清一代才有可能建立起自我认同,理解中国是一个有领土亦有边界的现代民族国家,是世界众多民族国家之中的一个。而在此过程中,对于他者的辨识和对于自我的认同并非易事,晚清知识分子于探索当中发生诸多错位,造成认知上的复杂状态。

他者的形象在《文明小史》中出现,除那些在中国土地上频繁出现的洋人以外,更值得关注的恐怕是晚清人士于国内游历之余,又不时将足迹探出国境以外,描绘更加宏阔的世界地理,并企图在世界地图当中找到老大帝国此时此刻的位置。这是与他者的直接交锋,晚清知识分子在认知上的错位于此碰撞当中能够更加清楚地暴露出来。

小说当中这样的直接交锋有两处,一次是彭仲翔、施效全等人撺掇聂慕政出资,大家自费去东洋游学。而在萌生游学想法之前,先有一起发生在中国边地云南的事件。这天彭仲翔收到云南同学的信,说"云南土人造反,官兵屡征不服,要想借外国的兵来平这难。仲翔看完了信心中大怒道:'我们汉种的人为何要异种人来蹂躏?'"若消息属实,彭仲翔的义愤当然不错,然而这义愤却是指向"异种人",这个命名不免令我们想起夷夏之辨,而绝无现代国家主权意识的显露。若说这样的解读未免过于穿凿,则可参照众人在去往东洋的船上讨论日俄战争的情况:

公是道:"正是。我想我们既做了中国人,人家为争我们地方上的利益打仗,我们只当没事,倒去游学,也觉没脸对人,不如当兵去罢。"仲翔道:"陈兄,你这话却迂了。现在俄日打仗的事,我们守定中立,那里容得你插手?只好学成了,有军国民的资格,再图事业罢。"

这里则全看不见彭仲翔的义愤,盖俄日打仗,虽然在我们的地盘上,却没有伤及我们的人,只要守定中立,是没有道理插手的。则显然可见,彭仲翔对于国家主权,基本上是没有概念的。他的愤怒和同情只能及于人,而不能想象地理遭受侵犯的意义,根本上还是一种文化的认同而非政治的认同。

众人到东洋又遭遇新的麻烦:东洋留学出了新章程,必须有国家的咨送才予接收,而自费留学不予承认。这一措施当中是否包含有对于中国留学生的歧视,笔者难以判断,但至少表明日本对清朝作为一个现代民族国家政府的资格承认。只要具有清政府的咨送,则不论属何民族、操何口音、长相如何,都将被作为清国国民来一体对待。而彭仲翔一批人,全靠一时意气,在没有任何的官方手续和身份证明的情况下,就贸然出国留学,的确缺乏对于现代社会的基本认识。这是"普天之下莫非王土"的传统思维,在这些所谓开明的中国学生心底根深蒂固的存留。对于一个现代国家系统来说,特定的事情由特定的机构代办,是行政上的分工;而在帝国时代,皇帝的权威可以笼罩和支配一切,无所不在的官僚权威亦成为至高无上的皇权的代表,显得神圣而无差别。咨送留学生当然应该由各省主管教育部门发放资格,但在彭仲翔等人的思维方式看来,只要是清政府认可的官僚权力,不论其职务如何,都应该能够解决这个问题。因此他们从监督找到来东洋考察学生的郎中,又从郎中找到钦差,完全盲无目的。而对于钦差提出的三点要求:一,要求钦差推荐留学;二,若日本不同意要求钦差力争;

三,力争不成,则要求钦差辞官,则在在可见旧时拦轿喊冤的阴魂不散。只是以这样前现代的方式,于一个已建立现代民族国家体制的异国他乡,来缅怀自己的传统,真是令人恍兮惚兮。

更有意味的是饶鸿生奉宪命出国考察一节。这次游历既是出国考察和订购机器,则本来就有一个先在的任务,即发现和认识他者,从而建构自我认同。因此与中国传统游记不同,在此游历过程中,不但有主体的观照,更有他者的回看,正是在对此回看目光的记叙里,完成对于他者想象的再度想象,从而确认自我身份。然而饶鸿生究竟看到了什么呢?出国之前,饶鸿生"先到上海,到了上海,在堂子里看上了一个大姐,用五百块洋钱娶了过来,作为姨太太,把他带着上外国"。对于中国传统文化的精粹,他是何等恋恋不舍。而到日本以后,先是看了各种公园,又看到女人们招摇地在街上走,作冤大头吃了顿大菜,也招了艺妓,倒也去看了看机器,却无非记了一下数字罢了。则这样的冶游,其实与在苏州,在杭州,又有什么区别?若参照二十七回王济川游西湖,将发现其观察的眼光、审美的趣味,都何其相似。小说里道:"最妙的是东京城外的樱花,樱花的树顶,高有十几丈,大至十多围,和中国邓尉的梅花差不多。"由饶鸿生的眼睛看来,只能看到日本的樱花,和中国的梅花,自然是差不多。而在去往美国的船上,饶鸿生又看到了什么呢:"公司船上的房舱,窗上挂着丝绒的帘子,地下铺着织花的毯子,铁牀上绝好的铺垫,温软无比,以外面汤台、盥漱的器具,无一不精,就是痰盂也都是细磁的。"对于器具的关注,从来是中国文人所热衷的,但是器具所带有的现代性因素,全被饶鸿生这双中国的眼睛过滤掉。

饶鸿生到甲板上抽水烟,"忽然一个外国人走到饶鸿生面前,脱了帽子,恭恭敬敬行了一个礼。饶鸿生摸不着头脑,又听他问了一声翻译说:'诺,诺,却哀尼斯!'"原来两个人赌东道,看饶鸿生是否是虾夷,这虾夷是"日本海中群岛的土人,披着头发,样子污糟极了。饶鸿生这一天在船上受了点风浪,呕吐狼藉,身上衣服没有更换,着实肮脏"。所以被疑惑是否虾夷。这一情节当然可以作东方主义的解读,但我只想提醒,尽管饶鸿生与虾夷在人种特征上相差无二,而且表现出一样的肮脏,但是两个外国人仍然会关注他的国籍。而在饶鸿生的眼里,外国人就是外国人,完全不曾考虑是法国人还是英国人,或者美国人。除了中国人,就是外国人,这样的分类,其实仍是前民族国家的夷夏之辨,所差的只是名称的变换而已。

饶鸿生在美国的经历,最妙的是黄参赞带他游唐人街。

> 逛过唐人街,随便吃了一顿饭,黄参赞道:"饶兄,我带你到一个妙处去。"饶鸿生欣然举步,穿了几条小巷,到了一个所在。两扇黑漆大门,门上一块牌子,写着金字,全是英文。饶鸿生问这是什么所在?牌上写的什么字?黄参赞道:"这就叫妙处。那牌子上写的是此系华人住宅,外国人不准入内。"

这个号称"外国人不准入内"的奇特空间,显然代表了对于中国最典型的想象。然而被如此强调中国性的地方,推开门去,竟然是一个广东妓院。鲁迅说谴责小说辞气浮露,我不知道要如何曲折才算得上是微言大义,但是这样绝妙的反讽,至少痛快淋漓。自王德威以来,多有论者探讨狭邪小说中的妓院,认为是打开了中国现代性的公共空间。这或许有其道理,然而,在老大中国打开了现代性空间想象的妓院,平移到美国的唐人街当中,显然表现出完全不同的意义。一进这妓院的大门,一切气氛使人感觉立刻回到几万里外的中国,所不同者,无非是花雕换成香槟酒,而嫖资从银子变成美国金元罢了。妓院中的广东妓女,甚至比中国本土的还要粗鄙还要无聊,令饶鸿生也"打了两个寒噤,半句话都说不出来"。尤其可怕的是,这并非西方对于中国的殖民主义的他者化和妖魔化,而恰恰是身在海外的中国人自己的文化认同。

晚清知识分子于家国土崩瓦解、历史难以为继的时刻，以空间的拓展寻求现代性的前景，尤其在海外的地理发现当中，积极地想象自我，构建民族国家的主体性。然而在现代性的探索过程中，还犹自眷恋业已衰败颓唐的前史，仿佛饶鸿生，带着一个大姐出身的姨太太游历西方一样。而以此建立的自我认同，必然呈现出新与旧的挣扎和消长，"旧我"不时在"新我"之中借尸还魂，也就难怪饶鸿生走到美国就难以继续旅程，而不得不从日本原路返回了。"华工禁约"这样来自他者的歧视与阻碍不过是个借口，更深层的原因乃在于，这样一个茫然无措、尚不能重新建构主体性的中华文明，哪里有力量去和欧洲这一已经占据了主导地位的认知范型去碰撞呢？

## 失语的焦虑与谵语的狂欢

因此，纵然游踪遍及天下，对于世界的重新认识，在晚清一代却其实从未真正完成，现代性的时间观念尚且混乱，民族国家意识依旧一片混沌，而这种认知上的错位，不能不从语言当中泄露出来。对于《文明小史》的语言/翻译问题，王德威已于《被压抑的现代性》中给予专章讨论，王德威似乎对于晚清维新人士胡言乱语的语言失序颇为乐观，认为恰恰表现出现代性的复杂内涵，至少未曾"只认许'西方'为惟一的意识形态"[①]。这一论述显然是针对"五四"一统的现代性论述。但是此类隐喻式解读显然包含过分主观的先在假设，西方现代性当然是复杂的，企图简单地置换为中国经验固然可笑，但是粗暴地对晚清一代知识分子的此种渴求求全责备却又未免太不体贴。且王德威的解读似乎不能解释，为什么希望以一本辛氏词典简单翻译现代性的努力，会造成一个众声喧哗的对于现代性的误认。或许我们应该追问的，不是

---

① 王德威：《被压抑的现代性》，北京大学出版社，2005年，第255页。

如何想象现代性,而是何以这样想象现代性。

饶鸿生出国,只带了一位懂英国话的翻译,以至于到了日本连部车子都雇不了。仿佛饶鸿生从来没有意识到,日本和美国的语言并不相同。而更冤枉的是劳航芥,由于只会英语而不懂德文俄文,即遭到本来奉他为座上宾的黄抚台的鄙薄。王德威对此的解释是"西方的众多语言参差不一,其实暗示出西方的科学、风俗和价值系统也是多元和驳杂的。我们由此可以推论,也许单一的'现代性'并不存在"①。这样的类比未免过于玄妙,令人难懂,我则只愿本分地理解为,中国此时对于西方语言的混杂认识,首先是由于对于西方这个概念的认识误差。既然中国尚未找到想象自我主体性的正确方式,没有认识到其实那些中国之外的夷狄也互有差异,自然也就不能理解语言上的区别。这不是由于王德威所说的急于进入现代的迫切愿望而造成的粗暴单一理解,而恰是由于面对现代性和他者的茫然和怯懦。

大量的现代事物、现代观念涌入,使传统中国的主体想象当中产生了太多的异物,陈旧的语言因之不能够表达新的外在,从而产生了能指和所指的错位与分离,晚清一代遂陷入失语的状态。小说第一回,柳知府正在考武童,传来店小二打碎洋人茶杯的消息,立刻停考,招来首县商议,当时他有这样一番说辞:

> 你们是在外面做官做久了的,不知道里头的情形。兄弟在京里的时候,那些大老先生们,一个个见了外国人还了得!他来是便衣短打,我们这边一个个都是袍褂朝珠。无论他们那边是个做手艺的,我们这些大人们,总是同他并起并坐。论理呢,照那《中庸》上说的,柔远人原该如此。况且他们来的是客,你我有地主之谊,书上还说送往迎来,这是一点不错

---

① 王德威:《被压抑的现代性》,第263页。

的。现在里头很讲究这个工夫,以后外国人来的多了,才显
得我们中国柔远的效验咧。

以现代政治的话语,叫做两国外交;以实际的情况,是畏惧列强;而柳知府倒是很妙地用了"柔远人"这样一个词。这个前现代的词汇在这里已经完全失掉了它生存的语境,其下的所指亦随之脱离。这是传统话语指认当下现实的困难,而小说当中大量充斥的对于民主与自由的谈论,则是引进的新词汇面对中国这样一个特殊语境时无能为力的表现。这种情况所在多有,在此不再提供例证。而尤其值得重视的是,这些新兴词汇在挪用到中国的语境下时,一方面原来的所指脱落,而另一方面,缺失了所指的能指得以大发神威,几乎囊括了所有对于所指的怪异想象。失序的能指和所指遂重新组合,形成一套奇异的表意系统。有如语言的病态当中反而生发语言的狂欢,于是发出谵语连连。即"自由"而论,既可以指演说、结会、出版的自由,也可以指轧姘头、嫖妓、抽鸦片烟等等。正是在能指与所指的重新组合与谵语的狂欢当中,晚清中国对于现代性的想象和对于自我主体的认同,交混错综地和阴魂不散的传统中国回忆并生在一起。

而奇异的表意系统又何止语言系统一端?服装、发型、饮食、礼仪、演讲、教育,乃至于法权。其实都可作为表意系统的能指层面来认识,在新旧、中洋的符号互置中,在在反映出国人对于现代性欲拒还迎,踌躇满志却不得其门的焦虑与痛楚。

无论是于时间破碎之际,隳突于空间的边界;还是在他者的镜子里,迷茫于对主体的确认;抑或是在因意识的混沌而导致的失语当中重新拼接错位奇异的表意系统,皆深刻地表现出晚清知识分子的内心焦虑,表现出他们在晚清这一特殊的历史语境当中,因主客观的种种原因,探求现代性和主体性的建构而不可得,面对复杂的历史现场而产生的种种心理错位。此前鲁迅、阿英等人对于《文明小史》的解读,

往往囿于折射现实的思路,而忽略了这一代知识分子的内心图景。我则相信所谓"文明小史"的真正含义,其实正是这样生动曲折的心史。六十回《文明小史》以"文明"之名勾连起的众多人物,无论是末路英雄式的悲剧人物,还是魑魅魍魉样的跳梁小丑,总是或主动或被动,以自己的想象与行为,共同建构了新的时间向度与新的政治主体,其影响一直蔓延至今。

(原载《新文学评论》2012年第1期)

# 复杂的精神资源与艰难的形而上之维
## ——评宁肯《天·藏》

宁肯出版于2001年的长篇处女作《蒙面之城》以其恢弘的气度、绮丽的想象，以及饱满而决绝的理想主义情愫，张扬着一种难以企及的生存方式和精神高度，至今仍让人记忆犹新。小说主人公马格从秦岭到西藏再到深圳的地理空间转移，以及与此同时在内心深处和身体维度始终进行的精神远征，令宁肯在很多人的阅读经验当中留下了不可磨灭的记忆，同时也充满了热忱的期待。尤其是其中关乎西藏的章节，从结构上看，那是全书的高潮，也正是在那里，马格完成了精神上的超越。如果了解到宁肯曾在西藏生活十年之久，并写作过大量与西藏有关的散文作品，对宁肯的期待或许会有一个明确的指向：如果宁肯能够以西藏为题材，秉持《蒙面之城》的精神追求，该是何等精彩？

而于宁肯而言，这部长篇处女作的重要性更在于，《蒙面之城》以其独特的气质，令他在中国当代小说的写作中占有了一席之地。中国当代长篇小说惯于书写波澜壮阔的历史，惯于描绘苦难深重的现实，惯于纠缠精微矫情的私人情感，但是能够在宏大的时空背景当中，对个人的精神层面作形而上的精微探索的作者，为数不多，甚至可以说绝无仅有。正是宁肯为我们提供了这样一种独特的可能性。而宁肯后来的两部力作也确实未令我们感到失望：《沉默之门》从《蒙面之城》

的激情当中沉潜下来,归于平常,却又从吱呀推开的历史之门中延续着对于精神世界的探求;《环形女人》换一种悬疑般的笔调,窥视着离群索居又频频曝光于公众媒体的简氏庄园女主人的内心与历史,同时烛照着我们的精神内面。更加难能可贵的是,宁肯能够把对于精神世界的形而上探索,和现代小说艺术的娴熟技巧,如鱼得水地融合一体,使小说既流畅好读,又富于智性。

《天·藏》的出版因此在多个方面都令人欣喜。我们终于可以读到宁肯倾其十几年藏地经验和思索,凝聚而成的长篇小说巨作;并且可以想见的是,我们将依然在阅读这部作品的过程中,进行一次愉悦的形而上旅程,那是一种启人心智的阅读体验。小说不是讲述什么,而是唤醒什么。西藏是如此复杂的存在:它独特的地理地貌、自然风光、风土人情,以及波澜壮阔的历史图景……而人的精神世界的复杂性又何尝逊于此?独特的小说写作和思索,与独特的地理坐标之间的对撞,必然形成富有张力的精神空间,迸发出复杂的面向。

## 历史·政治·个人

对于汉语写作而言,西藏是边缘空间。或许正因为此,对于西藏的书写更能够吊诡地折射和放大百多年来民族国家的沧桑历史和政治风云。对于西藏的严肃书写,总是无法回避其独特的政治生活和历史变迁。早在上世纪 90 年代,扎西达娃《骚动的香巴拉》即以一个家族的历史,写出了西藏在百年中国沧海桑田中的沉浮荣辱。高原这一相对封闭的空间,骤然被拥挤而来的各方势力侵入,固有的原始秩序链条破裂,个人命运淹没在历史洪流当中,格外触目惊心,令人震撼。而其独特的宗教背景和文化氛围,更为这种历史的暴力提供了多重解读的余地。阿来的《尘埃落定》及后来的《空山》则相继书写了更为完整的西藏风俗史和文化史,从民国之初到现代文明的侵入,对于西藏文化的任何一次书写都不能不以历史作为参照。或许是因为西藏是这样混杂独特的空间：最古老的文明与最现代的文明共置一地，八角街卖酥油的藏族老人，让你恍惚地怀疑千百年来他就是这样坐在这里，而他的身后或许就是灯红酒绿的西餐厅。历史在这里不是回忆，就是寺庙墙上斑驳了几百年的壁画，与壁画前面打着旅游团小旗木然欣赏的游客，是大昭寺门前终日磕着长头的信徒和那些将他们也当做风景拍进数码相机的人们混杂在一起。所有的时间，都同时存在。

而在书写这历史天然凝聚归拢的高原时，《天·藏》自然也无法回避这一命题。小说的一条重要线索，就是维格拉姆对于家族先辈的执著寻找。维格拉姆，在小说中多简称维格，生于北京，赴法留过学，最终回到西藏寻找自己的精神血脉。维格拉姆这个藏名，既是她的名字，也是她母亲的名字，还是她外婆的名字。一个名字就牵连起一个长达百年的故事。她的外公苏穷·江村晋美是将西方文明引入西藏的第一人，在十三世达赖喇嘛的支持下曾经在整个高原意气风发地开展过藏地的现代化运动。可惜十三世达赖喇嘛过早去世，苏穷旋即被代表保守力量的政治宿敌打入布达拉宫的死牢，在十三世达赖喇嘛的主持下过继给显赫的阿莫家族的儿子亦因此不能承认这个父亲，逼迫生母维格夫人写下证明，表示此子非她与苏穷所产，并改嫁他人。历史的残忍与个人承受的折磨与屈辱莫此为甚，而个人的命运在更为宏大的力量驱使下的跌宕起伏，更莫此为甚。可以说，在小说的14、15、17、18章中，由维格向王摩诘娓娓道来的这个故事，这小说的线索之一，已堪与《骚动的香巴拉》和《尘埃落定》的家族史相比。而更加令人动容的，是这故事当中两位女子的命运与选择，以及此中内含的坚忍。维格的外婆维格夫人在苏穷被儿子搭救出狱之后，留下女儿远走，再无踪影，成为维格始终不懈寻找的目标，从她写下证明的那一刻起，她的沉默就成为一种强大的力量，控诉命运，控诉神佛，更控诉着历史。而维格的母亲自超度她的父亲升天的那一日起，就将母亲的那种宗教般的沉默融入自己的生命，她离开西藏，在内地生活了一生，谨小慎微，从不与人生气，甚至自己的孩子。然而哪怕在"文革"的动荡与危险当中，她仍然小心保管着密宗的佛像，在深夜参拜，退休之后才终于抛下内地的一切，回到八角街。在维格动情地叙述这一细节的时候，我们几乎可以触摸到母亲维格拉姆生命的褶皱，而她的一生又何尝不是一种隐喻？她小心翼翼的参拜又何尝不书写了藏人的某种共同心路历程？

因此，较之外在的历史，在小说中更为重要的，是历史当中，个人的精神追求与选择。也因此，所有的家族历史最终全都压在了维格一个人的身上。尽管她生于内地，求学于西方，有着芜杂的精神来源和复杂分裂的性格，但是王摩诘始终能够辨识出：在她的身上，有着三代"维格拉姆"始终不变的精神特质，促使她去追问自己，追问家族的往事，也追问西藏的历史与当下的命运。历史与个人在这里整合为一，是个人而非历史成为小说的主要书写对象，或者说，小说是以关注个体的方式，在关注着宏大历史。

而王摩诘这个沉浸于哲学思索的怪人，又何尝不携带着历史的印记？他的父亲经历了"反右"，在"文革"中失踪，他自己的历史遭际也在小说中得到充分暗示。在小说后附的对话当中，作者和责任编辑更是明确指出他的虐恋倾向与其所遭受的历史的关系。不止王摩诘，包括诗人——这个从来未被命名的维格的某任情人，正因为其匿名，而能代表更广大的西藏外来人员——他从不掩饰自己在某一历史时刻的作为和态度，甚至将此作为一种标榜。从而使他的坚守西藏绝不入内地，成为一种政治的姿态，在历史当中，这一姿态显得孤独、可笑却又令人无法发笑。西藏这一片高原雪域成为某种历史的避难所和世外桃源，同时再次因此更加附着了历史与政治的色彩。而值得注意的是，小说并未直面历史，而是将历史内化在个体的精神内核之中。和维格的故事一样，小说以个人作为撬开历史的杠杆。

王摩诘的菜园两度被毁和诗人近于疯狂的破坏欲，显然是对二者共同承担过的历史事件的一种隐喻：王摩诘苦心经营的菜园，在彼时彼地不啻一种理想，无论这理想的煞有介事背后多么微不足道，横遭强力干预总是令人痛心的。这一隐喻中，两个背景相同的人不同地位，表明作者绝非针对历史现实本身在思考与写作，而更关注历史背后的动因。暴力，以及暴力的机制，并非一定在宏大的历史背景当中才能够暴露出来，而始终流动于日常生活的个人与个人之间。诗人如何从所谓的暴力承受者，在另一场合变成施暴者甚至阴谋策划者——以虚假的生日宴会作为新闻发布会，公开王摩诘难以启齿的隐秘私生活，无疑是一种比践踏菜园更为卑劣的暴力。在对诗人的刻画当中，不难看出作者对于某些历史事件的批判性反思，以及对每个人，包括他自己的拷问。而王摩诘枯坐菜园当中，近乎甘地般的对抗，以及保持这一姿态时永未放弃的思索，实际上使得暴力的历史成为一种思想资源——历史或许是个人无法对抗的，但我们至少可以思考它，转化为自己的一部分。而当一个人的精神能力无法负荷这种转化的时候，就成为某种非常态的因素。王摩诘奇特的性爱嗜好，显然便与此有关。对于这一点，作者在书后的对话中简单归于知识分子的病态与奴性，是笔者不能赞同的。或许这只是因为，在对谈时无法就此展开详细的探讨。作者本人不可能没有意识到，不懈的形而上思考者和修炼者王摩诘的这一身体怪癖，恰恰提醒了我们个人精神的复杂和限度，王摩诘思考的深度和广度，与他最隐秘的私生活的病态和不堪，恰恰构成一种紧张的张力。历史强加于王摩诘的，正是王摩诘的个人精神探索要去克服的，他在维格的帮助下，也一直在做这方面的努力。只是可惜功亏一篑。但毕竟，历史的强力在个体的层面，有了非同一般的意义，历史成为个人精神成长和提升的压力和动力，起点和理由。

因此，《天·藏》这部以西藏为题材的作品，当然没有回避无法回避的西藏特殊时空，没有回避那凝聚并置的历史空间，但在西藏这一空间将所有历史拉平到高原上之后，宁肯又将所有的历史拉进人的精神世界。对于精神世界的形而上探索，就是对于历史的回应，小说因此轻盈地从历史当中逃逸，飞升到更为纯粹和广阔的领域。

## 皈依与思辨·现代性迷思·后殖民隐在心态

小说对于个人精神世界的形而上探索，决定了小说当中大段大段的哲学话语。而西藏复杂的历史和独特的地理空间，决定了这种形而上探索注定是艰难的，混杂的。宁肯显然为写作这部小说，做了大量哲学和宗教方面的准备，因此没有足够的理论素养，对这部小说的阅读就只能是表层的。笔者当然也无力对小说中涉及的纷繁复杂的哲学和宗教理论作出精准的分析和判断，只能姑妄谈之，而作为一种极其开放的文体，小说的魅力或者也恰恰在此：每个人都能够以自己的知识结构和思维方式进入这一小说，触及自己精神的底部，而每一次精神的进步，都会为小说带来更新的风景。

小说一开篇对于雪中马丁格的描写，就既具有小说艺术的美感，又笼罩着崇高、神圣又不失智性的宗教色彩。"一场雪覆盖不了整个高原，我的朋友王摩诘说，就算阳光也做不到这点，那会儿马丁格或许正看着远方或山后更远的阳光呢。事实好像的确如此，那会儿马丁格的红毡氆袈裟尽管已为大雪所覆盖，尽管褶皱深处也覆满了雪，可看上去马丁格并不在雪中。从不同角度看，马丁格是雕塑，雪，沉思者，他的背后是浩瀚的白色的寺院，雪仿佛就是从那里源源不断涌出。……王摩诘说马丁格沉思的东西不涉及过去，或者也不指向未来，他因静止甚至使时间的钟摆也停下来；他从不拥有时间，却也因此获得了无限的时间。"作为藏传佛教的上师，马丁格一出场就是与时间无涉的存在，是纯粹的精神性的个体。作为一部西藏题材的小说，藏传佛教显然是一支根本性的精神资源，它没有过去与未来，不接受质疑，只需要信仰。如果说雪是一种"加持"，就如同是智慧的隐喻一样，那么雪从中而来的寺院以及寺院所象征的宗教，则是一种绝对的精神境界。而这种绝对超越的智慧一旦进入以怀疑为本质的小说，就成为众声喧哗中的一个音阶，它必须参与思辨，并且接受对话的邀请。

这样的思辨和对话，首先来自于上师马丁格本人的身份和经历。与一般藏人不同，马丁格并非天生的藏传佛教徒，而是来自法国。他出身上层社会，接受的是优良的西方现代科学的教育，本是生物学家。偶然的西藏之行改变了他的生命轨迹，让他服膺于东方神秘主义文化的魅力，遂离开本来有望臻于世界一流水平的科研工作和法国故土，到西藏追随上师进行修持，并最终以白人的身份成为上师。马丁格的先在出身和教育经历，本身就作为一种思想资源，构成与传统藏传佛教的对话，这一对话运行于马丁格的内心，呈现在他的选择之中，昭示着传统佛教的感召力。而如果说这样的对话和选择还过于内在，甚至有异教徒皈依故事的现代翻版的嫌疑，那么马丁格的父亲不远万里来到西藏，与他真实发生并被作者"记录"下来的对话，则是真刀实枪的交锋。而小说的另一条重要线索，正是这交锋中两种截然不同的世界观和行为模式的对撞与摩擦。

让-弗朗西斯科·格维尔是法国著名的怀疑论哲学家，法兰西终身院士，永远像福尔摩斯一样叼着烟斗，固执而又不失绅士风度的他，代表着西方古典哲学的传统。他对于儿子马丁格所选择的宗教道路的质疑有着复杂的西方背景。首先是他对于西方哲学史的认识，在他看来："自公元前六世纪到公元十六世纪，哲学在西方一直大体有两个分支：一个是对人类生活的指导，一个是对自然的认识；差不多从十七世纪开始，西方哲学对于第一个分支不再感兴趣，将它抛弃给了宗教。第二个分支则由科学担负起来了。这时候哲学所剩的仅仅是对于超出自然之物也就是形而上学的研究。从这时起'我应该怎样生活？'这一苏格拉底式的西方问题就被西方抛弃了，哲学渐渐被缩小为一种理论练习、语言游戏，尽管它一直有着学究式的傲慢，但已不能与科学相抗衡。至于科学，老头认为虽然完全独立地得到了发展，但科学并不建立道德和智慧，因此总的来说是哲学的逃脱与科学的技术化，才使得佛教在西方有了巨大的吸引力。"格维尔自然对苏格拉底式的哲学方式心向往之，那是一种哲学思索和身心修炼合二为一的理想状态，是现代学科体制尚未将人的精神世界分裂和异化之前的黄金时代的特有品质。而他非常清楚的是，那个时代已经破碎了，哲学的功能让渡给了宗教和科学，而这两者他显然都不信任。其次，他固执地认为儿子的选择不过是战后一代如美国的垮掉一代，在精神失去归属的时刻对于东方神秘主义哲学和宗教的时髦附庸，这样的信仰是经不起推敲的，是与人的精神修养无关的。无论从学理层面，还是从具体的时代因素，格维尔都认为自己有与儿子对话，并且质疑他的需要。而在这样的怀疑论调背后，我们看到的是一个其实对于怀疑亦表示怀疑的悖论者，一个虽在怀疑，实则渴望某种可供信赖的精神资源的求索者。他怀疑，是因为总是感到失望，是因为他希望终有一物可以令人的精神生活和现实生活回到苏格拉底时代的完美协调，然而后工业化的时代再也无法提供这种可能性了。因此格维尔的怀疑和马丁格的笃信，其实各自代表了对于自己的精神求索道路的执着，对于二者的对话的"记录"过程，其实也是作者的思辨过程，更是维格和王摩诘的成长过程。

父子的第一次对话在第 3 章，格维尔追问了马丁格的思想蜕变过程，他需要确认，究竟是一时冲动或对于神秘主义的莫名魅力的非理性投入导致了马丁格的人生变化，还是马丁格经过深思熟虑的思考做出的选择。马丁格给出了完满的答复，尽管其皈依的选择依然基于一种感性的被召唤感。而被严格科学训练过的马丁格将自己的生命转折交付亲身体验的生活本质而非理性思索，或许已经标志了父子之间思维方式的不同，或者说，东西方两种精神进阶道路的差异。

而在第 8 章的对话中，格维尔没有表现出足够的怀疑论哲学家的形而上思辨的素质，相反则更像一位望子成龙的慈父。显然他对于马丁格放弃前途光明的生命科学研究（有可能是马丁格而不是别人发现双螺旋结构！），投入高原雪山的怀抱，心怀不满。"你不觉得科学与信仰，这两件事是可调合的吗？"自称持怀疑论的老哲学家，显然不能摆脱他身在其中的意识形态的逻辑：在哲学交付的两条道路当中，他显然对宗教比对科学更多怀疑。他相信理性的力量，相信科学引领人类进步，而不相信宗教对于一个人的幸福的满足。西方现代性的思维在老人的身上有着深刻的烙印，而这正是父子二人真正的分歧所在，也是两种精神方式的真正分歧所在，或许更是本书所做的精神探索，最重要的张力所在，即如何看待现代文明对于个人和历史的影响，如何看待现代性的后果。此后父子二人的对话，或者说，也包括此前的对话，都确是在这一点上存在分歧：格维尔追问佛教教义和仪轨中，普遍被认为属于迷信的部分。而迷信这一前现代的标志，恰是现代性对于他者的指认。在老人认为是黄金时代的苏格拉底时期，同样是信神的，神不应当被怀疑，正如幸福的精神生活不应当被怀疑一样。格维尔有着相当理性的逻辑思考方式，这与马丁格的修持之道难以达成共识已是必然。而小说并不是法官，虽然小说对于马丁格的淡定姿态的刻画，难免流露出一定的倾向。但是更为可贵的是，在二者的碰撞当中，小说提供了一个多元交流的平台，令每一种声音都有发言的可能。实际上，不论是马丁格对于宗教的独特解释，还是老人基于严格西方理性思辨训练的发言，都提供了某种精神营养。在笃定中淡然面对生死劫灭，和在痛苦的理性思辨和怀疑中随时矫正自己的思想和探索生活的道路，同样是值得尊敬的。

而始终作为二人对话听众的王摩诘，显然在倾听的过程中接受并融汇着多元的文化信息，并在他独语的思考当中传递给我们。同样作为受过西方式的理性思维训练的王摩诘，和格维尔实际上又有不同——尽管后来他做了老人的关门弟子——和老人反感福柯、德里达等法国新派哲学不同，王摩诘显然对新派哲学理论相当熟稔。毋宁说，较之老人笃信的休谟、蒙田、笛卡尔、帕斯卡尔,后现代主义的哲学家和思想家是王摩诘思考的更为主要的资源,这从小说涉及王摩诘时的相关理论的引用率足可看出。

思想资源的差异,使得王摩诘得以成为马丁格、格维尔之外的又一个形而上层面的对话者。因此无论是与马丁格的交流,还是与格维尔的探讨,王摩诘都能够成为一个激发者——当然,这样的差异也有个人历史的因素,比如在与马丁格探讨双修的时候,王摩诘显然是在为接受维格这一另外的精神资源的改造做准备,而这一改造又源于他内在的病态性向。与格维尔相比,王摩诘或许陷入一种更加深刻的迷思当中。如果我们还记得杰姆逊在《后现代主义与文化理论》中的论断,或许我们会觉得格维尔的判断是有道理的:杰姆逊略带游戏口吻地指出,西方后现代理论的生产,其对于深度模式的解构,已不再关注本质性的问题,而更在乎怎样表达。它不但不像苏格拉底时代的哲学那样解决真切的生活方式问题,甚至绕开思想本身,不再对本质性的思想发言,而仅仅生产学院意义上的知识。或许这也可以说明,为什么苦行僧一般的阅读与思考,始终也未能解脱王摩诘。甚至在全书的最后,作者充满浪漫主义地让王摩诘信仰维格,或者说,信仰爱。令他如卑微的信徒一般,甚至有些猥琐地追随着维格。但是作为真正结尾的脚注,连这一点浪漫的想象都解构掉了。解构的写作本身解构掉了后现代主义信徒王摩诘获得真正精神解脱的可能性,王摩诘比怀疑论哲学家格维尔更加沉迷地在现代学院体制生产的知识中打转,失去了维格这根救命稻草,永远无法克服内心深处的扭曲与暴力印记。

那么维格呢?如果说后现代主义的信徒王摩诘已经足够具备后现代的混杂、拼贴特质,维格简直就难以概括了。她以一种女性的本能,巧妙地游走在多种精神进阶方式当中。她信奉藏传佛教,但是她的信奉多半来自于对自己血脉之根的想象性归属感,甚至虚荣心。而入门的那关键一步,则是基于内心的情欲之爱。无论她如何辩白她对于年轻活佛的复杂情感，我们也不难辨认，在圣洁的宗教情愫中始终有一种危险的世俗肉欲。也因此她的修持从不坚定，也无法如马丁格一样奉行禁欲主义和极简主义。她的身份始终是处于边缘和摇摆不定的：虽然在拉萨之外的中学做志愿者，同时侍奉上师马丁格，但是她从未离开热闹的拉萨。她的小屋简单朴素，又有一种洋溢着宗教氛围的小资情调，同时还是拉萨的朋友们——那帮为王摩诘所不齿的雪域猎奇者，尽管这不齿中有嫉妒，但是也不乏形而上的因素——寻求刺激新奇和寻欢作乐的场所。她沉溺于情欲，又笃信宗教，对于侮辱上师和宗教的所有人她都怒不可遏，但是又实在不能为了宗教放弃世俗的享受，不论物质的，还是肉体的。在弃山星的沐浴节上她轰动一时的表演或许最能象征她丰富而芜杂的内心世界：我们已经无从判断，那是一次对于远古和宗教的虔诚献祭，还是一场富于媚俗意味的行为艺术表演。那些带着猥亵的、猎奇的目光送她入水的人们，他们欢呼，他们赞赏，他们叫嚣，她听到这些声音，或许觉得那就是属于她的人群，因此出水之后她能够如一个上流社会的交际花般自如穿梭其中。但是在人群之外，还有她的孤独却并不显得孤独的母亲，那代表着她另外的归属。所以她和母亲抱头痛哭。她是在哭西藏遗落的传统，在哭这传统变为一种世俗的表演，还是在哭她自己在这仪式当中的迷失呢？在与王摩诘同居的日子里，或许她真的以为自己就是宗教里的度母，能够度化王摩诘，但是她毕竟不是，她有着七情六欲，有着正常女子的正常性需求。她最终的放弃也就顺理成章：她在放弃王摩诘的同时，也放弃了自己的精神修行。她和王摩诘一样，在迷乱的后现代时空中，无法真正找到自己的归属。

或许她唯一坚定的，是她对于自己血脉的寻找。她或许也一度将此作为她的精神修行之一，然而穿越历史的重逢并没有给她更多启迪。维格夫人已年迈如一株植物，如一块植物的化石，维格曾经赖以求生的西藏文化与宗教，以维格夫人为标志，已经在老去，在石化，虽然有马丁格,但是马丁格并未最终进入她的内心。或许也正因为她这唯一的坚持,她最终的好归宿正如王摩诘所说,是去博物馆。在那里,她可以一遍遍讲述,一遍遍修复自己的历史,如同她的外婆和母亲一样,在日复一日单调的生活和默诵中,继续寻求解脱之道。但是博物馆不是寺庙,在那里只有历史,而没有活生生的生活。在作者想象的一次次重逢里,她对于王摩诘的麻木和逃避,已经注定了她无法面对她自己的内心。因此她只好服从命运,与教练结婚,或许教练所代表的世俗生活的稳定与力量,以及男性的征服性的魅力,才真正能令她女人的本能感到踏实——而教练的死令这世俗的踏实也变成了暂时性的。精神上若未获解决,所有的踏实都注定是暂时性的。

而以博物馆作为维格的归宿,也是全书的归宿,是颇耐人寻味的。安德森在《想象的共同体》中,将博物馆视作现代民族国家建立认同的手段之一。民族的历史以一种现代的视野被整理,成为经典,供人瞻仰,并获取认同。在此过程中,又不乏东方主义的意味。而若就此引入萨义德的后殖民视野,我们更不禁要问:博物馆的收集、整理和归类,是依照谁的逻辑在进行,又展示给谁看?维格作为外语人才引进博物馆,每天面对的主要顾客是西方游客。西藏的历史与文化讲述什么,如何被讲述,都是由他者来规定。原生态的真实的西藏早就不可复原了。

实际上,马丁格这一人物作为藏传佛教文化的标志性人物被放置在全书的开场,就已经昭示了某种没落。在父子对话中,格维尔对于西藏的东方神秘主义文化之前现代属性的质疑,代表了一种西方的声音,而马丁格则代表了东方在与之对答。如果说,两种不同时空的文化本无沟通的可能,尤其宗教是那样需要笃信而非质疑,那么马丁格在本书当中充当了一个相当出色的阐释者和传播者。问题在于,这样的沟通何以成为可能?恰恰是因为马丁格的西方修养,使他能够将古老的东方宗教翻译成法语,与自己的父亲所代表的文化进行交流。而这样的翻译是可靠的吗？以一种语言转述的另一种文化，确是值得相信的吗？何况即使想一想那样的场景，都不能不令我们回忆起某类好莱坞电影如《最后的武士》。或许我们还应该想到沐浴节上狂欢的人们，想到于右燕，想到诗人，如果不从政治上讨论，而只涉及文化，西藏显然也为汉文化提供了一个异域想象，尤其在消费社会的今天。维格的痛苦难道是没有道理的吗？当西藏最后的大师是一个西方人的时候，当西藏在人们的眼里只是一个想象中的散发着小资格调的异域的时候，藏传佛教文化已经悄然发生着改变。任何希望在此寻找到精神超越和解脱都是不可能的了，可能的只是暂时性的自我欺骗和麻木放任。

因此，或许在作者的意料之中，或者在作者的企图之外，精神的探求从一开始就是绝望的探求。但是恰恰因为绝望，因为精神超越的不可能，王摩诘苦修般的思考和维格近乎歇斯底里的追寻，反而具有了一种悲剧性的力量。这种力量使小说力透纸背。小说从来是怀疑的艺术，一个提供解脱之道的小说或许是好经文，但不是好小说。正是在各种力量的角逐不下之中，小说的意义才呈现出来。

## 哲学性与文学性・多重叙事的必要・先锋派和西方现代派的遗产

复杂的精神内核，需要复杂的艺术技巧；也只有复杂的精神内核，才配得上复杂的艺术技巧。《天・藏》洋洋35万字，但是与其所容纳的内容相比，这个篇幅是太小了。如果不在艺术上予以足够的设计，势必纷乱，让人目眩。而宁肯能做到群声喧哗之中有条不紊，确是值得称道。

小说通篇充斥着复杂的形而上追问与思辨，而从接受的角度看，如果不加以调节，连篇累牍形而上的文字势必让人厌烦和疲倦，毕竟小说不是王摩诘的那本关于零的哲学著作。而宁肯能够自如地在精神探求和小说叙述之间穿梭来去，稳定地把握着小说的叙事节奏。在全书当中，绝少整章都在进行形而上的交锋。即使马丁格父子的对话，也往往前后牵连着情节的推动。如第一次对话的意义，更重要的是补充马丁格的个人历史。智性思考是像闪光的碎片一样点缀在叙事当中，而不是一整块玻璃砸下去。何况如前所述，形而上层面的探索，本就是这部小说的着力之处。而个人的历史与形而上的思辨，决不能分裂看待。因此，宁肯那些长篇累牍的哲学性文字，其本质并非思辨，而是另一种叙述。从这一角度看待，或许我们无需追问在小说当中插入如此大容量的哲学性文字是否冗赘，是否必要：在宁肯建立的关注形而上探索的小说整体框架当中，论文般的科学语言已经被改造为独特的文学语言。宁肯绝非卖弄知识和故弄玄虚。每一次哲学的讨论，都让我们更加清楚人物的历史，更加深入人物的内心。

而更加令人称道的是，或许因为宁肯是写作诗歌和散文出身，他的文字极具表现力和抒情性，而形而上的因素就蕴含其中而非裸露出来。第0章中对于马丁格的刻画便是最好的范本，马丁格作为一种绝对精神的符号，不是出现在佛堂中，而是在漫天飞雪当中亮相，白雪花、红氆氇和金顶的寺庙，构成了色彩对比鲜明的图画，而宗教般的肃穆笼罩着整个画面，飞扬的雪花又使这幅画面不至于呆板。叙事、抒情和思辨，在此完美地融合为一。而在章节的安排上，同样可以看出宁肯的机心：第0章偏重于抒情与叙述，第1章则有如一篇可以独立成章的散文，抒情当中包含着智性因素，第2章则偏重于形而上探讨，并借此叙述马丁格前史。章节的安排总是这样错落有致地交杂分布，往往在比较充分的叙事之后，立刻穿插一小篇散文般的灵性文字，逸出主线之外，但又并不突兀，而是以其独特的方式渲染了氛围。

如果说多种表现手法的娴熟转换还属于传统的小说技能的话，那么《天·藏》对于注释的功能之深入开掘则极具现代意味。注释在小说当中的这种用法，《天·藏》并非首创，阎连科的《受活》中，注释的叙事力量就被发挥得淋漓尽致。或许会有人认为这样的形式太过繁复，甚至有哗众取宠的嫌疑，但是如新诗一样，每一部小说在创作的同时，也在创作属于"这一部"小说的独特文体。如果确是内容表达所必须，那么就不存在哗众取宠的问题。在描述雪中马丁格时，宁肯指出了一个思想者与时间之间的微妙关系："马丁格沉思的东西不涉及过去，或者也不指向未来，他因静止甚至使时间的钟摆也停下来；他从不拥有时间，却也因此获得了无限的时间。"思想者需要时间之外的时间，而注释恰恰在小说的线性时间之外，提供了这样的可能。注释时时打断小说的正常叙述，使叙述事件被阻隔，将读者拉出正常的时间，从而达成思考的多元。小说中屡次提及王摩诘可以同时一心多用，则读者在注释与正文之间来回穿梭，与之庶几相似。这样的跳跃，一方面能够提供别种思维的角度，又能够灵活进行必要的补叙，使叙事变得轻盈，不滞重。而更加重要的，当然是提供了一个不一样的叙述视角。注释一般被认为是小说之外的，则在传统的小说美学理论所提及的几重叙事者之外，又提供了一个看上去更加真实的作者的声音。作者"我"直接跳出来发言，几乎可以以假乱真，他以一种上帝般悲悯的眼光看着笔下的所有人物，尤其是被叙述成"我"的朋友的王摩诘和维格，实际上是提供了一个隐藏的人物。维格与王摩诘的精神磨炼，也是作者"我"的一次修行，写作的过程，也是一次不断反省自问和切磋进步的过程。而有的时候，比如小说的末尾，这个注释中的作者，又能为小说的情节发展提供另外的线索，从而使小说具有一种开放性，织成网络般的效果。

当然，在小说技术上并非没有可以商榷之处，比如，"我"在小说正文和注释之间的跳跃，有时失于随意，往往在注释中刚刚发言，又忍不住跳到正文再发言，难免造成些许阅读上的困难。有些注释，比如28章中的长注，无论从何种效果考虑，都完全可以归入到正文中而不必单独注出。既然这是一本如此注重形式的小说，或许，在一些细枝末节上加以调整，会使之更趋精致与完美吧。

　　中国新时期以来的文学受到西方现代派深远的影响，先锋派的兴起则标志了这种影响之彻底。先锋派可算是真正的转折点，改变了对于纯文学的标准，为后来者树立了标杆。但是随之而来的就是对于先锋派的低劣模仿。大量文学的后来者在对先锋派知识背景和写作环境毫无关切的前提下，就开始了先锋派的尝试，造成大量作品不忍卒读。所谓先锋派，首先是一种观念上的先锋派，而非形式上的先锋派。徒有形式上的先锋派，不如走最老实的现实主义路线，将故事本本分分地讲出来。而《天·藏》的过人之处在于，形式的繁复与内容的驳杂完美地结合在一起。唯有这样的先锋派，才有意义。

　　　　　　　　　　　　（原载《小说评论》2011年第1期）

# 小说的三重美学空间
## ——论宁肯《三个三重奏》

## 一、对权力的知识考古：只是阅读的起点

阅读《三个三重奏》时，我不断想起米兰·昆德拉。这个前爵士乐手和宁肯一样，热衷于用音乐形式结构长篇小说。尽管我对音乐一窍不通，但仍曾长久迷恋昆德拉小说中那种精致的节奏感：如波浪般不断推进和累积的力量，不时被跳跃的轻巧片段打断，而后更为丰富的声音混杂进来，继续裹挟着叙事向高潮涌去，最终在辉煌处响起悠久的回声。尽管宁肯在这部长篇小说中并未采用昆德拉式的交响乐章形式，但是在三个三重奏交叠演奏的迷人音效里，我再次感觉到那种经过精心设计的节奏之美。

宁肯与昆德拉的相似之处当然不止于此。正如音乐本身即导向一种神秘的美感，像昆德拉一样，宁肯也对形而上的思考怀有强烈热情。他们都如此谙熟理论，如此热衷于对世界——他们身处的世界和他们所创造的世界——进行哲理性分析，他们使写作成为一种高度理性的行为，他们的激情来自于理性抵达透彻之后的狂喜。在当代中国这样的小说家并不多见，而这恰恰构成宁肯最可宝贵的特质。

惟其如此，宁肯才有可能正面处理《三个三重奏》的主题，而不至

流于庸俗，变成官场小说甚至黑幕奇谈。权力。我们当然记得，这也是米兰·昆德拉的关键词，始终贯穿于他的小说创作当中。人们经常容易误会，这位来自捷克斯洛伐克的作家之所以一再探讨权力，乃是因为他曾和他的祖国一起吃过集权主义的苦头。但实际上，形而上的思维方式早已将他的追问拔离祖国的土地。他关注的不是某个权力，或某种权力，而是权力本身。宁肯同样如此，《三个三重奏》看似恰逢其时：再也没有比 2014 年更合适的时机来出版这样一部小说了。有哪一个时代能像此时一样，对权力的滥用如此敏感？但是，又有哪一个时代能像此时一样，对权力的滥用如此漠然？当我们不断提及腐败、渎职、暴力、道德沦丧与那些惊人的不公正时，它们已逐渐蜕化成为单纯的谈资而失去了话语的重量。因此宁肯拒绝去书写那些已经为人们耳熟能详的权力的细节。他绕开来，深入到权力背后，通过讲述权力的侧影与背影达至陌生化的效果，让我们得以在更加形而上的层面上思考权力的内在机制。

在以杜远方为主题的那支三重奏里，宁肯并未过多着墨于这个叱咤一时的国企老总如何在官商两界游刃有余，而将其还原到日常生活。在与人性、性的角逐中，我们格外清晰地看到权力的虚弱与强悍，它的复杂性。而在居延泽的故事里，我们将看到一个曾经有着质朴的热血与冲动的青年，其主体性如何在历史、教父与爱人的多重挤压下逐渐扭曲变形，成为权力网络中一枚心甘情愿且洋洋自得的棋子。而更为精彩的倒是从小说注释中逐渐爬升的那一支三重奏的声音，另外两支三重奏中时隐时现的历史主题在这里被嘹亮地奏响：究竟是怎样的历史褶皱，造成了怎样的机制与逻辑，使得杜远方唯有同流合污才能保障企业发展甚至自身安全；使得居延泽唯有在权力场上才能获得人生实现，而绝不甘心安于平静的学院？宁肯将时间上推至 1980 年代，在激情涌动的黄金时代寻找权力畸变的伏线；甚至上溯至更早，以确认黄金时代的内在矛盾与危机。很多论者都注意到 1980 年代之于《三个三重奏》的重要意义[①],这并不奇怪,历史从来都是宁肯挥之不去的写作前提,他习惯于回到某个历史关节点去为他的人物和情节寻找动机。这种知识考古学般的严谨,正是他形而上小说方式的重要表现。

然而这样一种智性写作倾向同样会给宁肯带来米兰·昆德拉式的尴尬。那些习惯于传统叙事的读者总是不断向昆德拉发问:你所写的究竟是小说,还是哲学著作?——正如宁肯的《天·藏》曾经招致的质疑一样。而那些精于哲学训练的专业批评家对昆德拉的误读倒是更为笃定:他们熟练地从那些哲理化的小说中提炼种种主题,铺陈长篇大论,然后忘记了昆德拉首先是一个小说家,而非思想者。——正如我如此津津乐道地谈论《三个三重奏》对于权力的透彻解析。不应忘记的是,米兰·昆德拉的形而上思索不仅是关乎外在世界,更多是关乎小说艺术。或者说,他首先是在小说与世界之关系的层面上思考外在世界,是以小说的方式对世界进行形而上探索。因而,他对于小说文体本身的形而上思考可能更为丰满有力,他的文论著作如《小说的艺术》《被背叛的遗嘱》等极大开拓了小说艺术的可能。唯有在小说家的身份之中,才可能真正理解米兰·昆德拉。基于同样的理由,尽管宁肯对于权力的知识考古已抵达相当深度,但指出这一点或许并不能意味着可以完成对《三个三重奏》的阅读。毋宁说,这只是一个起点。重要的不是宁肯发现了什么,而是他如何以小说的方式发现了它,如何在发现它的同时也拓宽了小说的领域。

## 二、红塔礼堂、甲四号院与北京城:时间的空间形态

因此,请允许我回到阅读中最具快感的时刻重新开始讨论——读者的阅读快感所在,或许正是小说美学值得关注之处。那时候三个三

---

[①] 参见项静:《想象大地上的陨石》,《上海文化》2014年9月号;孙郁:《在没有光泽的所在寻觅真相》,《文艺报》2014年12月22日。

重奏的声音已各自从顿挫沉缓走向高昂,并交相辉映造成真正庞杂而振奋的音效。杜远方的三重奏其实已然结束,只剩下遥远的动机还将在居延泽的乐章中继续回响;而居延泽将作出他人生的重要决定,但很快这青春最后的冲动将屈服于历史的主旋律,在权力的合唱中显得倔强而微弱,像是一支曲调将退居和声之前最后的跳跃音符。而恰在此时,在小说的第 390 页,注释中那支三重奏势必展开大段有力的独奏,将整个乐曲推向高潮。在长达 21 页的注释中,宁肯需要在关于叙事者"我"的 1980 年代故事中,对小说所有人物及他们时代的来龙去脉作一收束。有趣的是,这一与时间有关的艰巨任务,宁肯选择通过对两个空间的塑造来最终完成。

第一个空间是红塔礼堂。即便今天,礼堂这一特殊的空间形态仍带有浓重的集体主义色彩,在上世纪七八十年代之交它当然存留着更多的政治隐喻意义。这座矗立在月坛北街 12 号的苏式建筑"那时也叫国家计委礼堂,带有国家神秘色彩",它所在的灰色调国家办公区域"没有胡同,也没有四合院,更没有枣树、海棠、大柳树或老榆树,也没有洋槐,没有街头巷尾,街谈巷议,路过这儿或到这儿办事的北京人觉得这儿不像北京,像国家"[①]。然而恰恰是这个最具红色中国特色的空间,成为向国人与世界展示中国特色的窗口。斯特恩、梅纽因、小泽征尔,都选择在这里举办音乐会,开始他们的破冰之旅;而这里曾经放映过的那些西方经典电影,亦成为一个时代风气大开的重要表征。历史似乎在这一狭小空间的内部突然加速:"现在回想起来,描述一个时代巨大而清晰的转型,或许没有比描述 1979 年前后的红塔礼堂的演出更富动感的了,那时你从这个礼堂进来可能还是一个旧时代的人,出来时你可能已是一个新人。"[②] 宁肯对红塔礼堂的表述有如电影胶片记录下

---

[①] 宁肯:《三个三重奏》,北京十月文艺出版社,2014 年,第 391—392 页。
[②] 同上书,第 391 页。

的飞奔人影,历史在这样的影像中显得模糊暧昧。过去与未来、艺术与政治、规训与启蒙、个人体验与集体空间,统统挤压在一起,其中所能召唤的复杂性,那种小说特有的复杂性,超过任何一种理论表述。

  与红塔礼堂的躁动活跃相比,宁肯在此塑造的另一个空间显得格外肃穆,甚至带有某种永恒的意味。如果说红塔礼堂呈现出历史"变"的表象,那么神秘的甲四号院则昭示出历史"常"的本质。这座神秘的大院在地理空间上即表现出与世俗生活的格格不入:"我"必须穿过那些寻常百姓的曲折胡同,来到当时北京城市的边缘地带,才能找到它;而森严的守卫和严格的登记制度,更彰显出威严的拒绝姿态。最应具有红色中国特征的高级干部住宅区,却与大院之外1980年代的生活毫不相干,相反却让"我"时时想起红塔礼堂放映的影片中那些国外风光。而高墙与铁丝网隔开的,不仅是空间,甚至包括时间:"这里显然没有过'文革',即便有,那痕迹也很快并很容易就被去除了。"①客厅墙上康有为题赠的对联,洋溢着欧陆风情的生日舞会,和从楼梯缓缓走下,与女儿共舞一曲之后登上小车离开的李南父亲一起,构成一种奇异的时间感。而更为吊诡的或许是"我"对这一空间的体验:"没有嫉妒,没有批判,甚至为中国竟有这样的地方感到一种宽慰,自豪,国家的自卑感在这儿被给予了莫名的安慰。那时真是有一种深沉的不顾个人的爱国情怀,我们不是一无所有,也有电影中的高贵的生活,感到一种莫名的感动。那时受红塔礼堂外国电影影响太深了,电影比衬着破败低矮的中国,让我感到被世界抛弃的自卑——我以为六七十年代留下的中国就是我所日常见到的,其实不然,还有这里。难怪那时高层对改革有信心,这里的品质决定了未来。"②改革者们究竟是以怎样的个人经验与时空体认,去思考一个国家的处境,并确定未来的方向?

---

① 宁肯:《三个三重奏》,第400页。
② 同上书,第400—401页。

而 1980 年代的人们又是以怎样的心态参与其中？从甲四号院这个时间严重错位，意义却无限丰富的空间形象出发，再次回顾三十余年来中国的发展进程，历史自然显得歧义丛生。

而在红塔礼堂与甲四号院的背后，宁肯着意打开的实际上是一个更为宏阔的空间，那就是北京城。文学研究领域对城市已关注有年，但更多围绕上海这座历史短暂的城市，探讨中国现代性的发生与流变。其实相比之下，北京的内涵更为丰富，更能呈现中国现代性的曲折复杂。正如宁肯所说："北京，即使在 1980 年也存在着两个北京"[①]，实际上又何止两个北京？家住四合院，祖上是小古董商人的"我"；父母都是钢院教师，从小在学院里长大的"鸡胸"；部队大院子弟杨修；以及显然出身显赫的李南……每一个人物背后都隐藏着一个独特空间，这些空间交错坐落于北京城，既鸡犬相闻，又泾渭分明，共同构成北京总体的空间特质。在这些空间的对话、碰撞与交融当中，我们看到不同的历史记忆与文化特征被不断唤起，杂沓重叠，彼此诉说，又相互阐释。在北京这样的城市里，新的行动当中总是闪现着旧的影子——正如"我""鸡胸"、杨修和李南在天安门广场这一典型的北京空间集合出发去远游的时候，那种意气风发的姿态与十年前的红卫兵何其相似——使得看似线性发展的历史，因此呈现出立体的面貌。未必相关的几组历史片段，被想象的力量召唤组合，从而破坏对历史的孤立解读，打开更为含混多元的可能，这是唯有在北京这样的城市才能达致的效果，也是唯有以小说的方式才能达致的效果。在此之前，并非没有人致力于书写北京，但是如此有意识地开掘北京城市空间的历史价值和美学潜力，宁肯是第一人。在此意义上，这样的北京城堪称宁肯的发明。

在对宁肯笔下的红塔礼堂、甲四号院和北京城加以考察时，我们

---

① 宁肯：《三个三重奏》，第 399 页。

当然会一再想起福柯那段广为征引的论述:"我们所居住的空间,把我们从自身中抽出,我们生命、时代与历史的融蚀均在其中发生,这个紧抓着我们的空间,本身也是异质的。换句话说,我们并非生活在一个我们得以安置个体与事物的虚空中(void),我们并非生活在一个被光线变幻之阴影渲染的虚空中,而是生活在一组关系中……"①这似乎再一次证实了宁肯对于理论的迷恋,但对于宁肯而言,出色之处仍然在于他如何以小说家之精巧设计出一个个充满意义的空间形象,以美学的方式拓展了理论的洞见。在小说的力量抵达顶点处发现宁肯塑造空间的努力之后,重读《三个三重奏》,我们将发现那种宁肯/福柯式的空间比比皆是。审讯居延泽的纯白空间,ZAZ组所在的三十一区,甚至杜远方如王宫般的办公室,都凝聚了太多意义,层累了太多历史。宁肯以一种建筑师般的才华,使他笔下的空间形象成为一个个众声喧哗的叙事现场。

## 三、让时间减速并增殖:空间作为一种小说方式

如果说这些宁肯/福柯式的空间建构都还只是作为一种形象停留在小说内容层面,那么当宁肯以空间比喻谈及小说注释的时候,我们分明看到空间之于小说美学更为内在的意义。前文已多次提及《三个三重奏》的注释,显然在小说文体中,注释占据如此重要的位置,甚至成为三个三重奏中或许最为重要的一支,是相当具有冒犯性的写作方式。宁肯因此不得不反复对他从《天·藏》开始即大规模使用的叙事性注释加以解释,在注释第三次大段出现在小说中时,宁肯即为读者提供了这样的阅读指南:

---

① [法]福柯:《不同空间的正文与上下文》,包亚明主编:《后现代性与地理学的政治》,上海教育出版社,2001年,第21页。

如果说现代小说是一个综合的娱乐场所，一个有着环境设计的建筑群，而不仅仅是一个单体的影剧院，那么您现在正在读的注释就相当于外置的走廊，花园，草坪，喷泉。总之这里是户外，您不妨出来走走，从外面打量一下建筑的主体——也就是影院，或许也是一种选择。本书某种程度上改变了传统阅读方式，但传统的方式仍给您保留着，不像电影画外音不听也得听。这里注释相当于画外音，但丝毫没有强迫性。如果您不习惯被打断，您读小说愿意就像看电影——在一个封闭做梦般的环境中完成阅读，完全忘掉自己——这是多数人的习惯——那么，我再说一遍：您完全可以撇开这里不管。[1]

是否唯有以注释的形式，才能够打开小说的立体空间，当然仍可商榷。但这段文字至少为我们理解宁肯的小说观念提供了通道。在"多数人的习惯"当中，小说正如单体影院里那场 90 分钟左右的幻梦，是封闭空间中的完满故事，他们"不习惯被打断"。由于空间如此外在且单一，小说当然被视为关乎时间的艺术，人们关注的是故事的推进和情节的变化，是随着时间推演的起承转合。而在宁肯看来，小说是城市综合体，是立体建筑群，是走廊、花园、草坪、喷泉与影院的相互映照与投射。他更热衷于像把玩积木一样，一再打断线性叙事，重新组合、穿插，构成奇异的对话效果，在这个意义上，《三个三重奏》与红塔礼堂、甲四号院和北京城一样，成为一种关乎空间的艺术。

惟其如此，我们才能够理解这部小说所提供的独特审美体验。既然宁肯更多关注空间美学所呈现的丰富性，当然无需急于推进小说的叙事速度，也无需构造复杂曲折的故事情节。因此我们很难在这部以权力为主题的小说当中，得到类似官场小说的阅读快感——时间在小

---

[1] 宁肯：《三个三重奏》，第33页。

说中的重要地位被空间挤占之后，宁肯终于可以专心致力于经营一种迷人的缓慢。很少有小说像《三个三重奏》这样缓慢，却又令人读来兴味盎然。在杜远方的三重奏刚刚响起时，其节奏便极尽缓慢之能事，杜远方和李敏芬不会超过五分钟的初次见面，宁肯居然花了7页的篇幅加以叙述。宁肯以电影慢镜头般的细致，触摸每一个细小的物件，将杜远方与李敏芬每一个不经意的动作和表情都放大特写，赋予意义，从而在短暂的情节里不断敲开一个个内部空间。无数过往与未来，从这些内部空间中涌出，使得叙述显得格外饱满。

更加令人印象深刻的缓慢，当然是宁肯笔下的性。在小说叙述中让性缓慢下来，其实具有相当难度。以性本身为目的的色情小说当然不在此列，但在严肃叙事当中，性总是如此具有封闭性，与自身之外的一切都格格不入。有时性确乎构成小说的核心秘密，但是性的细节似乎永远和它的意义无关。这就是为什么张贤亮笔下的性总是极其外在，王小波笔下的性也永远停留于隐喻和理念而无法展开；也是为什么，《金瓶梅》中那些活色生香的描写被清洁殆尽之后，其实并未对阅读造成多大障碍。而宁肯则有意将性放慢。在杜远方和李敏芬的关系当中，性是他们最初也是最终的纽带，然而这性的进程何其缓慢。从杜远方第一次见面时，不经意触碰到李敏芬的"那一点"开始，两人即围绕性是否发生展开漫长的拉锯战。同一屋檐下的警备与试探，生日晚餐的欲拒还迎，以及影院黑暗当中的隐秘动作，两人不同的生活历史都在性的进攻与防守当中一点点流露。宁肯不慌不忙，甚至在一切顺理成章，李敏芬充满期待地出浴时，仍让杜远方退回自己的房间。杜远方似乎永远不会是一个被动的等待者，而要以侵入者的姿态开始这段性关系。宁肯是在写性，但同时也是在写权力，不同的空间、不同的意义闯入了性的私密领地，但并不是粗暴的理念移植，而是缓慢地渗透。性行为的过程依旧缓慢，当然，并不是因为宁肯作了怎样细致的描写；而是即便在此刻，性也并不纯粹。性和关于性的体验，以及这种体验所引起的记忆，纷纭涌现，再度构成多重空间的交错重叠。性的封闭空间因此被打开，从无限接近死亡的无意义快感当中溢出，与小说的诸多主题嫁接在一起，获得了更为丰富的内涵。也只有在性被赋予意义之后，我们才能理解，为什么杜远方在性行为中的一次倔强的粗暴，会导致李敏芬下定决心离开和出卖他；也才能理解，为什么在这两个人的故事里，从未正面涉及杜远方的历史，但我们已经对他与权力之间的关系了解得如此深刻。

宁肯正是这样，通过在单一的时间线条上不断衍生多重空间，增加了时间的重量与质感，让极为缓慢的叙述也能够趣味横生。对此，作者本人在写作札记中的表述更为生动："不要说在现实中，就是在小说中人的心理也是多么丰富，瞬息万变！独自己是无限天地，两个人更像是对面开来的火车，窗口与窗口的那种交互，映现，飞速，一旦用文字放慢，也像高速摄影机放慢后的情形，多少真实与发现尽在其中。心理，如果准确予以表现，当然不会枯燥，更不会乏味，因为它就像分层的镜子。"[①] 宁肯在此仅仅提及他所打开的心理空间，实际上他从情节当中不断跳出进行的哲学思辨、历史回溯，无不构成这样如对开列车般的效果。将小说视为一种空间艺术，意味着可以不时停下来，以形而上的思辨拓展小说想象，参与小说叙述，灵活小说形态。正是在这一意义上，无论是宁肯还是米兰·昆德拉，在小说中进行的形而上思考都是属于小说的，而非属于哲学的。

## 四、图书馆与可疑的叙述者：小说空间的可能与限度

而如果我们注意到，宁肯恰恰是在注释当中对如何阅读注释提供说明，则不难发现，宁肯在小说中展开的形而上思考，不仅针对外部世

---

[①] 宁肯：《三个三重奏》，第478页。

界,而且自反性地关乎小说本身。当宁肯拒绝沉迷于小说的叙事时间当中,而将其视为一种立体空间艺术,小说便被对象化了。通过不断变换组合走廊、花园、草坪、喷泉与影院的位置关系,他在为读者 / 观影人提供丰富建筑趣味的同时,也在思考建筑的边界。在一次访谈中,宁肯更为详尽地论及注释的意义:

> 有一次我在鲁迅文学院讲课时讲了注释在《天·藏》中的六种功能,除了居间调动、转换视角与叙述,我在注释空间里植入了大量的情节、某些过于理论化的对话,以及关于本部小说的写法、人物来源、小说与生活之间关系的元小说的议论。注释在这部小说里不是单一的功能,既是叙事也是话语,比起保罗·奥斯特那一个点复杂了太多,事实上成了小说的后台。读者不但看到前台,还更清晰地看到后台,甚至参与到后台里来,成为一个连通小说内外的空间。这样对注释如此"复杂"的征用是前人没有过的。它已不是技术,而是世界观,是怎样看世界,是对世界的重构,没有这样的形式就发现不了一个"这样"的世界。①

既然作者邀请我们进入后台,则小说剧场上的角色、对白、走位与布景调换都成为另一空间之物。我们当然可以借此位置更为清楚地看到小说的写法、人物来源,但更为重要的可能是在更为广阔的空间范围里,去思考小说与生活之间的关系:对于现实而言,小说到底意味着什么?它能抵达什么,能召唤什么,又能够遮蔽什么?正是在这样的

---

① 宁肯、王春林:《长篇小说的魅力——宁肯访谈录》,《百家评论》2014 年第 5 期。在小说后记中,宁肯有过类似的论述,但是访谈中的这段话所呈现的信息更为丰富。

追问中,宁肯的元小说叙事终于不再是他所不屑的"把戏"①,而真正成为促发读者思考的起点。

实际上在小说一开始,宁肯即向我们展示了这样一种文本空间结构。那就是叙述者"我"的那座囚房般的图书馆。在小说中宁肯还将几度提及这座图书馆,博尔赫斯式的图书馆,通天书架环形摆放,又经由博尔赫斯式的镜子不断复制,将空间扩大至无限的图书馆。当然还有坐在图书馆中的那个叙述者"我"。宁肯本人对叙述者极为重视:"我觉得在长篇小说中制造一个叙述者至关重要,这方面中国的小说似乎不是特别讲究,通常作者就是叙述者。制造一个叙述者,作者躲在这个叙述者后面很多东西就方便多了,一切都可推给这个叙述者。"②而如果如略萨所说,叙述者在小说文本当中占据着一个奇妙而至关重要的空间位置,③则叙述者"我"和图书馆便一起构成了《三个三重奏》的叙述者空间,小说中一切叙述都由此开始,一切空间构造也都由此奠基,而当宁肯将这一空间如此详尽地虚构出来,它便也成为可供观察与反思的处所。它才是小说当中,躲在红塔礼堂、甲四号院、北京城与那些走廊、花园、草坪、喷泉、影院背后的第三重小说美学空间,只不过在这里流荡的,是一种自毁式的美学。

这座颇具理想色彩的图书馆,显然是理性与知识的隐喻,在叙述者"我"看来,这一空间如此稳固与完美,它几乎能够容纳下整个世界。那些"我"在监狱里认识的人,听到的故事,都争相"期待着我,期待

---

① 宁肯:《三个三重奏》,第481—482页。宁肯在此对于表演式的"元小说"姿态颇不以为然:"虽然也大体知道元小说是在小说里谈小说,在小说里告诉读者我写的是小说,但总觉得这是一种把戏,意思不大。即使理论背景是颠覆、解构也意思不大,颠覆什么呢?模糊真实与虚构的概念?听上去新鲜,但还是把戏。"
② 宁肯、王春林:《长篇小说的魅力——宁肯访谈录》。
③ [秘]巴尔加斯·略萨:《叙述者空间》,《中国套盒——致一位青年小说家》,赵德明译,百花文艺出版社,2000年。

着成为我房间里的一本书"①。然而"我"的形象却何等可疑:一个自愿将自己束缚在轮椅上的健全人,本身不就是一种反讽性的隐喻?对于囚徒而言,世界就是他所能触摸到的囚房的模样。杨修即曾毫不留情地指出"我"从未在本质当中生活过,因而对整个世界一无所知。"我"在那座宇宙般的图书馆里所有的自信,在杨修的洞若观火面前都消失不见了。②相当程度上,杨修的指责并没有错,"我"的所有叙述与思考或许太多依赖于那座自我封闭的图书馆。且不说"我"必须依靠罗伯-格里耶的《一座幽灵城市的拓扑结构》和博尔赫斯的《圆形废墟》才能够与居延泽和杜远方对话,却无法从后者那里得到有效的回应。即便在人物形象塑造上,我们都能轻易看到"我"在不断从此前的文学传统中寻找资源。杜远方活脱脱是张贤亮笔下的那个右派归来者的变形,而在1980年代,他又摇身一变成为改革小说中的乔厂长。这个从文学史经典谱系中抽离出来的人物,穿越1980年代以后的苍茫历史,最终陷入权力的重重迷雾。杜远方在文本与历史当中的双重旅行,固然揭示出历史的种种悖谬、反复与异变,同时也提醒我们,在任何一个时代,文学面对现实与历史的可能与限度。而当"我"坐在图书馆的轮椅上构造杜远方和他的旅程,图书馆之外的风景、监狱中杜远方的陈述与图书馆中那些挥之不去的纸张共同造成了杜远方的混杂性,也造成了叙述本身的混杂性。"我"的叙述究竟是已经深入杨修所说的本质生活,还是仍旧顽固地带有图书馆的气息?《三个三重奏》里的杜远方、居延泽是否也和章永麟、乔光朴一样,说出了一部分历史,又歪曲了一部分历史,对更多的历史断层永远看不清楚?

有论者将叙述者"我"自我阉割般地依赖轮椅视为知识分子颓败的表征,进而质疑形而上的视线究竟在多大程度上打开了现实的角度,

---

① 宁肯:《三个三重奏》,第4页。
② 同上书,第71—79页。

并提示那种关于历史的抽象理论有如小说叙述中的陨石,将影响作品的品质。[①]但在叙述者的问题上,作为作家的宁肯与他所虚构的叙述者"我"是两相剥离的主体,乃是常识。因此我更愿意将这样一个可疑的叙述者视为宁肯有意制造的动荡空间,正因为有这一空间存在,宁肯的那些抽象理论甚至小说艺术本身才成为可供反思的对象,陨石在风化之后或能化作有机的土壤。如果说,米兰·昆德拉擅长在文论作品中以上帝般的语气张扬塞万提斯的遗产,认为小说的艺术远比笛卡尔所表征的理性传统更能帮助人类将"生活的世界"置于永恒光芒之下;[②]那么宁肯则通过这个可疑的叙述者对塞万提斯也提出质疑。宁肯当然仍相信小说的力量,并且在此前两重美学空间的建构中,不断丰富着这种力量。但任何力量都与虚弱共生,都有其无从着力的盲点。在这一意义上,宁肯对小说艺术本身的形而上反思,较之昆德拉更为绝望,更为谦卑,却也更为接近昆德拉所说的那种复杂性的小说精神。[③]

(原载《当代作家评论》2015 年第 3 期)

---

[①] 项静:《想象大地上的陨石》。
[②] [捷] 米兰·昆德拉:《小说的艺术》,孟湄译,生活·读书·新知三联书店,1995 年,第 4 页。
[③] 同上书,第 17 页。

# 小说的可能性与小说家的世界观
## ——论贾平凹《老生》

从《古炉》开始，时间与记忆似乎越来越成为贾平凹心心念念的命题，在小说后记中被反复提及。五十岁后意识到老境已至的贾平凹，回到记忆中的少年时代，重新书写几乎快被遗忘的"文革"，因此有了《古炉》；而躲过六十大寿，他又以《带灯》思考中国作家表达现代意识的方式，试图对当代文学有所突破与提升。[①] 如今《老生》写成发表，贾平凹已六十有二，岁月年轮所蕴积的纷纭记忆，当然令他有更多感慨："太多的变数呵，沧海桑田，沉浮无定，有许许多多的事一闭眼就想起，有许许多多的事总不愿去想，有许许多多的事常在讲，有许许多多的事总不愿去讲。能想的能讲的已差不多都写在了我以往的书里，而不愿想不愿讲的，到我年龄花甲了，却怎能不想不讲啊?!"[②] 这一次贾平凹似乎是下定决心要将过往种种经验作一总结，以如此初衷写成的小说，当然将在其作品序列中别具意义。

不应忘记的是，出生于1952年的贾平凹，正与共和国年龄仿佛。因此当他回溯自己的人生阅历，家国历史总是如影随形，挥之不去。

---

[①] 参见《古炉》与《带灯》的后记。《古炉》，人民文学出版社，2011年；《带灯》，人民文学出版社，2013年。
[②] 贾平凹:《老生》，人民文学出版社，2014年，第291页。

贾平凹那"六十年来的命运",不但是个人经验,更是历史记忆。因此当他将这命运付诸纸笔,《老生》遂成为他十五部长篇小说当中最具历史野心的作品。尽管贾平凹的小说从来都弥漫着深沉的文化情怀和宏大的历史眼光,但惟有《老生》叙及如此漫长的历史跨度,建构出相对完整的20世纪中国历史——或许这正是他年过花甲之后才终于能够想和能够讲的?在此意义上,六十二岁的贾平凹,从对个人生命的感喟与沉淀出发,最终通过《老生》展开的,乃是对于当代中国历史的追问与再造。而如果考虑到他曾反复论及"文学就是记忆的"[①],则他对于历史与记忆的种种处置,当然都可视为对小说这一文体本身的思考。

## 唱师视角与历史的"巫性叙述"

在当代中国的写作经验中,历史从来都是挥之不去的主题。如何叙述革命历史,将合目的性的宏大历史构想以文学的方式叙述成为常识,乃是建构共和国合法性的重要一环。这大概正是革命历史小说成为前三十年文学创作主流的原因,也是为何在新时期之后,对此前文学范式的反思与颠倒必须通过重述历史的方式来最终完成。陈晓明在论及对当代文学的整体认识时,早就指出,"可以把中国社会主义革命文学对历史的重新叙事和对中国现实的书写,以及文学本身的新生历史的建构,看成是一个'历史化'的过程";而新时期之后的文学写作势必要面对此前不断"历史化"的遗产,同样以文学的方式进行"再历史化"与"去历史化"的工作。[②] 从先锋小说以技术对抗主题,到新写实小说用日常抗拒宏大,再到所谓新历史小说终于可以逃开既定的叙述范式,提供全然不同的历史逻辑,新时期以至新世纪的文学其实始

---

[①] 贾平凹:《老生》,第293页。
[②] 陈晓明:《中国当代文学主潮(第二版)》,北京大学出版社,2013年,第18—21页。

终是在与历史的反复周旋中开拓新路。尽管自上世纪 70 年代末以降，我们不断强调人，强调内面，强调日常生活，但所有强调背后都隐藏着一个不曾说出的诉求，那就是如何走出历史的巨大阴影。最终吊诡的是，近三十余年的文学创作中，真正被认为堪称经典的作品，仍旧多是那些能够对历史进行整体叙述的小说，比如《白鹿原》，比如《故乡天下黄花》，比如《生死疲劳》。令人惊讶的反而是，如贾平凹这样久负盛名的大家，竟然如此后知后觉地直到今天才写出他对中国 20 世纪历史的再造构想。又或许这恰恰意味着，贾平凹终于找到一种方式与此前的历史叙述展开对话，自信在叙述技术上有所超越与更新。

在《老生》当中，贾平凹的超越与更新首先体现在叙述视角的转换上。与历史的笃定与坚固相比，文学因其虚构的本质总是显得犹疑、模糊、不可信任。因此文学叙述历史的合法性，在相当程度上来自对历史的高度模仿，这就是为什么在几乎所有叙述历史的文学作品当中，大都采用第三人称全知视角的原因。第三人称全知视角能够在最大程度上使叙述者隐匿不见，将文学的虚构空间伪装成客观现实的自然呈现，当人们沉溺于此种叙事之中，往往忘记小说当中的任何叙述者都不过是作者虚构的产物，那些看似客观的叙述背后始终凝聚着作者的眼光。在模拟真实的幻觉中，小说反倒更可以灌输理念，建构逻辑，篡写记忆。因此第三人称全知视角乃是最富权力意志的叙述视角，当我们形象化地将之称为"上帝视角"时，我们所强调的并非上帝无所不知，能够自由出入于叙述空间的每个角落；而是强调上帝执掌一切，以其意志创生世界，安排秩序，并决定我们如何认知这个世界。在此意义上，致力于不断历史化的中国当代文学，其本质正是某种"神性叙述"。我们尤其在革命历史小说中不断看到创世神话的一再重复，在此神话的讲述过程中，新的人类在文本内外同时被塑造出来。

贾平凹则显然有意祛除这样的阅读幻觉，《老生》对历史的叙述，几乎完全借由一位民间唱师的口吻展开。而"开头"与"结尾"两部分，尽管使用第三人称全知视角，其用意却恰恰在于塑造唱师的形象。即是说，贾平凹不惜将自己对历史叙述者的虚构过程完全裸露在小说文本当中，由此向读者揭示所谓历史不过是诸多叙述之一种。贾平凹因此相当谦卑地放弃了作为历史代言人的权力，并以此行为向此前的历史叙述提出有力的质疑。正如略萨所说："叙述者是任何长篇小说（毫无例外）中最重要的人物，在某种程度上，其他人物都要取决于他的存在。"① 贾平凹着意虚构的唱师视角，取代了上帝的声音，充当起作者与历史之间的中间物，当然也就决定了贾平凹将如何观察与写作历史，决定了《老生》所将要呈现的历史面貌。

　　唱师颇显诡异的长寿似乎赋予了他讲述历史的资格，但他的身份与上帝相比又显得如此暧昧。尽管在镇上的人们看来，唱师乃是某种"神职人员"，但他当然不像真正的神那样具有天然的权威，更不像真正的神那样具有一个稳定的无所不在的叙述位置。作为阳间向阴间的引导人，作为神的代言者，唱师游荡在阴阳两界和山川大地，他时而清醒时而糊涂，时而睿智时而荒诞，而清醒与糊涂、睿智与荒诞又经常难以区分。唱师的身份实际上带有通常所说"巫"的性质，他的叙述因此也兼具神、人和妖的多重语调，正是通过虚构这样一个前所未有的叙事者，贾平凹将文学的历史叙述从"神性叙述"，变换成"巫性叙述"。如果说"巫"作为"神"的降格，已然模糊了神的面目，则我所谓"巫性叙述"，同样追求一种模糊性而非整体性。它致力于深入历史褶皱，从不同视角，以不同细节，去翻开被线性历史逻辑掩盖的复杂秘密，从而使一般作品中那个坚固的历史主体崩塌瓦解，烟消云散，变得摇曳多姿，歧义多出。

　　这或许就是为什么在某些论者看来，《老生》的叙述视角显得混乱

---

① [秘] 巴尔加斯·略萨：《中国套盒——致一位青年小说家》，赵德明译，百花文艺出版社，2000年，第36页。

的原因,刘大先便对如此混乱颇有微词:"在驾轻就熟的快速行进中,《老生》叙事口吻的调换自然而然因此常被读者忽视:唱师介入叙事情节时是限知视角的,但是在他不在场时,又变成了上帝般的全知视角。讲述者外在于故事,情感与观察就无法深入,宏大历史隐形,私人讲述一声独大,4个故事保持了几乎同样的节奏,循着流水账的方式铺陈下去,让原本复杂、交叉、纠结、缠绕的各种势力、社会角色、具有多种可能性的情节走向被一种线性逻辑统摄。历史在这个过程中被简化为单数的、概念化的、缺少贴近性细节的故事世界。"① 而实际上,在长篇小说当中,叙述视角的悄然变化从来都不可避免,"叙述者有可能经受种种变化,不断地通过语法人称的跳跃改变着展开叙事内容的视角","小说由两个或者两个以上叙述者讲述出来是很正常的事情(虽然我们不能轻易地分辨出来),叙述者之间如同接力赛一样一个把下一个揭露出来,以便把故事讲下去"。② 只不过在《老生》当中,由于唱师"巫"的身份,贾平凹无需更换叙事者,便可以让唱师的叙述角度发生跳跃。他可以自述记忆,可以转述传闻,当然也可以代表神以上帝视角对历史加以判定。只是我们永远无从知道,他的自述当中是否也掺杂了整体性的历史判断,而代神发声的同时是否也夹杂了个人声音。因此在《老生》中,虽是"私人讲述",却未"一声独大",倒是造成一种格外丰富的众声喧哗。而如果我们想到在共和国的主流历史叙述中,唯物史观才真正是那个充当上帝意志的内在逻辑,则唱师这样怪力乱神的"巫性叙述"当然格外具有解构"线性逻辑"的颠覆意义。

在丧礼上为死者唱阴歌送行,乃是唱师最主要的谋生手段,同时也是他对历史重新编码的方式。"唱师唱了一辈子阴歌,他能把前朝后

---

① 刘大先:《小说的历史观念问题》,《文艺报》2014年12月19日。
② [秘]巴尔加斯·略萨:《中国套盒——致一位青年小说家》,第40—41页。

代的故事编进唱词里"①。而"阴歌"恰与"阳歌"构成对立,小说中唱师两度被要求唱"阳歌",都感到极其为难:"他们闹的是阳歌,是给活人唱的,要活着的人活得更旺,更出彩,而我唱的是阴歌,为亡人唱的,要亡人的灵魂安妥,我怎么能去呢?"②而若根据朱鸿召的考证,所谓"阳歌"正是后来成为20世纪中国革命红色文化标志的"秧歌"之本源:"秧歌的历史,在陕北,在农业社会的中国乡村,源远流长,普遍存在。其本名为'阳歌',是'阳间'人世唱给'阴间'鬼神世界的原始祭祀歌舞。它起源于一种原始巫术,通过法术百兽率舞,以祀神驱鬼,祛除邪恶;并四处游走,挨家挨户祈祥纳福,保佑平安。"③向神献祭祈求平安的"阳歌"经过改造成为表达革命狂欢情绪的"秧歌",而唱师对于"阴歌"腔调的坚持当然使之与革命叙述的神性声音格格不入。无怪乎当唱师被剥夺了演唱阴歌的权力,安置在县文工团时,他感到度日如年。

当唱师说自己"成为一名党的文艺工作者之后,我的光荣因演不了那些新戏,也唱不了新歌而荡然无存"④时,革命的"神性叙述"终于统一了关于历史的各种芜杂声音。然而"神性叙述"所呈现出的是怎样的历史呢?秦岭地委编写秦岭革命斗争史,但参与撰写的革命后代"都是只写他们各自前辈的英雄事迹而不提和少提别人,或许张冠李戴,将别人干的事变成了他们前辈干的事,甚至篇幅极少地提及了匡三司令……"⑤匡三司令大为震怒,唱师因此有机会临时调任编写组长,深入过凤楼镇,以"巫"的身份体验"神性叙述"的操作过程,小

---

① 贾平凹:《老生》,第6页。
② 同上书,第130页。
③ 朱鸿召:《延安日常生活中的历史(1937—1947)》,广西师范大学出版社,2007年,第125页。
④ 贾平凹:《老生》,第142页。
⑤ 同上书,第143页。

说的第三个故事也由此展开。此时已进入公社化时代，也是陈晓明所说当代文学的超级"历史化"时期①，这正是"神性叙述"最为凸显的阶段。在基层宣传干部的不懈努力下，秦岭大地上关于匡三的种种传说突然膨胀，记录当年秦岭游击队浴血奋战历史的革命遗迹纷纷涌现，游击队活动范围陡然扩大不知几多倍。而这一切当然都假"造神"之名而理直气壮——恰恰是"神性叙述""让原本复杂、交叉、纠结、缠绕的各种势力、社会角色、具有多种可能性的情节走向被一种线性逻辑统摄"②，也让唱师终于不堪忍受，在第三个故事即将结束时肆无忌惮地唱起阴歌，回到他"巫"的身份中去。

而在唱师的讲述当中，那个身居司令要职，在革命神话中理当作为英雄被浓墨重彩加以塑造的匡三，又将呈现出怎样的面目？在《老生》中，匡三只正面出场两次，且每次出场都令这一英雄形象显得至为可疑：秦岭游击队时期的匡三不过是个乡间无赖，他总是吃不饱，正是饥饿而非革命理想促使他跟随老黑上山游击，英雄的神性光环从一开始就被消解殆尽；而到了20世纪末尾，已从军区司令位置上退休的匡三是一个呆滞将死的老人，在他身上看不到任何英雄神采，倒像一具腐朽不堪即将开裂的木头神像。而具有根本颠覆性的或许在于，在唱师的"巫性叙述"当中，匡三从无赖到英雄的成长过程完全付之阙如。"神性叙述"必须建立的总体性历史逻辑，由于唱师飘忽不定的讲述而被轻易打断，合法性的链条因此残缺不全。而匡三从漫长历史中消失，只作为一个绰约的影子存在于叙述背后，意味着他再也不被作为强有力的历史角色，表征一以贯之的线性逻辑了。在这一意义上，贾平凹借助唱师这一视角所造成的"空缺"远比"在场"更具解构与颠覆的力量。

然而"巫性叙述"所消解的，当然绝不仅仅是当代中国正统的革命

---

① 陈晓明：《中国当代文学主潮》（第二版），第21页。
② 刘大先：《小说的历史观念问题》。

历史叙述，否则贾平凹又何必在新历史小说已成明日黄花之后再来写出《老生》？毋宁说，《老生》对于历史的讲述是对革命历史叙述与新历史小说的双重超越。诚然，如前所述，新历史小说早已对革命的"神性叙述"提出质疑，以迥然不同的历史逻辑重新构造历史。但是其反拨同样采用了坚固的第三人称全知视角，在此意义上它们同样是"神性叙述"。无论是《白鹿原》中以传统文化立场再写民族史诗，还是《故乡天下黄花》中以权力更迭构造历史循环，抑或是《罂粟之家》当中用性的紊乱讲述乡土社会的颓败命运，都不过是以一个上帝驱逐另外一个上帝。历史从未从线性逻辑的狭窄视角当中解放出来。而唱师含混暧昧、飘忽不定、并不清晰的叙述声音，恰恰使他得以不必承担神的责任。作为一个"巫"，他的责任只是讲述，神的声音若有若无，人的声音杂陈其间，反而跳开了二元更迭的循环圈套。而贾平凹所虚构的唱师，之所以能够获得如此富有张力的叙述自由，又与《老生》为其提供的文本内部空间有莫大关系。唯有理解贾平凹如何认知历史，以及如何在小说当中将历史结构化，才能够真正理解"巫性叙述"的活力何在。

## 《山海经》与历史的空间结构

《老生》当中最让人费解的，大概莫过于在唱师的叙述当中几度穿插的《山海经》。在小说"开头"部分，贾平凹不但精心虚构了唱师这一叙述者形象，而且饶有趣味地搭建出一个故事讲述的具体情景：行将老死的唱师躺在土窑炕上，说不了话，动不了身，耳朵却还灵；在他身旁，是一位教书先生在指导小孩子读《山海经》。以唱师口吻展开的历史记忆，因此与诵读讲授《山海经》的声音混杂在一起，构成一种交错重叠的效果。唱师对往事的沉湎往往被《山海经》打断，但是先生对《山海经》的讲解又往往为唱师进一步回忆提供话头——实际上，唱师的历史叙述最初正是因对先生讲解的质疑开始。讲读《山海经》

这一情景十足像是木工当中的楔子,插入叙述的缝隙当中,同时却使之更为稳固地连接。

以常理而言,既然如此醒目地介入文本,《山海经》与《老生》之间当然应该存在着极为内在的联络。那些在叙事的不同时刻出现的《山海经》文字,必当可与所讲述的故事,甚至是故事发生的具体时代对照印证。然而令人感到困惑的恰恰在于,无论如何索解,仍然难以从意义层面将那些特意被印制得古色古香的文字与唱师的叙述联系起来。甚至教书先生与受学蒙童的问答,与四个故事之间的关联也颇为勉强。对于贾平凹这样一位极富经验的写作者,我们当然很难相信,作为小说结构性存在的《山海经》,仅仅是某种文体实验的噱头。或许唯有在与叙述技术相比更为内在的层面上考量,才能理解《山海经》之于《老生》的意义。

在北京大学举办的《老生》首发式上,贾平凹曾这样谈及他对《山海经》的理解:"《山海经》的句式非常简单……但是你读进去以后就特别有意思……就发现中国人的思维、中国人文化的源头都在《山海经》里面,中国人对外部世界形成的观念就是从《山海经》里面来的。""(在小说中穿插《山海经》是)从大的方面来考虑的……这些东西也是跟我后面的故事多少有点联系,因为有些东西我不想写得太巧,写得太巧它反而就矫情了,往往就局限在一个故事里面去了。"[①]这已经分明指出,《山海经》与《老生》的关联并非一一对应丝丝入扣,而更多表现在思维方式层面。而在我看来,贾平凹之于《山海经》思维层面的心得,首先涉及如何理解历史的问题。

小说中首次讲解《山海经》时,先生便开宗明义地指出,《山海经》的"经",并非"经典"之意,而是指"经历"。[②]那是九州定制之前,

---

① 参见《贾平凹:"山海经"中话"老生"》,http://book.ifeng.com/shusheng/jiapingwa/index.shtml。
② 贾平凹:《老生》,第9页。

先民们穿越洪荒世界，不断开拓经验的探险记录。因此在之后的诸次讲解中，先生将反复强调，《山海经》对草木金石、鸟兽奇观的种种描述，实际上同时也是叙述。在看似静止不动的地理风物背后，始终有先民活动的痕迹："书中所写的就是那时人的见闻呀，人在叙述背后。当它写到某某兽长着牛足羊耳，你就应该知道人已驯化了牛和羊，当它写到某某山上有铜有金，你就应该知道人已掌握了冶炼，当它写到某某草木可以食之已胕，你就应该知道人已在治疗着人的疾病了。"① 《山海经》因此同时也是一部史书，只不过它将历史以地理志的形式呈现出来。"经历"本身就是时间与空间的双重穿越，先民对于世界的每一步探索都在大地上留下痕迹，随着足迹延伸开去，人类进化的历史遂转化成为其所占有的空间。而当贾平凹决意效仿《山海经》，一个村庄一个村庄地完成他的历史叙述，便也同样将时间与空间作了某种置换。

关于时间与空间的置换关系，理论界其实已经颇多探讨。列斐伏尔早已论证任何看似真空的空间其实都充满了时间，乃是历史存在过的无数空间不断累积的结果："我们所面对的并不是一个，而是许多社会空间。确实，我们所面对的是一种无限的多样性或不可胜数的社会空间……在生成和发展的过程中，没有任何空间消失。"② 福柯则更为明确地指出："空间在当今构成了我们所关注的理论和体系的范围，这并不是一件新鲜事。在西方的经验中，空间本身有它的历史，同时，我们也不能忽略时间与空间不可避免的交叉。"③ 列斐伏尔和福柯都是从空间的角度，指出正是空间的时间累积性造成了空间的复杂。而如果从时间的角度考量，则历史在空间当中停驻、层叠，成为空间内涵的一

---

① 贾平凹：《老生》，第 107 页。
② Henri Lefebvre, *The Production of Space*, Oxford: Blackwell, 1991, p.86. 转引自包亚明主编：《后现代性与地理学的政治》，上海教育出版社，2001 年，第 8 页。
③ [法]福柯：《不同空间的正文与上下文》，《后现代性与地理学的政治》，第 18—19 页。

部分，那种与现代时间观念有关的线性逻辑被打断了，对历史的总体性理解固然将受到阻碍，但同时也将历史从一元同质的危险中解放出来。那些不断累积的历史元素，将在特定的空间中碰撞发酵，呈现出更为丰富的互动形态。只要坚持将历史视为时间之流，则我们所关注的一定是历史的线性逻辑，那正是被某种上帝的声音所叙述出来的逻辑。而当我们将历史空间化，则可能更为具体也更为多元地观察到历史是如何对具体的空间，以及具体空间中的人与物发生作用。

贾平凹正是试图以这样的空间结构对历史加以切割、容纳与重组，这就是为什么他并未像一般的历史叙述那样，固定在同一空间中讲述同一群人物的历史遭际，而用秦岭当中四块不同区域分别讲述20世纪历史的四次重大转型。当宏大的历史被封闭到具体的村庄与集镇当中，立刻便渗透进层次丰富的社会肌理与地理褶皱，并与此前历史已然累积塑形的风土人情相互作用。而小说当中的四个故事既彼此独立，又相互联络，形成一种独特的互文关系，在平面铺展秦岭地形图的同时，也相互叠映折射，使这幅秦岭地形图变得立体起来，带有浓重的时间质感。贾平凹被认为是对中国民间文化最为了解的当代作家，而所谓民间，不正是这样一种富有时间质感的空间形态吗？而这正是唱师的活动范畴——也唯有在这样层次丰富的民间世界，"巫性叙述"才真正具有可能性。

于是透过这样的"巫性叙述"，我们得以在《老生》的那些小空间当中看到历史的诸多声音压抑不住，此起彼伏，构成奇特的交响效果。比如在第三个故事中，老皮在立夏祭风神时的讲话便颇有趣味："我们祭风神，祈求立夏后再不要刮大风，愿今年的庄稼丰收。但是，我们要整风，整治人的风气！就是以阶级斗争为纲，纲举目张，促进生产……"[①] 不同时代的不同语态，被老皮轻而易举嫁接在一起，成为一

---

① 贾平凹：《老生》，第144页。

个重要时代的声明。而革命宣告竟然在祭祀鬼神的典礼上发出,恰恰使得我们对于那个时代的刻板想象变得生动起来。这一故事中的线索人物墓生,同样折射出极为丰富的意义。这是一个反革命的后代,但从公社书记老皮到一般村民对他的态度都比一般历史叙述中所表现的远为复杂,那当中既有特殊年代对阶级敌人的隔阂,也不乏民间社会中长久存在的温情。而"墓生"这个名字本身就昭示出一种复杂的时间性,他是从上一个时代的死亡中出生的人,却同时是新时代的旗手。一方面,他是公社书记的滑稽宠臣;另一方面,他又负责向投机倒把的村民通风报信。风云变幻的历史凝聚在一个人物身上,同样也是时间向空间的某种转化,人物便成为纵向与横向网络关系的节点。实际上《老生》当中的人物大多处在这样的关系节点当中,在后记中,贾平凹便谈及他对关系的重视:"《老生》中,人和社会的关系,人和物的关系,人和人的关系,是那样的紧张而错综复杂,它是有着清白和温暖,有着混乱和凄苦,更有着残酷,血腥,丑恶,荒唐。"① 这里对关系的强调,正与福柯论及空间的丰富内涵时的表述有异曲同工之妙:"我们所居住的空间,把我们从自身中抽出,我们生命、时代与历史的融蚀均在其中发生,这个紧抓着我们的空间,本身也是异质的。换句话说,我们并非生活在一个我们得以安置个体与事物的虚空(void)中,我们并非生活在一个被光线变幻之阴影渲染的虚空中,而是生活在一组关系中,这些关系描绘了不同的基地,而它们不能彼此化约,更绝对不能相互叠合。"②

---

① 贾平凹:《老生》,第293页。
② 福柯:《不同空间的正文与上下文》,《后现代性与地理学的政治》,第21页。

## 小说家的权力与世界观

对《老生》中的历史与历史叙述问题如此关注，对小说与历史之关系反复辨析，当然与当代中国的文学实践有关，但更本质上也与小说这一文体自身的历史有关。我们当然记得，现代小说（novel）之所以能够从古典的虚构叙事作品（fiction）中确立出来，实有赖于其时间观念的凸显与成熟。伊恩·P. 瓦特的《小说的兴起》对这一过程有详尽的说明："我们已经考虑到了小说分配给时间尺度的重要性的一个方面：它打破了运用无时间的故事反映不变的道德真理的较早的文学传统。小说的情节也因其把过去的经验用作现实行动的原因，使其与绝大多数先前的虚构故事区别开来。通过用时间取代过去的叙事文学对乔妆和巧合的依赖，一种因果关系发生了作用，这种倾向使小说具有了一个更为严谨的结构。而更为重要的也许是对小说坚持在时间进程中塑造人物的影响。"① 在相当长的时间里，小说正是以历史的仿制品身份获得合法性——我的意思并非是指小说假扮成某种稗官野史来自重身份，像中国传统小说经常做的那样；而是指小说即使不以历史为题材，也同样在采用和历史一样的叙述视角和时间观念。那是理性时代的产物。但我们当然也不应忘记，米兰·昆德拉在谈及塞万提斯的遗产时，对理性何等警惕："在现代，笛卡尔理性一个接一个侵蚀了从中世纪遗留下来的所有价值，但是，当理性获得全胜时，夺取世界舞台的却是纯粹的非理性（力量只想要自己的意愿），因为不再有任何可被共同接受的价值体系可以成为它的障碍。"② 理性的危险从理性刚刚崛起的现代初期就已经显现，而塞万提斯的遗产——也即小说精神的价值，

---

① [美]伊恩·P.瓦特：《小说的兴起——笛福、理查逊、菲尔丁研究》，高原、董红钧译，生活·读书·新知三联书店，1992年，第16页。
② [捷]米兰·昆德拉：《小说的艺术》，孟湄译，生活·读书·新知三联书店，1995年，第9页。

恰恰在于其"作为建立在人类事物的相对与模糊性基础上的这一世界的样板,它与专制的世界是不相容的"①。现代小说发展到米兰·昆德拉的时代,必须去"发现只有小说才能发现的,这是小说存在的唯一理由。没有发现过去始终未知的一部分存在的小说是不道德的。认识是小说的唯一道德"②。小说在要求着实现更多的可能性,而这必须以从对历史的模仿当中解脱出来为前提。

在此意义上,历史叙述的危机同时就是小说的危机,而贾平凹在《老生》当中所作的努力,也可以视为对小说文体本身的解决方案:作为叙事性文体,小说乃是时间的艺术;但小说同时又是一个有开头有结尾的封闭空间。因此贾平凹将历史封闭在秦岭地域当中,去开掘其中隐秘的行动,与他将叙事压进纸张文字之间的形象是何等相似。作为一个小说家,贾平凹思考历史,其实是为了思考小说。他调整叙述视角、小说结构与历史之间的关系,实际上也是调整了自己与小说之间的关系。他所做的,正和唱师一样,是从"神"的位置上退下来,安于"巫"的身份,以一种谦卑的态度游走于文本当中,去呈现文本自身所能抵达的认识。唱师从未成为讲述历史的权威,但也拒绝被任何权威规训,他在如《山海经》一样的地理空间当中发现那些累积重叠、混杂难辨的历史痕迹。他看似卑微,却因此获得了自由。贾平凹以同样的方式在今天开拓了小说的可能性。

这当中至为关键的,在于小说家对小说的权力让渡。作为创造者,小说家当然如同上帝一样对小说享有权力,但是小说也同样可以发出自己的声音。即便伟大作家也难以完全掌控自己的作品,安娜·卡列尼娜便最终成长为一个与托尔斯泰预期完全相反的人物。③很多时候

---

① [捷]米兰·昆德拉:《小说的艺术》,第13页。
② 同上书,第4页。
③ 同上书,第153页。

长篇小说的魅力恰恰在于，叙事本身的力量拽着作家飞翔，其中表现出来的智慧远远超出了作家的才华。小说家给予叙事的基本元素，往往像被压缩进空间的时间一样，在累积碰撞之后发酵出奇迹般的光彩。而小说家如果过分强调对于文本的权力，适足以让这光彩窒息。如何在小说家的权力与小说文本的权力之间寻找最微妙的平衡，乃是很多写作者终其一生要面对的命题。阎连科出版于2013年的长篇小说《炸裂志》，即因过分强调小说家个人的立场与态度，使叙事本身的力量遭受极大压抑。理应成为一场"神实主义"狂欢的作品，最终沦为"神性叙述"的独裁。小说的价值在于呈现甚至比现实更为丰富的世界，一旦成为某种理念的灌输工具——无论这种理念是正确深刻，还是肤浅悖谬；是服膺主流，还是新鲜叛逆——小说便枯萎了。当然，如果在一部小说当中，小说家完全放弃了掌控能力——如同余华的长篇新作《第七天》那样——同样将导致失败。比较而言，贾平凹的《老生》显然最接近那个微妙的平衡点。米兰·昆德拉曾讨论过其中的难度："塞万提斯使我们把世界理解为一种模糊，人面临的不是一个绝对真理，而是一堆相对的互为对立的真理（被并入人们称为人物的想象的自我［ego imaginaries］中），因而唯一具备的把握便是无把握的智慧（sagesse de l'incertitude），这同样需要一种伟大的力量。"[①] 我将这种"无把握的智慧"，命名为"小说家的世界观"。

　　之所以采用这样一种极易令人产生误解的表达，正是为了在与通常理解的"世界观"一词的区分中，确立这个概念的意义。对此必须强调两点：首先，这是作为小说家的世界观，而非作为个人的世界观，这就意味着对这一概念，必须在与小说的关系当中来加以理解；其次，这里所说的"世界"，实际上是两个世界，一个是现实的世界，一个是虚构的世界，小说家的世界观涉及两个世界之间的关系。六十余年当

---

[①] ［捷］米兰·昆德拉：《小说的艺术》，第5页。

代文学的发展历程中,对作家在通常意义上的"世界观"之强调,其实从未稍减。即便不再"政治挂帅"的今天,当我们如此关注作家对现实、对历史、对政治、对人性的理解是否达到足够深度时,我们对于作家思想的关注,已经超过小说本身。文学创新因此在很大程度上不过表现为不同思想立场的反复颠倒,而无论如何颠倒,何曾跳出专制的"神性叙述"之外?因此,转而强调"小说家的世界观",即是强调首先理解小说这一文体本身的性质与可能性,理解如何在小说家的权力与小说的权力之间寻找平衡,强调如何处理狭隘的个人世界观与小说文体众声喧哗的特征之间的矛盾,最大可能地去发现唯有小说才能发现的世界。而最终,"小说家的世界观"要落实为,如何通过叙事技术层面的开拓,达成小说家与小说共同的自我实现。

(原载《南方文坛》2015年第5期)

# 上海作为一种方法
## ——论金宇澄《繁花》

尽管已有多位论者反复辨证，认为不应仅把《繁花》视为地方性小说；①金宇澄本人也申明写作鹄的不限于上海，而在城市；②但是当第九届茅盾文学奖颁奖词有意含混地指出"《繁花》的主角是在时代变迁中流动和成长的一座大城"③时，人人都知道这座大城便是上海。金宇澄在强调希望借由这部小说，证明城市也和乡土一样，拥有自己的文化与文学时，亦开宗明义表示《繁花》的起因，首先"是向这座伟大的城市致敬"④；而他之所以几度增删，改良沪语，以期消除因方言隔阂而造成的阅读障碍，也无非是希望"达成南北沟通，传播上海生活的有趣、上海话的有意思，以邀请的姿态"⑤。因此金宇澄想象中抽象的城

---

① 参见张屏瑾：《日常生活的生理研究——〈繁花〉中的上海经验》，《上海文化》2012年第6期；张定浩：《拥抱在用言语所能照明的世界——读金宇澄〈繁花〉》，《上海文化》2013年第1期；何平：《爱以闲谈消永昼——〈繁花〉不是一部怎样的小说》，《当代作家评论》2013年第4期；黄平：《从"传奇"到"故事"——〈繁花〉与上海叙述》，《当代作家评论》2013年第4期。
② "张屏瑾认为《繁花》并没有突出上海，而是突出了城市，我非常同意"，参见金宇澄、朱小如：《"我想做一个位置很低的说书人"》，《文学报》2012年11月8日。
③ 见 http://culture.ifeng.com/a/20150930/44763203_0.shtml。
④ 金宇澄、朱小如：《"我想做一个位置很低的说书人"》。
⑤ 刘莉娜：《金宇澄：唇齿间的上海》，《上海采风》2013年第1期。

市,其具体的肇始无疑仍是上海。《繁花》当然已从上海超越升华,不同于一般地方性小说,但无论如何,上海这一独特的地域空间,理应作为理解《繁花》的基本门径。

地域性小说,或小说中的地方性元素,早已不是新鲜话题。且不必从《何典》《海上花列传》等与《繁花》渊源系之的吴语方言小说谈起;自赵树理以降,为现实主义逼真贴切的审美诉求,或为吸引民众教育人民的现实需要,延安文学与共和国文学传统中对于方言民俗的改造吸纳即所在多有;而至意识形态松绑,寻根文学兴起,以乡野传奇与方言土语钩沉文化残遗,激活表达欲望,更成为一时风尚。金宇澄对于文学语言同质化的警惕良有以也,但长久以来看似统一的普通话文学语言又岂可简单看待?[①] 在地理复杂、方言纷繁的中国,地方性与统一性在文学中的交缠、争夺与融合,始终是一个一言难尽的话题。而《繁花》的独特性其实在于,上海在这里已不仅是文学、文化或意识形态的点缀,而深入小说肌理,再造了小说的叙事技术,因此能够解放文体,以小说的方式传达作者的情趣理念,从而真正使上海这一具体的地方,成为一种小说方法。

## 以上海空间作为一种叙述方法

以上海为方法,首先要将上海在文字中营造完成。《繁花》对于上海空间的刻画可谓巨细靡遗,近乎考据学般认真。小说开篇讲"独上阁楼,最好是夜里",这阁楼便是上海典型石库门建筑的顶层结构。类似前言的寥寥不足一页文字,却以电影、音乐、夜色、潮气与菜味酝酿出十足的所谓上海味道,但最引人注目的仍是这味道得以弥散缭绕的空间:乍浦路、黄河路、进贤路,以及路边挖地三尺的上海小饭店。小

---

① 黄文婧:《上海是一块经过文学电镀的LOGO——对话金宇澄》,《江南》2014年第3期。

说正文,引子第一句,"沪生经过静安寺菜场",遇见前女友梅瑞的邻居陶陶,因想起过去常到"新闸路"找梅瑞,相携去"平安电影院"约会,而后荡到"苏州河畔",再将梅瑞送回弄堂,独自回"武定路"家中。第壹章开头,十岁的阿宝和六岁的蓓蒂爬到屋顶,"眼里是半个卢湾区,前面香山路,东面复兴公园,东面偏北,看见祖父独幢洋房一角,西面后方,皋兰路尼古拉斯东正教堂"①。金宇澄热衷借助人物的脚步与目光,以及随时旁逸斜出的描绘笔触,以具体地理坐标与具体建筑格局,将他的故事嵌入上海,也将上海召唤于纸面。而单行本《繁花》出版,金宇澄亲手绘制17副插图,多数为建筑、街道的形象与地形图,更足以令读者对小说中的上海空间有具象认知。无怪乎有访谈者指出:"读《繁花》,感觉像是被你带领,重走一遍淮海路南京路,苏州河沿岸。小说最突出的地方,在于你具备了将琳琅满目的'生活场景'像'商品橱窗'式极力展示出来的写作功力。"②

然而金宇澄对于将自己视为城市导游,在小说中"搞陈列馆"的说法似乎并不认同。或许稍微玩弄文字游戏,借用程永新的推荐语,将《繁花》说成一座关于上海城市空间的"博物馆"更为贴切③——较之词义相近的"陈列馆","博物馆"似乎更加暗示空间之于时间的存贮容纳功能。金宇澄所塑造的上海城市空间当然不是物理学意义上透明与匀质的空间,而为所有记忆、情感和意义的附着提供可能,并使得变故与替换时时发生。沪生与小毛因同在国泰电影院外排队买《摩雅傣》电影票而相识:"买到票,一同朝北,走到长乐路十字路口,也就分手。路对面,是几十年以后的高档铺面,迪生商厦,此刻,只是一间水泥立体停车库,一部'友谊牌'淡蓝色大客车,从车库开出。沪生

---

① 金宇澄:《繁花》,上海文艺出版社,2013年,第13页。
② 金宇澄、朱小如:《"我想做一个位置很低的说书人"》。
③ 见 http://news.ifeng.com/gundong/detail_2014_01/10/32902485_0.shtml。

说,专门接待高级外宾,全上海两部。两人立定欣赏。"沪生与小毛欣赏的,岂止是一辆高级轿车而已,分明洞穿三十年岁月沧桑,将这街区的前世今生尽收眼下。欣赏结束,"小毛家住沪西大自鸣钟,沪生已随父母,搬到石门路拉德公寓,双方互留地址,告别"。不同方向、不同街区与不同的居住格局,亦各自携带历史,清楚标志出二人的阶层差别,以及相应的过往生活。[1] 至"文革"开始,沪生与姝华亲眼见证瑞金路长乐路转角那座君王堂,如何被拆除殆尽,原地竖起八九米高的领袖造像。[2] 现实当中的君王堂其实于1985年因修建新锦江大饭店而拆除,1992年在巨鹿路361号重开,2002年又迁至重庆南路圣伯多禄堂。而金宇澄以小说家的移花接木,提早进行空间与意义再造,用一栋建筑的改头换面写尽世事变迁。而到了1990年代,梅瑞妈妈回上海风光再嫁,指定住在旧上海大名鼎鼎的"金门",体验往日非富即贵的名流才能享受的高档空间[3],才让我们惊觉:即便沧桑几度,"金门大酒店"改称"华侨饭店"又改回"金门大酒店",从昔日王谢堂前燕飞入寻常百姓家,却依然保存着上海人的旧时想象。空间的记忆牢固至斯。因而如果说《繁花》的主角是这座大城,那么金宇澄正是以空间为叙事元件,讲述这座大城如何"在时代变迁中流动和成长",它的变与不变。而以上海空间为叙事方法,首先便意味着这样假空间为时间,以描写作叙事的技术手段。由此或许也可以解释,为什么大妹妹在得知自己被外派安徽落户工作之后,愈发变本加厉地拉着兰兰一趟趟游荡于上海的大街小巷,和那些跟踪搭讪的男青年们玩似乎永不厌倦的"马路游戏":那是她希望借助城市空间,永远存贮上海记忆,也让上海永远留存自己的最后方式。[4]

---

[1] 金宇澄:《繁花》,第19页。
[2] 同上书,第147—148页。
[3] 同上书,第134—135页。
[4] 同上书,第228页。

而大妹妹与兰兰的马路游戏,也提醒我们上海空间作为一种叙事方法的第二重内涵:金宇澄笔下的上海不仅仅是故事发生的舞台,更为生长情节与细节提供了限度与门路。"1970年代的上海,部分十六到二十六岁男女,所谓马路游戏,就是盯梢。"少女走在路上,有意的男子紧跟不放,而决定权其实在女方:"大妹妹并不回头,但脑后有眼,表面上是自然说笑,一路不会朝后面瞄一瞄,心里逐渐可以下决定,这是内行人的奇妙地方。一般是一路朝南,走到北京西路怀恩堂,大妹妹如果有了好感,脚步就变慢了,让后面人上来,搭讪谈笑。如果脚步变快,对兰兰来讲,就是回绝的信号。这一夜,大妹妹最后是快步走,越走越快。后面两男毫无意识,快步跟过南阳路,陕西路菜场,泰康食品店,左转,到南京西路,到江宁路,再左转……"① 这样看似刺激实则安全的嬉戏,只会发生在上海的现代都市空间,乡村则绝无可能。即便换作北京,森严肃穆的长安街上敢于盯梢纠缠的男青年恐怕寥寥,而若深入形制曲折的胡同,大概大妹妹和兰兰也没胆量如此逗引。

  根据城市规划理论,好的城市应该为市民提供足够的公共交往空间:"城市公共空间或住宅区中见面的机会和日常活动,为居民间的相互交流创造了条件,使人能置身于众生之中,耳闻目睹人间万象,体验到他人在各种场合下的表现。"② 而城市需要交往空间,小说也需要人物聚合,情节交错。1960年代初期的上海流行民办小学,粗通文墨的上海妇女皆可担任教师,在自己家中授课,孩子们走出因职业身份而群聚的住所,出入大街小巷与前所未见的私人空间,极大扩展了交往可能,大资本家的孙子阿宝和空军子弟沪生,因此才能结识。而若非因为电影院这样的公共场所,工人阶级后代小毛也无缘与沪生成为朋友。由沪生、阿宝、小毛,联络蓓蒂、姝华、兰兰、大妹妹、小珍、雪芝……

---

① 金宇澄:《繁花》,第225页。
② [丹]扬·盖尔:《交往与空间》,何人可译,中国建筑工业出版社,2002年,第8页。

较之《红楼梦》这样的传统小说,《繁花》中的诸多角色显然阶层身份都更为复杂。若非借助上海混杂多元而交往通达的现代城市空间,金宇澄断无可能织出这样的立体网络。

　　而一旦交往空间过度敞开,挤压侵占私人空间,就成为金宇澄在《繁花》当中反复书写的弄堂石库门建筑与工人新村"两万户"。上海石库门建筑一般三层,每层不过26平方米左右,一层是客堂、厕所与厨房,二层是卧室与亭子间,三层是阁楼,解放前原供一户居住,解放后往往住进四户甚至七户之多①,空间局促与隐私缺失,可想而知。小说中最典型的是大自鸣钟小毛家。而对于"两万户",金宇澄曾在阿宝家被迫搬入时有集中描述:"'两万户'到处是人,走廊,灶披间,厕所,房前窗后,每天大人小人,从早到夜,楼上楼下,人声不断。木拖板声音,吵相骂,打小囡,骂老公,无线电声音,拉胡琴,吹笛子,唱江淮戏,京戏,本滩,咳嗽吐老痰,量米烧饭炒小菜,整副新鲜猪肺,套进自来水龙头,嘭嘭嘭拍打。铜钟镬盖,铁镬子声音,斩馄饨馅子,痰盂罐拉来拉去,倒脚盆,拎铅桶,拖拖板,马桶间门砰一记关上,砰一记又一记。"②更不要说男女共用的厕所隔板上,满是偷窥的洞眼。无论由于历史原因,还是因为国家规划,这样的格局空间对于生活其中的居民当然多有不便,但对于小说叙述者金宇澄,却成为腾挪情节的最好帮手。共同生活的各户并非亲人,却朝夕相处,这就为丈夫常年出海在外,独守空房的银凤勾引小毛提供了足够的合理性与可能性。最初银凤趁小毛娘不在时,故意衣衫不整地前去串门;③继而提出自己奶水过足,想请小毛代喝;④后来海德回家,以哥嫂姿态招待小毛吃饭,谈

---

① 王诗婳:《上海小说中的城市居民声景》,《歌海》2014年第6期。
② 金宇澄:《繁花》,第138页。
③ 同上书,第47页。
④ 同上书,第50页。

男女之事；① 最后终于以帮打洗澡水的名义，将小毛成功引诱。② 这段男女私情，金宇澄写得层层深入，纹丝不乱，却无不与特殊居住格局所造成的特殊人际伦理有关。而如果不是石库门建筑群居杂处，人多眼杂，小毛与银凤（或是作者金宇澄）又怎会密切关注各户作息时间，想出以灯光、拖鞋作为暗号的精彩细节；如果不是邻里邻居，无处回转，小毛又怎至于始终难以挣脱这样的纠缠缱绻？及至最终二楼爷叔秘密窥探，一一记录，并告发到海德面前，导致小毛娘不得不匆忙逼迫小毛成亲，搬出旧房，也都是因空间繁复才生出的波折。我们当然可以将二楼爷叔视为一种隐喻，视为私人空间不受尊重时代的人性畸变与隐在威胁，但令人更加印象深刻的，仍是金宇澄利用这狭小空间作为叙事的有机力量，因势利导、无中生有、横生枝节的本领。诚如小说中所说："这幢老式里弄房子，照样人来人往，开门关门，其实增加了内容，房子是最大障碍，也最能包容，私情再浓，房子依旧沉默，不因此而膨胀，开裂，倒塌。"③

## 上海方言何以成为一种叙述方法？

作为一部地方性特征显著的小说，《繁花》最引人注目之处，或许还不在小说中精心勾勒的上海地图与空间内景，而在字里行间流溢着沪上风情、令人唇齿生津的上海方言——准确地说，是经由金宇澄精心改良过的上海方言。方言写进小说，大概有两种极端：一是韩邦庆的《海上花列传》，原汁原味将口语化成文字，神韵当然饱满，但对方言区以外的读者是莫大挑战；一是李劼人的《死水微澜》，将方言高度

---

① 金宇澄：《繁花》，第124—125页。
② 同上书，第215—218页。
③ 同上书，第223页。

抽象，变作无形的运字机巧，方言区以外的读者看来是明白无疑的白话，而四川人读来则处处有川话的活泼。《繁花》中金宇澄对上海方言的改造，介乎韩邦庆与李劼人的两极之间。他曾以人称代词为例说明《繁花》中沪语的运用："《繁花》没有'你'字，就是上海话'侬'，有用'侬'的地方，我改为直呼人名，上海人的习惯，可以直接指名道姓，这就是上海话的真正特征和色彩，与北方不一样。虽然读者都知道'侬'的意思，但是在读感上，在书面上，我认为太有地方色彩，出现率高，担心外地读者有障碍，想想看，一本书翻开，到处是'侬'，'阿拉'，再比如'㑚'就是'你们'，纸面上那是什么感觉？"①金宇澄弃用沪语最具辨识度的词汇，但并不放弃方言的形式规则，而是透过一般对于上海话的认知，寻找它更为本质的特征，用特殊的词法搭配与句法构造，乃至标点符号的活用，营造专属于上海的语言魅力。这样的语法策略，既确保了语言的异质性，又提供了沟通的便利，而其实对于上海话本身，也未尝不是一种重新发现。

经由如此煞费苦心的锤炼，金宇澄当然可以放心地让语言汪洋恣肆，《繁花》因此堪称汉语小说中最众声喧哗者之一：有多少小说敢于像《繁花》一样，让它的人物们如此喋喋不休？一次又一次的街头闲谈，暗室低语，以及似乎永无休止的饭局，话赶着话，一句往东，一句向西，甚至刚刚说出一个词就被打断，看似不断旁逸斜出，其实句句曲径通幽。这些连篇累牍的对白，简直构成小说的主体，淹没了叙述者的声音，却绝不显得喧宾夺主，也丝毫不曾阻滞小说的速度。诚如论者所说："《繁花》是由很多的人声构成的小说，每个人都在言语中出场，在言语中谢幕，在言语中为我们所认识……"②尽管语言本身的快

---

① 黄文婧：《上海是一块经过文学电镀的 LOGO——对话金宇澄》。
② 张定浩：《拥抱在用言语所能照明的世界——读金宇澄〈繁花〉》，《上海文化》2013 年第 1 期。

感已足供品鉴赏玩,难能可贵的是它还同时承担了叙述的功能,以不同声口,不同视角,补充旧事,引出新事。

关于《繁花》语言之精到独特,以及其中人物对白所承担的叙事功能,早已多有探讨[①],有论者甚至不惜引述具体文字,分析小说如何"通过人物之间的对话,在充分凸显人物不同个性的同时,渐次推动故事情节的演进发展"[②]。但以对白承担叙事功能,当然并非只有上海话才能做到。而金宇澄百般琢磨,力图存其神髓的上海方言,究竟如何能够有机地参与小说的叙事层面,成为一种叙述方法,或许还有可供讨论的余地。

首先值得注意的是,《繁花》当中其实并非绝对不出现上海方言词汇。只是这些词汇看似游离于叙述之外,容易被人忽略。小说第壹章,小毛买电影票回来经过理发店,王师傅让小毛帮打开水,引出一段理发店里的术语解说:"理发店里,开水叫'温津',凳子,叫'摆身子',肥皂叫'发滑',面盆,张师傅叫'月亮',为女人打辫子,叫'抽条子',挖耳朵叫'扳井',挖耳家伙,就叫'小青家伙',剃刀叫'青锋',剃刀布叫'起锋'。"[③]这些生僻词汇,较之普通话的惯常用语远为活灵活现,不仅记录下一个逝去时代的声音记忆,更将词语所指涉的形象与动作呈现眼前。而小说反复暗示王师傅是苏北人,说苏北话,则或许这些词语更表征着方言的交流融合,以及背后的人口迁徙,也未可知。第拾柒章,叙及大妹妹的爸爸乃是过去上海的"奉帮裁缝",大妹妹耳濡目染,对于行话当然耳熟能详:"缝纫机是叫'龙头',剪刀叫'雪钳',试衣裳叫'套圈','女红手',专门做女衣,'男红手',只做男装。""罗纺叫'平头',绉纱叫'桃玉',纐纱叫'竖点',纺绸叫

---

[①] 参见程德培:《我讲你讲他讲,闲聊对聊神聊——〈繁花〉的上海叙事》,《收获·长篇专号》2012年秋冬卷;张定浩:《拥抱在用言语所能照明的世界——读金宇澄〈繁花〉》;项静:《方言、生命与韵致——读金宇澄〈繁花〉》,《中国现代文学研究丛刊》2014年第8期。
[②] 王春林:《〈繁花〉:中国现代城市诗学建构的新突破》,《现代中文学刊》2014年第1期。
[③] 金宇澄:《繁花》,第21页。

'四开',最普通是竹布,不会有死褶。""文革"年代,讲起旧上海的穿着时尚,难免让人恍惚,不知今夕何夕。而大妹妹的父亲,"因为早期北方定都,奉调京师,上海一批轻工企业北迁,包括商务印书馆,出名饭店,中西服装店,理发店,整体搬场。"这些词汇想必也随着烟消云散。不久之后,大妹妹接到通知,分配安徽,这些裁缝术语及其所指涉的绫罗绸缎,旧日繁华,更成为钩沉往事而预告来者的枢纽。[①]

尤为典型的是拾玖章关于"赖三"的解释。小毛说,所谓"三"者,指1960年困难时期,做皮肉生意的小姑娘,"开价三块人民币,外加三斤粮票","这种女人就叫'三三',也叫'三头'"。而"赖"者,"有一种鸡,上海人叫'赖孵鸡',赖到角落里不肯动,懒惰。女人发嗲过了头,上海人讲,赖到男人身上,赖到床上。混种鸽子,上海叫'赖花'。欠账不还,叫'赖账'。赖七赖八,加上'三三',就叫'赖三'"。[②]一个词,勾连起过去年代多少卑微的人生;而若干年后,在小说另条脉络叙述的1990年代,又有多少"赖三"将重新游走在上海街头,出没于各种饭局,觥筹交错,欢声笑语。如果说,《繁花》中的上海空间因为贮存了记忆、情感与意义,而创造出一种独特的叙事方法;那么这些沪语方言词汇,同样通向时间的深处,纷纭的人们,林林总总的故事。

这些饱含记忆的词语,或许的确令金宇澄念兹在兹,不能或忘,因而必须用解词的方式撒落在叙事的空隙,以期有人借由打开封存已久的往事。而除此之外,金宇澄始终如前所述,恪守自己的用语原则,不以沪语设置阅读屏障,保证小说充足的开放性。金宇澄所希望捕捉的,并非上海方言的表象,而是内在的神韵。因此若要理解上海方言何以能在《繁花》中成为一种叙述方式,也必须从其内在神韵着眼。而对这神韵的最好概括,大概就是小说中出现1300余次的"不响"二字。

---

[①] 金宇澄:《繁花》,第226—229页。
[②] 同上书,第250—251页。

连金宇澄自己也说:"上海读者看到'不响',应该会心一笑。这两个字,上海人每天无数次使用,天天挂在口头,描述身边人、领导、父母、朋友对某事的态度,比如'我讲了半天,领导不响',即领导不同意、不开心、不表态,或者没精神,肚子里打小算盘,是最具上海特色的语言,比'阿拉''侬'之类,更有上海标识性。"①

400多页的小说,平均每页要出现3个"不响",如此扎眼的高频词汇,敏锐的评论者们当然早已将之讨论得快成陈词滥调。②但参照金宇澄本人对"不响"的发言,或许仍有必要更为明确指出的是:"不响"绝不仅仅是一种"留白"的修辞技术,以沉默表达尴尬、不悦、茫然等种种情感或情感的复合交叠;作为上海方言中最具标志性的词语,"不响"或许更表征某种上海的典型性格。阿宝面对李李,或康总面对梅瑞,尽管内心未尝不心猿意马,但是与常熟的徐总不同,一旦女方主动示好,阿宝和康总总归是"不响",这当中就有一种上海人的谨慎、内敛与世故。③而同为上海人的,除了小说里的阿宝们,还有一个小说外的金宇澄。题在扉页的那句"上帝不响,像一切全由我定……",在脱离了小说中的具体语境之后,似乎也在提醒我们,作为这部小说的造物者,金宇澄也必将使他"不响"的上海性格,作用于小说的叙事层面。

"不响"当然并不是真的沉默,阿宝们尽管"不响",尽管情绪纷乱难以名状,但读者却能心知肚明,靠的是隐曲的暗示。因此"不响"不是不说,只是不直露地说。于是我们便在《繁花》中不断看到吞吞吐吐,以退为进,借此说彼,一语双关。钟大师预言陶陶必因女人引火烧身,这谶语最终落在小琴身上,但金宇澄却有意写出一个潘静引人

---

① 黄文婧:《上海是一块经过文学电镀的LOGO——对话金宇澄》。
② 参见王春林:《〈繁花〉:中国现代城市诗学建构的新突破》;黎文娟:《〈繁花〉论》,华东师范大学中国语言文学系硕士学位论文2015年。
③ 关于上海文化中的"世故",可参见陈建华:《世俗的凯旋——读金宇澄〈繁花〉》,《上海文化》2013年第7期。

注意，令读者与陶陶一起，不知不觉落入小琴的圈套。汪小姐首度出场，与老公宏庆为生二胎争执口角，是谁都不会注意的闲笔，直到最终她因借种生子而陷入困顿，才让人恍然记起当初的这一幕。而江南春游，她有意诱引康总与梅瑞勾搭成奸，后来倒是她自己被李李献给常熟徐总，正是相映成趣，因果循环。梅瑞先与沪生恋爱，后移情沪生的朋友阿宝，复又勾搭有妇之夫康总，到最后和自己的继父香港小开鬼混在一起，层层铺垫递进，终于一步一步走向毁灭。《繁花》中那些混乱交织，大同小异的情欲故事，依靠金宇澄如此这般的巧手安排，才变得花团锦簇，精彩纷呈。而在小说的另一支"文革"叙述中，金宇澄写尽混乱世相，却独独不曾正面书写对于上海青年而言最为痛苦的上山下乡。无论大妹妹的发派安徽，还是姝华的远嫁吉林，都是旁敲侧击，一笔带过。金宇澄自己也表明："这部小说所写的上世纪70年代，其时我并不在上海，身在几千里以外的东北，但我拒绝在小说中写东北这一块……"①其实哪里是不写，而是早在"文革"发生的前夜，金宇澄便以阿宝、蓓蒂与阿婆的绍兴还乡之旅，将上海知青面对荒野乡村所感到的震惊与绝望写了出来。②

  这种种笔法，在中国传统小说的评点中有个术语，叫做"草蛇灰线"。在《繁花》的跋里，金宇澄申明态度，立意要沿着话本这道旧辙，去探究"当下的小说形态，与旧文本之间的夹层，会是什么"③。然而中国传统小说的遗产夥矣，何以单单发扬这一支？或许并非金宇澄选择了这种形式，而是这种形式选择了金宇澄。正如并非我们在讲述语言，而是语言在讲述着我们。

---

① 金宇澄、朱小如：《"我想做一个位置很低的说书人"》。
② 金宇澄：《繁花》，第94—98页。
③ 同上书，第443页。

## 上海作为一种方法，意义何在？

金宇澄蛰伏编辑岗位二十余年，陡然抛出《繁花》，几年间便膺获茅盾文学奖在内的大小文学奖项三十余种，引得一片赞叹，但也间或有不同声音提出质疑。刘大先便不满足于《繁花》的"文过于质"，令"对于现实的洞察力迷失在过于芜杂的事实材料当中"，"无可否认的是，《繁花》细腻贴切、叠床架屋的謩言引语，能够复现出某种似真性的市民社会，然而这一切是平铺地展开，无论如何也形成不了恢弘广阔的现实画面。局部的真实遮蔽了更广阔的现实，这是在康德与黑格尔的时代就已经解决了的问题。……这种怀旧中的现实，皴描渲染，而如果作家沉溺其中，于价值设定上无所作为，注定要沉寂于事实的废墟，更何况此种事实本身也如前所述是貌似细大不捐，实则残缺不全"。这一论述确实某种程度上指出《繁花》的问题，但这一问题或许也恰恰是它的特色所在。对于历史总体性的诉求无可厚非，也的确"只有对于长时段的历史有整体的自觉把握，无论这种把握站在何种立场，才有可能于总体的社会结构和演变中锚定现实。"[1]但小说本就不同于"大说"，或许可以有自己表述现实和回应历史的多样角度，有把握总体性的独特方法。当金宇澄反复表示他的初衷"是做一个位置很低的说书人，'宁繁毋略，宁下毋高'"时，当他决心要"在国民通晓北方语的今日，用《繁花》的内涵与样式，通融一种微弱的文字信息"时[2]，他其实已经早早对刘大先做出回应，预先为自己的繁琐与家常找好借口，从追求总体性的宏大小说理想中解脱出来，安心退回到上海这座城市的记忆褶皱里去。而这，就是《繁花》将上海作为一种方法的意义所在。

于是我们得以在《繁花》中读到种种"大说"中付之阙如的奇观。

---

[1] 刘大先：《现实感即历史感》，《文艺报》2014年6月4日。
[2] 金宇澄：《繁花》，第444页。

在宗教取缔的年代，如小毛娘这样的信徒，以拜领袖替代拜基督，日日面对领袖祷告忏悔，将截然不同的两种信仰诡异地嫁接在一起；①而春香的首次婚礼上，民间婚俗、宗教仪典与革命仪式同样相互妥协与融合，呈现出一种混搭形态。②在革命呼声最为高亢的时候，小毛房间的电唱机依旧能低低流出王盘声的轻亮唱腔；③而1966年的剪裤时代还未远去，上海人已经因陋就简发明出新的时尚，青年男女亦敢在公车上公然亲狎了。④抄家批斗最流行时，拉着沪生去"香港小姐"家采取行动的男同学何等暴戾，让人惊觉在金宇澄看似平静的叙述背后，何尝没有价值判断；但是当风波平息，男同学讲述"香港小姐"过去如何欺辱自己，又让人恍兮惚兮，觉得所有立场都有了可以商榷的余地。⑤上海拥有着如此复杂的地形，贮存了这样多彼此抵牾的记忆，使得它不仅是情感依附的容器，更成为意义争夺的领地。如果说"无论站在何种立场"，对于历史的总体性把握都比总体性的缺失更能够在"总体的社会结构和演变中锚定现实"⑥，那么小说结尾处，来自法国的芮福安和安娜对于上海的东方学式想象，似乎也无可厚非。⑦与其如此，不如姑且降低对总体性的要求，将视角缩到一座城市所能容纳的狭小区域内。"上帝不响，像一切全由我定……"：金宇澄以上海作为方法，正意味着放弃任何一种"大说"定于一尊的总体观念，而深入城市地理的层层累积中，去发掘多元的可能，任由读者处置。

或许将关于总体性的焦虑，特别置于《繁花》中有关1990年代的那脉叙述中，会更有启发。如果说六七十年代的混乱犹有尽时，90年

---

① 金宇澄：《繁花》，第20—21、46、121、144、214、229、274—275页。
② 同上书，第306—307页。
③ 同上书，第215—216页。
④ 同上书，第198—199页。
⑤ 同上书，第113—116页。
⑥ 刘大先：《现实感即历史感》。
⑦ 金宇澄：《繁花》，第439—442页。

代的浮华则似乎永无止期。六七十年代的生离死别之后,沪生、阿宝和小毛还可以重整旗鼓,久别重逢;而90年代却是毫无希望,永远沉沦的颓丧。贰拾柒章之后,小说的两条脉络合流,携手奔向终点。而也正是从那时起,金宇澄写下的是一幕一幕的散场:贰拾捌章那场整部小说里最为盛大的饭局,本该是这座城市各个阶层各个行业的大联欢,却成为矛盾迸裂,人人撕下华丽外衣与伪装面具的闹剧。此后陶陶离婚,小琴惨死,梅瑞破产,李李出家,小毛在对旧日的缅怀中病故,汪小姐则躺在妇产医院,等待着诞出一个怪胎。尽管阿宝终于接到那通从过去时代打来的电话,但是已经嫁作商人妇的雪芝,还是那个即便"文革"当中也能沉静优雅,活出一种上海气质的少女吗?抑或不过又开启了一个新的偷情故事?

诚如张颐武所说,直到1990年代,《繁花》中的个人才真正与大历史脱钩:"这些小市民在计划经济时代,幸与不幸却还和大历史有关,但到了当下,却已经变成了一种人性的普遍性的展开。一种普遍的中产生活成了上海和全球共有的现象。地域性仅仅是一种符号和形象,而非事物的本质了。"[①] 如果上海终于在全球化的裹挟下被碾成符号,而所有记忆都不过是周而复始的情爱欢场,以上海或任何一座城市作为方法,意义又将何在?这或许才是金宇澄必须以文字留存记忆却不禁发出感慨的原因,也是《繁花》之后仍有必要继续追问的命题。

(原载《中国现代文学研究丛刊》2016年第2期)

---

[①] 张颐武:《本土的全球性:新世纪文学的想象空间》,《当代作家评论》2014年第3期。

# 究竟什么是魔幻现实主义？
## ——从《我只是来打个电话》重新理解马尔克斯

2014年4月17日，加西亚·马尔克斯与世长辞，使国内文学界乃至普通大众再次恍然大悟般想起这位作家，想起他给予我们的长久影响。更重要的是，想起文学本身。长期以来，在中国大陆，马尔克斯是一个显赫而隐秘的名字。忠诚热爱他的人们孜孜不倦地寻找他的书，那些陆续出版于上世纪后二十年，却因为版权问题不得再版的书：上海译文出版社的《百年孤独》《加西亚·马尔克斯中短篇小说集》，山东文艺出版社的《族长的没落》，黑龙江人民出版社的《霍乱时期的爱情》，南海出版公司的《将军和他的情妇：迷宫中的将军》，三联书店的《番石榴飘香》……对这些书籍的占有几乎成为文学爱好者资质的证明。以至于当2010年马尔克斯正式授权的作品集终于由南海出版公司引进时，不少人可能暗自感到失落：这些装帧浮华的新书如何能够替代那些陈旧泛黄的纸张留存在几代人心中的文学记忆？

但是当一位作家成为某种记忆符号，我们对他的印象与理解是否也同样经过了选择与过滤，以至于造成事实上的背叛与误解？——正如我们对版本的顽固怀旧心理一样。二十多年来，当我们谈论马尔克斯的时候，更多是在谈论《百年孤独》，谈论那个精致复杂的开头，以及那些因挑战了我们的想象边界而分外迷人的人物与细节。我们并且有意无意地以这部小说定义"魔幻现实主义",再以"魔幻现实主义"来定义马尔克斯。于是马尔克斯便成为一个来自拉丁美洲的通灵大师,他给予我们最重要的启发,似乎就是教会我们如何将那些光怪陆离的民间奇闻大胆写进小说中去。与此同时,他的那些不够"魔幻"的作品便自然而然被我们遗忘,很少提及。随之被遮蔽和遗忘的,是那个更加丰满、立体和完整的马尔克斯。

因此本文决意选择马尔克斯一篇名不见经传的作品《我只是来打个电话》,作为重新理解马尔克斯的路径。这里没有被风卷走的村庄,也没有随床单飞上天空的美丽少女;只有一个倒霉的女人,在暴雨夜误入一家精神病院,再也无法走出来。类似的故事很多作家都处理过,包括中国作家,但是马尔克斯当然仍能写得与众不同。或许恰恰在这样一个并不独特的故事中,我们能够挖掘发现马尔克斯尚未被充分认识的独特之处。

一

阅读《我只是来打个电话》,最容易提炼的小说主题当然是关于疯狂与权力。玛利亚于无意之中搭乘的那辆公共汽车,坐满了去往精神病院的女病人,在黑暗的夜晚中一路穿行,去往一个参天树林中的古老修道院,与福柯所说的愚人船何等相似,不能不让我们立刻产生这样的联想。在福柯看来,疯狂乃是一种权力话语。理性世界将被视为疯癫者驱逐出去,保持某种神圣的距离,使之不致对理性世界产生扰乱。而这种对疯狂的认定、排斥与驱逐,并进而形成一种话语宰制,又往往与政治的专制与独裁紧密联系,在与反精神病学的英国学派奠基人大卫·库柏论及斯大林统治下的苏联时,福柯曾反复表述过这样的观点。

因此当小说中两次出现西班牙独裁者佛朗哥的名字时,将小说中古老修道院对精神病人的暴力管制，与佛朗哥在西班牙施行的暴政相联系就成为理所当然。我们当然不会忘记马尔克斯除了魔幻现实主义的文学贡献以外，还是一个积极投身国际政治运动的左派，当皮诺切特在智利开始其独裁统治的时候，马尔克斯曾以罢笔来表示抗议。而唯一一位出席佛朗哥葬礼并表示哀悼的，恰恰是皮诺切特。沿着这一思路，小说确实颇多可供分析阐释之处。玛利亚在性关系方面的混乱，其张扬恣肆的生命力，显然已经包含了某种疯狂，或者说是与一个秩序化的社会格格不入之处。何况她显然与反佛朗哥的左派团体交往甚密。革命与性似乎从来都是不可分离，尤其在欧洲南部的西班牙，对于一个保守专制的政体而言，它们同样不能被容忍。"玛利亚在一次疯狂的发作中把挂在餐厅的最高统帅的石板画像摘下来，用全身的力气把它冲着花园的玻璃窗扔去，随即倒在血泊里。"这样的表述更准确无误地构造了一种疯狂 / 规训、反抗 / 镇压的对立关系。当然，惊心动魄的仍然是小说的结尾，被认定为疯狂者最终将接受对自己的命名，成为一个神志清醒、身材超重、满意修道院平静生活的妇人，再也不会情绪激动。随着修道院化为废墟，她也将湮没不见。

## 二

同样明显的主题是孤独。这当然是理解马尔克斯小说的一个关键词。徐则臣在谈及《一桩事先张扬的凶杀案》时，指出这部看似与小说家一贯的"孤独"主题毫无相干的小说同样渗透着深刻的孤独感。"小说里的人物之间总是处于游离的关系之中，所有人都自以为是，所有人都活在自己的身体里和周围，人与人之间隔了一层雾，使得相互不离也不即，一个人很难看清对方，更难到达对方。小说里所有的人物几乎都是孤立的形象，因为孤立而显得茫然无助，总也使不上力气。"① 正是因为小说中每个人物都因内在的孤独而陷于茫然和恐惧当中，杀人案件才得以最终发生。就此而论，《我只是来打个电话》中的孤独显然要清楚得多，只是其孤独不是表现为茫然和恐惧，而是来自定见，因各有定见而无法沟通，难以信任。精神病院对于玛利亚的粗暴诊断自不必说，魔术师丈夫同样因定见而陷于孤独，并使玛利亚陷于孤独。这个可怜的男人不断地听说和亲历他的妻子的背叛，玛利亚从一个男人身边无端消失，继而出现在新的男人身边的故事，显然给他留下了巨大的心理创伤。因此他用臆测和嫉妒打造了自己的孤独堡垒，即便在听到玛利亚的声音，读到玛利亚的信件，甚至亲眼见到玛利亚的时候，都无法从自己的孤独幻象中摆脱出来。他真正的孤独并不在于他意识到自己再次失去玛利亚时乘车在林荫大道上所感到的深刻痛苦（但仍不得不说，这一笔描写真是厉害，如果换了别人，一定显得矫情幼稚。可是在马尔克斯笔下，魔术师的痛苦如此真切，打动人心。正像《霍乱时期的爱情》里马尔克斯的笔调一样，能将一段不真实的感情写得回肠荡气），也不在于他意识到玛利亚跟着一个二十岁的青年私奔时的挠心醋意，而在于他永远无法理解也无法相信这个他与之相爱的女人。即使玛利亚从未发生意外，他也将终生牢记曾经的痛苦和潜在的危险，直到他对这个女人的爱褪色消逝——那时又将是另外一种孤独。也因此他如此轻易就接受了玛利亚确实已疯的事实：一方面，正如他所说，"对大家来说你在这儿多住些日子是大有好处的"，一个被监禁在古老修道院中的玛利亚再也不会让他担心背叛；另一方面，他其实早已认定玛利亚的水性杨花本身就是一种疯狂。

如果考虑到疯狂早早被视为一种需要驱逐之物，本身就与孤独具有某种同构性，则我们当然可以认同魔术师对玛利亚的认定，而这恰

---

① 徐则臣：《一部值得张扬的伟大小说》，《把大师挂在嘴上》，上海文艺出版社，2011年，第65—66页。

恰说明，整部小说中最孤独之人乃是玛利亚。一个女人的水性杨花，当然可能是本性使然，但或许更多乃是来自其内心深处挥之不去的孤独感和不安全感。尽管小说中并未对玛利亚的感情生活有正面表述，但从玛利亚对精神病院长的错误感知中足可窥其一斑。在院长的慈祥和柔情下玛利亚放声大哭，"好像在爱之后的厌烦中她从没有能在萍水相逢的情人们面前这样哭过似的"，"这是她生来第一次奇迹般地得到一个男人的理解，而这个男人用整个心灵听她哭泣，却不想得到跟她睡觉的报偿"。可以想见，这个曾经梦想当一名演员的美人儿遭遇到的是怎样的男性世界。但玛利亚更深刻的孤独仍旧来自于定见，这种定见或许与她的开朗、坚强、八面玲珑，甚至与她在男性世界中无往而不利的女性资本有关。她从未想过自己可以不被理解，她断然判定可以以理性的沟通方式，与这个世界达成谅解。但遗憾的是，这次她闯入的是马尔克斯的小说世界，一个充满了魔幻色彩的现实当中。

## 三

若以长久以来我们对马尔克斯和魔幻现实主义的理解来衡量，将这篇小说称为魔幻似乎有些词不达意。与《百年孤独》和《族长的没落》这样的小说不同，这篇小说看上去相当具有写实风格。甚至它最初的中文译本是被收在《诺贝尔的幽灵——马尔克斯散文精选》当中，作为散文对待；2010年人民文学出版社出版的《小说山庄——外国最新短篇小说选》中才将其作为小说介绍。而在我看来，这样的文体混淆，恰恰是前此两个显而易见的主题之外，这篇小说值得特别探讨的地方：对于马尔克斯而言，究竟何谓现实，何谓虚构？无论是疯狂与权力，还是孤独感，对于一篇小说而言都未免太过外在，我们当然可以对小说进行现实勾连和理论解读，也可以去爬梳一个小说家的主题史，但不能解释的是，为什么马尔克斯的小说在写作疯狂和孤独的时候如此动人，小说中那让我们感到毛骨悚然的，难道仅仅是这些主题而已吗？

因此我希望提出一个似乎更为内在的问题，并尽可能作出我的解释——通过重新回答一个陈旧的问题：究竟什么是魔幻现实主义？众所周知，马尔克斯对于魔幻现实主义这个标签并不满意，在《百年孤独》带来巨大的名声之后他逐渐感到厌烦，反复向世界解释，他所写到的一切都有现实依据，那就是拉丁美洲大陆的现实。"看上去是魔幻的东西，实际上不过是拉丁美洲现实的特征。我们每走一步都会遇到其他文化的读者认为是神奇的事物，而对我们来说却是每天的现实。但是我认为，这不仅是我们的现实，而且也是我们的观念和我们自己的文化。我们由衷地相信这样一种现实的存在，它和理性主义者划定的现实范畴相去甚远。理性主义者在所到之处发现某种事情正在发生，甚至看到了它，他们知道它存在着，但是却否认它的存在，因为这和他们的原则不相容，因为它打破了他们的界限，于是他们说这有点神秘，需要一种科学的解释，因为他们的理解方法比我们狭窄得多。我们接受了各方面的影响，正像人们说的，我们是由全世界的残渣构成的，所以我们的视野比他们宽阔得多，我们的接受能力也宽广得多。所以，我们认为是现实的、真正现实的东西，他们便认为是神奇的，并且为了进行解释而找到了神奇现实主义或魔幻现实主义之类的说法。而对我来说，这就是现实主义。我自认为，我是个社会现实主义者。我不善于做任何想象，不善于虚构任何东西，我只限于观察，把看到的东西讲述出来罢了。"① 为了证实这一点，马尔克斯总是列举在拉丁美洲大陆发生的光怪陆离的事情，比如亚马孙河上游沸腾的溪水可以煮沸鸡蛋啦，在某个地区大声说话就会引起暴雨啦，对着母牛祈祷牛耳朵里的虫子就自己掉出来啦，等等。然而这些例证可能恰恰是马尔克斯的狡猾说

---

① [哥伦比亚] 加西亚·马尔克斯：《两百年的孤独》，朱景冬译，云南人民出版社，1997年，第236页。

辞，通过它们马尔克斯只是在讲述拉丁美洲，而将自己的现实观念一笔带过，隐藏了起来。其实仔细推敲马尔克斯的发言不难发现，拉丁美洲对他最大的馈赠，乃是一种认知现实的方式，那是一种与理性主义者的世界观全然不同的视角。在一次关于《霍乱时期的爱情》的访谈当中，马尔克斯就曾经明确指出，尽管他为了小说创作"的确对19世纪生活中的那些日常琐事进行了大量的研究。但你必须当心别落入我的陷阱，因为我对真实的时间和空间并不那么尊重"[①]。

马尔克斯的确有大量小说看上去一点也不魔幻，严守写实界限——不要忘记他同时也是一名记者——但几乎在他的每篇小说当中都洋溢流荡着一种迷人的魔幻气质，其原因或许正是在于，无论外在表现如何，文本背后马尔克斯的目光始终是与理性认知方式不同的，对真实时间和空间缺乏尊重，也因而能如魔术师一般使之焕发光晕。从作品的风格气质来看，给马尔克斯贴上"魔幻现实主义"的标签并无不对，或许应该称之为"魔幻的现实观念"更为准确。这意味着魔幻现实主义未必是光怪陆离，神异奇观，而是一种小说家处理现实的方式，或者说是一种切入现实的方式。得益于拉丁美洲的馈赠，马尔克斯从来不会以一种欧洲理性主义者的姿态去审视现实。因此马尔克斯所看到和所写下的现实从来不是单面的，而是多重面影组合在一起；现实的逻辑不会单线推进，而总是不断发生错乱、扭曲、重组。作家因此得以最大限度地以主观介入现实。虚构对马尔克斯来说不像是技术，倒像是本能。最关键的是，谁也无法辨认哪些是现实，哪些是虚构。由此论之，则马尔克斯那部以冷静著称的《一桩事先张扬的凶杀案》何尝不是魔幻现实主义？若不以强大的力量对破碎散乱的现实加以拼接重组，又如何做到准确无误？

以《我只是来打个电话》而论，马尔克斯魔幻的现实观念是通过

---

① [哥伦比亚] 加西亚·马尔克斯：《两百年的孤独》，第259页。

一种极其微妙的速度感来达成的。一般而言小说的速度是指同等篇幅下小说叙事的长度。但是在这篇小说中，马尔克斯借助对现实的魔幻理解，借助人物封闭的内心世界，使小说的速度变得迷乱而难以捉摸。在情节要害处马尔克斯只作客观描写，而不进入内心，这是小说新闻报道般写实感的来源，却又吊诡地构成其魔幻的关键。小说中显然存在着至少两个空间：修道院外，和修道院内。玛利亚是怎样从安全的修道院外进入到修道院内呢？女看守的暴力、院长的伪善，以及电话、信件求告无果，当然是人物一步步陷落其中的过程。但实际上，早在满载着女精神病人的公共汽车停在她旁边的时候，两个世界之间的通道已经悄然打开。玛利亚向女看守借火，在车上睡着，披着和其他女精神病人一样的毯子下车，懵懂地进入精神病院的世界，待到醒悟的时候已经为时已晚。时间在这里似乎得到了极其缓慢的描述，但是却又出其不意得快。这种速度感造成的效果，是修道院外和修道院内这两个完全不同的空间，在小说当中无限接近，甚至重叠在一起。我们当然可以将这个故事的开端视为一种偶然，这偶然也确实足够令我们感到惊骇：命运的偶然如此轻易就将一个良民拉入到疯狂与压迫的权力结构当中。但是这偶然的机制并非"无巧不成书"式的拙劣小说俗套，而是首先来自于马尔克斯对现实世界的魔幻认识。在马尔克斯所看到的现实当中，疯狂独裁的世界，与安宁美好的世界，实际上只有一瞬间的距离。如果说昨日之人的幽魂停伫在马孔多的大房子里迟迟不肯离去，坚持令此岸世界与彼岸世界交织共存是一种魔幻的话，那么修道院墙内外世界的共存和重叠又何尝不是一种魔幻？

马尔克斯曾经谈及，所谓魔幻现实主义最大的难度在于如何使之可信："十七岁的时候我想写它（《百年孤独》），但是我很快就发觉，连我自己都不相信我所叙述的事情。我的最重要的问题是打破看来是真实的事物和看来是神奇的事物之间的界限。因为在我试图表现的世界上，这种界限是不存在的。但是需要一种令人信服的调子。由于调子的可信性，使得不那么可信的事物也变得真实可信了，并且不会破坏故事的完整性。此外，语言也是一个实质性的问题，因为真实的事物不会由于它是真实的事物而使人信服，而是由于讲述它的方式。"①最终他终于从外祖母那里找到了讲述故事最好的方式："她不动声色地给我讲过许多令人毛骨悚然的故事，仿佛是她刚刚亲眼看到的似的。我发现，她讲得沉着冷静、绘声绘色，使故事听来真实可信。我正是采用了我外祖母的这种方法创作《百年孤独》的。"②因此，《百年孤独》那个著名的开头"多年以后，面对行刑队，奥雷良诺·布恩地亚上校将会想起，他父亲带他去见识冰块的那个下午"，更重要的可能不是句子当中令人迷醉的时间感，而是马尔克斯将这样一种复杂和虚幻的时间讲述得如此笃定。在《我只是来打个电话》当中，马尔克斯以同样笃定的方式进行叙述，将这样一件不可能之事描述得煞有介事，如同新闻报道一样坚硬有力，冷酷地将他的人物推向绝境。恰恰在这样一种将偶然视为常规，将不可能化为命定的语调当中，虚构与现实变得混淆不清。对外在现实的魔幻观念，最终在小说主观自足的世界里得以完成。

在这方面，马尔克斯的阿根廷前辈博尔赫斯做得同样出色。他在小说中同样煞有介事地杜撰了大量的文献，在小说中广泛引用，但因为我们的阅读量和他相比实在可怜，以至于我们完全不能分辨，哪些材料是真实存在，而哪些材料是子虚乌有，进而我们也无从分辨在他笔下梦境和现实的区分。在《小说的艺术》当中，米兰·昆德拉也反复强调，小说的价值就在于以小说的方式去对抗乏味的理性主义对世界的僵硬理解。就此而言，马尔克斯的魔幻现实主义似乎又确实没有那

---

① [哥伦比亚]加西亚·马尔克斯:《两百年的孤独》，第225页。
② [哥伦比亚]加西亚·马尔克斯、门多萨:《番石榴飘香》，林一安译，生活·读书·新知三联书店，1987年，第38页。

么独特和神秘,任何一个出色的小说家,都在试图用自己的艺术探索去触摸现实和虚构之间的真正界限。小说的任务从来不是去书写那个被理性主义轻易认知并固定僵化的客观世界,而是以虚构的力量,对现实加以魔幻理解,从平庸的世界当中寻找那些足以撬动常识的认知,给我们以毛骨悚然之感。在这个意义上,每一部小说或多或少都应该是魔幻现实主义的,在小说中不存在理性的真实,只有小说的真实。在任何一部小说当中寻找现实,都必然是南辕北辙,徒劳无功。

## 四

在重新认识魔幻现实主义,和小说、虚构与现实之间的关系之后,再次回到疯狂、权力和孤独的主题,或许可以有另外的解读。

对于执掌现实权力的理性世界而言,小说就是这个时代的疯狂之物,是始终难以加以规训的。这就是为什么米兰·昆德拉总是强调要用《巨人传》中庞大固埃的大笑与狂喜,来反抗缺乏幽默感的冷硬世界。① 在理性主义的古老修道院中,小说让我们掀开修道院坚固的砖瓦,从厚实的围墙上找到一丝缝隙,洞察这个世界秘而不宣的秘密,并获得隐秘的属于疯狂的快感。

而在这个缺乏幽默感的世界里,那些以不可能的魔幻眼光重新认识现实的人,那些写小说和读小说的人,又是何等孤独?但惟其坚持这样的小说精神,坚持马尔克斯式的魔幻现实观念,坚持发出庞大固

---

① "在小说家与不快活的人中间,不可能有和平。不快活的人从没有听过上帝的笑,他们坚信:真理是明白的,所有人都应思考同样的东西,他们自己就是他们所想的那样。然而,人之成为个人,恰恰在于他失去对真理的肯定和别人的一致同意。小说,是个人想象的天堂。在这块土地上,没有人是真理的占有者,不是安娜,也不是卡列尼娜,但所有人在那里都有权被理解,包括安娜,也包括卡列尼娜。"参见[捷]米兰·昆德拉:《小说的艺术》,孟湄译,生活·读书·新知三联书店,1992年,第154—155页。

埃一般的大笑，马尔克斯希望以小说来结束拉丁美洲的孤独的宣言才变得可以理解，并最终实现："一个作家的伟大政治贡献就在于不回避他的信念，也不逃避现实，而是通过他的作品帮助读者更好地了解他的国家、他所在的大陆、他所处的社会的政治现实和社会现实。"

这个现实，当然和理性主义的单面现实截然不同。

（原载《南方文坛》2014年第5期）

# 乡土中国的内在裂变：
# 我们时代未被重视的小说动机
## ——评刘庆邦《我们的村庄》

如果被允许重新定义某种可以称之为小说的"动机"的东西，它的内涵可以有多复杂？具体而言，它是指小说家在开始小说之前自我设定的预期，在这预期里这篇特定的小说应该发展为什么样子，自然决定了小说完成时的形态。而这预期又与小说家的视野、立场、知识结构、思维方式、个人历史、时代诉求、文学史想象等无不相关，各种主客观因素进行复杂的相互作用，有机地造成最终的选择。一篇小说是因袭故旧，在文学小圈子里自说自话自我繁殖，还是贴近现实，勇于发掘和处理新鲜的经验；是蝇营狗苟，在庸俗狭隘的陈旧话题上爬行，还是大气磅礴，怀有一种更加恢宏的叙事抱负，以文学的方式行走于思想的前沿，其实都取决于这个动机。而小说技巧的价值则在于是否能够妥帖地将小说的动机传达出来，既不过分，又不至于不足。单纯的技巧是没有生命的，正如单纯的动机缺乏说服力一样。

在此意义上，刘庆邦发表在《十月》2009年第6期上的中篇小说《我们的村庄》，显然有一个强有力的动机。在年年耕种、年年丰收的土地上，我们的村庄其实已经是空荡荡的村庄。青壮劳力几乎全都外出打工，村庄里除了老弱妇孺，就只剩下一个恶棍叶海阳孤独地游荡其中。而小说正是将叶海阳作为线索结构全篇,以叶海阳的足迹丈量出当代乡村的空间想象,用叶海阳的身影穿插成当代乡村的人际网络。在外来的小杨夫妇面前,叶海阳首次展示他的权威。夫妇二人为躲避计划外生育借住叶桥,已获村长首肯,但是"村长同意,我不同意也不行"。叶海阳完全无视乡村的行政力量,仅靠一身唬人的蛮力和深到人性最底处的恶,便足以横行乡里,不但吓走小杨夫妇,还狠狠敲诈来村作业的旋土机。而在偷盗黄永金时,乡间恶霸叶海阳更与其为警局开车的表弟相互勾结,这显然标志着乡村行政秩序有效性的彻底瓦解。而瓦解的又岂但是行政秩序而已?构成小说核心情节的另一个重要人物黄正梅在城市的暧昧职业,叶海阳对于父母家庭的暴戾态度,显然还瓦解了保证乡土中国稳定有效存在的另一个重要维度:道德。其实,选择一个恶棍来做全篇结构的关键,本身已经象征着乡村道德和行政秩序的失范。而耐人寻味的是,这些事件全都与乡村之外的空间相联系。黄正梅在城里卖肉,使其父兄成为村里的富裕人家,乡村的传统道德正是在这种奇异的城乡财富交易中被置换了出去;而如果村中青壮劳力没有倾巢而出,行政力量何至于弱到如此程度,令叶海阳称王称霸?我们的村庄空荡荡,但是村口有朝天的道路。我们在小说中看到的乡村的空间,是破碎的空间,又是打开的空间。其破碎与其开放,构成相辅相成的关系。

小说就是这样将乡土中国旧有秩序的失范放置在城乡二元对立的空间关系中展开叙述,但同时不应忽略的是其中暗伏的时间线索。叶海阳的父亲叶挺坚,这位公社粮店会计的故事,当然不是可有可无。他与叶海阳构成了跨越两代人的大历史叙述。从人民公社时代的特权富裕户叶挺坚到新时代的流氓无产者叶海阳,我们能够清楚地看到乡村权力结构的变化。这个权力解体的过程当然也就是外在空间逐渐侵入乡村世界的过程,在中国的特殊语境下,空间的对立置换成为时间的接替。而权力结构的重整显然尚未完成,还有可怜的权力的剩余遗留下来，以至于叶挺坚居然想要自己的流氓儿子趁主流人口放弃乡村转战城市时，去抢占村支书的位置，以使他在破碎而开放的乡村空间找到可堪立足的一席之地。这样复杂纠结的空间/时间关系，正是当今中国的怪现状。

而就叶海阳本身，也并非天生恶棍，他也曾是十六岁怯手怯脚的青涩少年；他也不是一向游手好闲好吃懒做，也曾出门打过工。从勤勉老实的农村少年到外强中干的乡村恶棍，这一过程是叶海阳个人的小历史，同时却也是乡土中国的心灵史之映像。叶海阳是公社粮店会计叶挺坚的儿子，他是旧的乡村秩序的受益者，因此他的进城，及进城造成的心理变化，能够在一定程度上代表乡土中国在过渡时期的心态。第一次出去打工，他是自己仓皇逃回来的，如果不从现实层面上谈小煤窑之可怕，而从抽象意义上理解，那是旧式农民对于混乱的超出此前想象的乡村之外的空间的恐惧和无所适从。第二次出去打工，欺负他的不是城里人，而是和他一起去城里打工的乡下人。乡土中国已经发生了分化。如叶海阳这样后城市化的乡下人，必然面临一种尴尬：在城市，他格格不入；而乡村也已经不是可以退守的故土。于是我们才能够理解，为什么在我们的村庄游荡时，叶海阳是那么焦虑，那么暴躁，那么茫然无措，那么有力无处使。唯有理解叶海阳从城市退回农村之后日复一日的挫败感和由此而生的无聊感，我们才能解释文本的一个破绽：小说将叶海阳的恶写得淋漓尽致，整个小说的力度就压在这上面，这就要求小说家必须解释清楚叶海阳为什么恶。而小说当中明显可见的解释，只有两次打工经验，这显然是无法支撑叶海阳如此大的性格突变的。而如果我们能够体贴叶海阳如何在空荡荡的村庄里一次次地回忆并累加他对于城市的愤怒，对于乡村的绝望，大概可以明白他内心的恶是怎样一点点郁积的。前文已述，叶海阳作恶的事件总是和乡村的外部空间有关。比如在旋土机事件中，"他自己挣不到钱，也反对别人挣钱"，这样的小民心态自然也是他敲诈外来旋土机的原因,但更深层的原因可能正是"叶海阳反对一切外来人到叶桥村挣钱"。单纯看,这貌似毫无理性可言,而正是这种潜意识般的无理性偏执,是最难以解除的心结。叶海阳对于黄正梅的强奸(在城里做鸡的黄正梅略作挣扎之后便无可无不可地接受了这笔免费的"生意",似乎不宜叫做强奸,但是又该如何命名?如今的"我们的村庄"已是一个需要我们再命名的陌生之地了),其实也很具有隐喻的意义:叶海阳的性欲并不单纯是一个男人的性欲,更重要的是这是一个乡村男人的性欲,或者说,是乡土中国嗫突挣扎而不得发泄的各种欲求。乡土中国本身提供的想象,如叶海阳之发妻张开朵,已经不能满足这种欲求,而必得向城市中去寻找出口。但是城市那么大那么危险,将乡村贩卖给城市的黄正梅反而又再次成为城市的镜像,转而满足了乡村。在实则仍然壁垒森严的城乡对立格局中,乡村始终没有进入城市的真实通道,所能做的无非是类似如此的无力的手淫罢了。而经过一次次痛苦的手淫,叶海阳将痛苦转化为恶的报复,不也是可以理解的么?

从小说的架构、情节、人物设置来考察小说的动机,刘庆邦对于《我们的村庄》的预期显然相当宏大。从空间到时间,从外在现实到内在心态,刘庆邦勾勒的是全球化语境下,在当代中国的历史进程中正在发生巨大变化的乡村社会之立体全景。当然,在表现上确是有瑕疵的,比如叶海阳的转变,尽管阐释者认为从小说的内在逻辑上推衍,可以理解,但是作为刘庆邦这样成熟的小说家,毕竟还可以在技术层面做得更圆润一些。不过在一个琐碎逼仄的时代,在一个充斥着文学复制和庸俗题材的文学场域,我更愿意给这样有雄心抱负的作品多一些宽容,何况本来就瑕不掩瑜。或者从另一方面说,《我们的村庄》强大的动机和稍嫌不足的技巧之间的落差,恰恰提示那些钻营于腐朽狭窄题材的文学从业者们:当代中国正在经历的重大内在变革所提供的新资源,其实还远没有被文学穷尽。现实永未陈旧也永未匮乏,问题在于文学是否能够以更宏阔的视野、更深入的思考和更加娴熟的文学技巧来满足现实的召唤；小说家有没有能力怀着更大的野心，为当下的文学创作提供更加强劲有力的动机。

（部分发表于《文艺报》2010年2月23日，发表时题为《刘庆邦〈我们的村庄〉：以文学的方式行走于思想的前沿》）

# 时间的抒情性与希望的辩证法
## ——"两奖"之后再读《隐身衣》

评论一部技术圆熟、臻于完满的小说是难的，而试图解读、阐释，开掘其中的隐喻意旨可能更是一种错误。正如当我们听到好的音乐，所有作曲者与演奏者试图表达的，或于无意中触及的，全都弥散在乐曲的浑然统一当中，如神启般意外而笃定，单纯而复杂，我们能够说些什么呢？我们只能安静地听完它，然后感慨："如果一个人活了一辈子，居然没有机会好好欣赏这么美妙的音乐，那该是一件多么可怜的事啊！"《隐身衣》正是这样一部小说，这部以音乐为线索的作品像音乐本身一样富于神秘的韵律，从而获得了一种超越批评解剖的美感。

一

2012年，格非的中篇小说《隐身衣》在《收获》第3期发表，并几乎同时推出单行本，立刻获得广泛关注。两年以来，对这部小说的评论与解读已经太多，人们不断讨论，所谓隐身衣究竟何指，而隐身人之于我们的历史与时代，又意味着什么。人们似乎已将可供解读的统统解读，再无讨论之余地；而实际上，不过是一再重复小说开篇已经发出的感喟："这个世界一定是出了什么问题。"《隐身衣》从未致力隐藏自己对世界的态度,就隐喻层面而言,小说其实单纯而明白。

很多论者都注意到小说中明确提及隐身的两处文字:(1)"我"们这些以制作音响胆机为生的手艺人是如此稀少而边缘:"这个社会上的绝大部分人,几乎意识不到我们这伙人的存在。这倒也挺好。我们也有足够的理由来蔑视这个社会,躲在阴暗的角落里,过着一种自得其乐的隐身人生活。"(2)20世纪90年代京城名闻遐迩的商人牟其善行为乖张,据说"无论他在哪个场合出现,你都不可能看见他,因为他穿了一件隐身衣"。而这位商人最与众不同之处,就在于"在古典音乐发烧界,牟其善也是一位赫赫有名的教父级人物"。在每年正月十五他举办的京城发烧友聚会当中,"我"曾两度与之谋面,他并未隐身。显然,牟其善的所谓"隐身",乃是从他商人的身份中隐去,退居古典音乐中来。两处文字共同建构了某种二元对立,将古典音乐爱好者与庸碌的芸芸众生区隔开来。当时代的听力坏掉之后,古典音乐成为某种高贵的证明。在物欲横流与人情凉薄背后,那些隐身人沉默而对抗着。无论使用何种理论开拓奇诡的命题,这是小说的基本态度。

但是这样一种意义结构的揭示,能够解释小说的复杂美感吗?在态度与看法之外,小说真正打动人心的因素,它的感性浓度和精神力度,其实仍未得到说明。而2014年8月,《隐身衣》于一周之内先后获得老舍文学奖与鲁迅文学奖的肯定,或许倒在两年以后,为我们重新理解这部小说提供了契机。文学奖以前辈大师命名,固然不乏攀附意味,但同时也必然包含着精神的延续。当我们重审老舍与鲁迅的文学遗产,以之作为视角再读《隐身衣》,或将有更新鲜的感受。

## 二

长久以来,老舍以对北京市民生活深刻而优雅的书写著称,其在语言艺术上的精粹更是令人赞叹。这让人们或多或少忽略了,老舍小说的魅力，很多时候还来自其关于时间的敏锐洞察。无论是《断魂枪》中对绝艺失传的感喟，还是《四世同堂》里对世事离乱的痛彻，甚至奉命而作的《茶馆》，都指向时间的不可追回。这个处在传统与现代夹缝之间的知识分子，当然知道一个全新时代的到来不可阻挡，但那无助于缓解他内心深处的茫然与失落。面对古典时代的背影，一种挽歌般的情绪始终挥之不去，而这一情绪便构成其作品的主要抒情要素。

格非同样是一位对时间极度敏感的作家，从最早的短篇小说《追忆乌攸先生》开始，他便开始了向时间深处孜孜不倦的探求；其名作《褐色鸟群》，更简直可以看作写给时间的一首长诗。格非擅长制作谜题，而几乎他小说中所有的谜题，都出现在时间的岔路口，那些因梦幻或回忆而显得模糊不清的地方。回忆是格非从创作伊始便心心念念的主题，其本质正是对不可知的时间的勉力探险。在回忆当中，一种类似于悼亡的情绪自然产生。只不过老舍的挽歌往往指向一个时代，而格非的回忆更多涉及个人生命之一部分的死亡。在格非早期那些看似理性的实验性文本之中，青春时代的怀旧情愫同样构成其主要的抒情要素。而在《隐身衣》中，这种怀旧情愫变成更为宏大的感情。

《隐身衣》当中的崔师傅，自始至终处在一种与当下时间格格不入的状态当中。如果说他对前妻玉芬的反复怀念，仍然是格非早期作品中个人伤悼的余绪；那么对于20世纪90年代那段古典音乐黄金岁月的津津乐道，已然流露出老舍式的时代感伤。当他坐在椿树街的老宅门口，从香烟的蓝色烟雾中打量这个曾经被称之为"家"的地方，回忆纷至沓来，往事历历在目，那夕阳下荒芜街道所带来的陌生感，讲述的岂是个人记忆的颓丧？计划经济时代国营理发店的消失，记录的当然是更为广阔的时空变迁。在崔师傅的回忆当中，即便"文革"末期的童年往事，都显得温情脉脉；而在流行歌曲横行的当下时刻，一切都不可避免地走向冷漠与庸俗。

因此音乐不仅是文化趣味的标志，更是一种时间刻度。或者说，在《隐身衣》当中，音乐所代表的价值与其蕴含的时间感相辅相成，难以辨认。那些古典时代的乐曲，更像是对久远时间的招魂，某种替代物，制造了一种可以从庸俗生活暂时隐退到光辉岁月中去的幻象。而如今，这些伟大的抒情几乎被浅薄的流行歌曲吞噬殆尽。更为有趣的是小说对革命样板戏的态度：在崔师傅眼中，京剧演员宋玉庆之英武挺拔远非周杰伦之辈可以比拟，但唯独这里，格非并未从音乐角度讨论样板戏之于流行歌曲的优越，而是将价值判断交付时间。崔师傅对于样板戏的好感，来自他少年时代的崇拜，以及与父亲相关的记忆。

因此与其说是某种音乐具有高贵的品格，不如说，是那种音乐所代表的时间酝酿出了某种高贵。高贵当然从来不是客观的价值判断，而是一系列建构的结果，这种建构与时间有关，乃是历史累积的情感结晶。崔师傅们之所以如此执着地隐身在古典音乐之中并以此自得，乃在于古典音乐为他们提供了一个可供追溯的时间。那种在漫长时间中生长出来的醇厚抒情意味，使隐身与显形、宁静与喧嚣、高贵与鄙俗的二元对立得以成立；也是这种抒情意味，在小说单纯的隐喻指向背后，真正打动了读者，使小说蒙上了一层《玄秘曲》般的薄雾。

## 三

然而，在繁华世界中甘于边缘，将自己封锁在关于另一时间的幻象之中，该是何等绝望的事情？而《隐身衣》却始终能以从容笔调应对世态炎凉，将不得已的隐退命名为高贵。在当代戾气甚重的小说创作当中，《隐身衣》对于绝望的独特处理使之更显难能可贵。也正是在此层面上，我看到格非对鲁迅的某种变相继承。

历经几十年研究之后，鲁迅的面目已变得更加复杂难辨。这个曾经奋勇向前的革命斗士，如今批判立场似乎已变得可疑。他以强大的个人精神，与一切他所不认同的为敌，无异于将自己推向世界边缘。

而人们更在《野草》当中,不断挖掘出他怒目金刚的硬汉形象背后,那种缱绻灰暗的颓废底色。而对我而言,无论对其评价与解读如何变化,鲁迅最能够激动人心的,正是他关于希望与绝望的辩证法。当他说"绝望之于虚妄,正与希望相同"的时候,我们当然能够感受到他对这个世界深刻的不信任感,那些他在小说中不时流露的感伤情绪显然其来有自。但他的强大便在于从未因绝望而放弃希望,从未因彷徨而停止呐喊,从未因世道艰辛而选择同流合污。唯有身在绝望之中,而努力向希望的方向走,其希望才更加坚实,探索也才更具价值。

尽管世界已然变化,但崔师傅所面临的绝望,并不亚于任何一个乱世。人性中永恒不变的险恶,在一个物质至上而信仰沦丧的社会当中,只会更显阴暗。不乏论者对崔师傅以古典音乐隐身于世不以为然,视之为犬儒。小说结尾崔师傅对夸夸其谈的教授忍不住出言讽刺——"如果你不是特别爱吹毛求疵,凡事都要去刨根问底的话,如果你能学会睁一只眼闭一只眼,改掉怨天尤人的老毛病,你会突然发现,其实生活还是他妈的挺美好,不是吗?"——似乎成为其犬儒的明证。然而在经历亲戚相残,挚友反目之后,如此犬儒岂是轻易之事?其中又包含了多少悲愤的无奈?在一个善良与本分遭到嘲弄,而背叛与欺骗获致成功的世界里,一个人不如此犬儒又能如何?难道要让崔师傅像常保国那样凶恶,像蒋颂平一般伪善吗?还是像丁采臣一样,以暴力堕突挣扎,最终死于绝望?当人们不得不在犬儒与堕落之间作出选择的时候,犬儒是高贵的。绝望不应招致谴责,因为绝望不过来自孱弱个体面对强大世界的茫然无措,那种不可解决的有限性。

小说当中尽管只有两处提及隐身,但实际上对于主人公崔师傅来说,小说闪烁其词的隐秘实在太多了。妻子隐藏的奸情,蒋颂平友谊的真相,姐姐与姐夫的双簧戏。而这些隐秘一旦露出马脚,像姐姐从变电房的后面闪出身来一样,一切温情与希望便悉数崩塌。唯有那个已经毁去面容并拒绝告知身份的神秘女子,能给崔师傅以长久的安慰。

崔师傅之有限性使他终其一生,都只能看到世界的一个角落,和我们每个人一样。他在无边的黑暗之中,彷徨无地,只觉得不能呼吸。对于鲁迅的读者们,这样的世界难道不眼熟吗?

在此前提下,格非提供古典音乐作为隐身之所,简直可以视为一种慈悲。难道格非不知道发烧友圈子也并非一个绝对的乌托邦吗?但小说宁可提供这样一种可能,为这个幽暗世界保留一丝亮色。鲁迅以战斗反抗绝望,但他心知肚明,重要的在于向希望的姿态;格非不过改用一种更加安静的方式,重新强调这一姿态罢了。"犬儒论"者指责格非放弃了一个小说家的精神高度,未免责之过苛。固然有一些作家负责指明方向,但也应该允许一些作家恪守小说的本分。当整个世界都往下的时候,小说家哪怕只是在虚构当中塑造高贵,并把这高贵奉献给世界作为最后的救赎,也是好的。这同样符合小说的伦理学。

(原载《文艺报》2014年9月12日,发表时有删节)

# 逃脱的叙事与铺展的地图
## ——评张大春《城邦暴力团》

"或许是出于一种隐秘的逃脱意识",《城邦暴力团》的叙事就这样开始了。小说随即展开的错综迷局,很容易让我们忘记作者这一句深切抒情的夫子自道,忘记追问,这种隐秘的逃脱意识究竟从何而来。在这一隐秘意识的驱动下,"我"选择一种深居简出和浅尝辄止的方式来与世界相处,作者所谓"老鼠一样的"自我恰恰是某种逃脱的姿态,亦成为驱动小说的内力。而当孙小六敏捷的身影从五楼窗口轻盈窜出,落在地面上,而后茫然四顾,终于消失在台北的夜色当中,竟然举重若轻地于倏忽间携带着我们的视线与想象,从老鼠般的生活里再次逃脱,为我们展开的是一张始料未及的地图。

### "寓言是寓言的谜底"

那是一张画在"二十公尺宽、十层楼高的白漆水泥墙"上的台湾地图,"持一把双管霰弹枪,外带一千八百发子弹,站在十五公尺开外之地,朝台湾地图开火",待子弹打完,墙上密密麻麻的弹孔所在,便是张大春为我们着意绘制的地下江湖世界版图。这孙小六的遁身之处神秘广阔,淹没在苍茫夜色之中,叙事于是再次逃脱,落脚在1965年

8月11日夜晚的台北市植物园。漕帮总舵主万砚方遭其养子及继任人万熙狙杀，欺师灭祖的名义是党国大义。万老爷子的六位知己好友，连同亲随万得福，都于此夜逃脱，开始了他们漫长的流亡和侦破生涯，从而也将我们的地图铺展扩大，从江湖到庙堂，从台湾到大陆，从民国时代到雍正年间。地图正反两面渐次映出传统帮会与现代国家的各自面影与纷乱互动，这正是张大春借以从小说第一句话逃脱开去的宏大叙事。

无论是台湾时报出版的十周年纪念版，还是大陆引进的简体中文版，无不在两厚册《城邦暴力团》的封底和腰封中强调其武侠小说的定位。如此归类显然不无商业营销的考虑，但基本符合张大春的创作抱负。从光怪陆离的武功心法，到不同武学的开山立派，以至武学渊源的追根问祖，张大春显然刻意经营了一个自成脉络体系的江湖世界。尤其以漕帮这一立根久远的地下暴力团体为主脉，描述了这一世界的兴衰成败。"五四"以来供奉于庙堂之上的纯文学，其内在根底实为西方精神，反而是通俗文学出身的武侠小说吊诡地传承了某种属于传统与民间的草莽之气。尤其自金庸之后，武侠小说更多指涉着某种传统文化风范，若将《城邦暴力团》中多所提及的江湖侠义和操守与之参照，不难看出张大春选择武侠小说这一文体形式，其中不无深意。

如果不仅以娱乐功能看待武侠小说，更挟入文化及意识形态的立场，武侠小说则难免成为某种政治历史寓言。金庸小说以其封闭的江湖世界逃脱了现实世界，更成为现实世界的有效隐喻；而张大春则更加大胆，他将江湖世界撕开一个口子，令其直面近现代历史的乱象，目的不在隐喻，而在于撞击。在现代民族国家的背景之下，江湖世界以其自身摧枯拉朽的分崩离析讲述着一个更为惊心动魄的寓言。

张大春所塑造的豪侠们武功神乎其技，甚至全不畏惧现代枪械，但江湖世界仍然无从抵挡现代文明的解构力量，那不是技术上的战败，而是体制层面的破坏。万老爷子无疑是传统武侠世界的不世豪杰，解决江湖纷争调度有方，但一旦面对身兼漕帮小弟和国家元首双重身份的"老头子"，则全失方寸，节节败退。淞沪会战，在"老头子"恩威并施的"请求"之下，万老爷子即已主动放弃漕帮几百年的规矩，将帮众性命付与家国，而庙堂对于江湖的猜忌利用却令漕帮八千子弟全部阵亡，江湖从此不复振作。而蓝衣社的建立，则从根本上瓦解了江湖力量。这一看似与江湖帮派颇有相似之处的特务组织，实则是不折不扣的现代国家机器，它对江湖奇士的招徕，以对于元首的忠诚替换对于侠义的服膺，才在根本上动摇了江湖世界的基础。因此欧阳秋的慷慨赴难，才格外有一种悲壮慷慨，那是老一辈江湖人面对现代性的诱惑，自然而然的守旧选择；而其子欧阳昆仑在懵懂无知之间组织人员乘船渡海，远去台湾，却于船上被莫名杀害，岂非正是在淞沪会战中殉国的八千漕帮光棍的缩影？而小说选择让哼哈二才在渡海船中对欧阳昆仑施以毒手，正可谓得其时也——在败退一隅的历史重大时刻，一批原江湖人士失去的绝不仅仅是广阔的大陆，更替换了其内在精神，完成了最终的背叛。对于迁徙台湾的大陆移民而言，这一场轰轰烈烈的历史性逃脱，可不仅是在空间上富有意义而已。

　　江湖世界及其价值既已瓦解，万老爷子的死就已成必然。只要他对现代国家机器的权威表现出些微质疑与蠢动，巨大的网罗便立时将他捕杀。或许我们还能记起王德威在《被压抑的现代性》中对白玉堂命丧铜网阵的论述，逞能使强的豪侠意气，无论出自怎样的公心，又岂能为政治机器所容？然而江湖余脉总是在国家机器运行之下悄然蔓延，溢出规矩森然的企图，正如六老与万得福等人的多年隐匿与奔走。孙小六在逃亡过程中仓促而笃定的论断——"张哥你还搞不清楚这世界上没有国家这种东西"——不免又令人想起在叙事的起点，作者借一张画在墙上的台湾地图来描述的地下世界：它可能是任何所在。显性的庙堂下面，是隐性的江湖，二者以怎样的方式互为表里又互相替代，庙堂以怎样的方式运行与统摄，江湖又是以怎样的方式苟存与流窜，都是耐人寻味的事情。或许赘言再多，都不如张大春在《小说稗类》里自己的表述：只有寓言本身，才是寓言的谜底。

## "如果小说是一种生活"

在《小说稗类》中谈及寓言时，小说家张大春是这样说的："小说家不会告诉你人生应该如何过活，不会告诉你作品有什么指涉，不会告诉你任何可以被缩减、撮要、归根结柢的方便答案，因为可被视作寓意层次的方便答案通常都是一个蠢答案。"而在论及小说本体的时候，他又说："如果小说可被视为一种生活，它就不得不拥有超越一切宰制（道德、风俗、意识形态乃至于诸般凌驾于其上的指导权力）的主体性。"因为《城邦暴力团》当中显而易见的政治指涉和历史关怀，几乎没有评家能够回避讨论这部野心勃勃的小说的政治寓言性。但如果我们听从张大春自己的意见，或许从宏大的政治历史内涵中转过身来，更能发现小说精微细致的一面。

譬如红莲与"我"无休无止耽于交欢的那几个日夜，在酣畅淋漓之后，红莲翻身下床，抓起桌上的矿泉水从自己的头顶浇下，冲刷身上泛白的汗渍，因为站立不住，索性瘫坐到邋遢宿舍的磨石砖地面上，一边冲洗自己，一边说出这没命欢愉的几日夜中的第一句话："干净了。"我们该如何从这一欢乐清新，洋溢着生命热情与诡秘荷尔蒙气息的一幕当中，找出其对应于宏大寓言的内涵？莫非因为红莲在"我"的身体当中终于找到逃脱历史隐秘，完成自我救赎的道路么？何况张大春自己也早已表示，在真正的小说家眼中，任何政党团体及其"所代表的政治、道德、邪恶的权力都太渺小，不值得以阳具捣碎之"。

小说既不是历史，也不是政治，更不承担必须讲述寓言的任务，它自有其本体意义。张大春拒绝用第三人称来讲述这个伟大的故事，而坚持以作者本人的身份扮演第一人称说书人去叙事和探索，已足以表明小说本身凌驾于一切之上的立场。因此在错综复杂的江湖往事和家国大义之外,倒是小说家无关乎解谜的自言自语让人更有兴趣。在小说伊始的楔子当中,比起"我"未曾读完的七部奇书所导引的悬念,"我"对于大学时代一段独特读书生活的回忆,更加令人沉迷和动情。那当中弥漫着一股青春迷茫的感伤和一种对现实生活之无聊乏味的不耐,"我"因此选择了一种孤独的方式来背对世界,七部奇书及众多我拒绝读完的书,其实只是我逃脱无聊的一条路径。在此意义上,这一楔子可能在更为重要的意义上成为寓言:那是关于作者本人和芸芸众生的寓言。作者所描述的那种如老鼠般的生活状态,难道不令奔走于生活狭路中的我们心有戚戚焉?而我们虽然未因江湖仇杀被告诫"身边随时有人",不也过上了有如张大春知名作家和媒体宠儿一般的迎来送往的成人生活?我们又是否也于恍惚之间,渴望重温"张大春所曾经懵懂追寻的一个状态——一个夜以继日只在这本书和那本书之间逡巡来去、顾盼自如的状态"——也就是说,一个可以随时从现实世界逃脱,遁入虚构世界的状态?

正是因为此在的世界是如此荒凉无趣,所以我们需要构建另外一个世界,就好像作者在为简体中文版写作的序言中提到的父亲的出游与拍照:出外旅游的父亲从不拍照,唯有一次同行者从一条瀑布的背面反向外拍摄,无意间将他摄入相片当中。那只窝在宿舍里的老鼠构造了如此庞大精致的一张地图,难道不是为了从中发现某种超越寓言价值的真相?在这篇序言当中有一把引人注意的宝剑,那是整篇序言中唯一似乎能与小说中江湖世界构成指涉关系的意象,而在父亲严令我不得再打这支宝剑的主意之后,张大春坦承被压抑的对于宝剑的渴望极深刻地影响了他的人格发育。而这被压抑的,仅仅是对一个秘密世界的知识么?当张大春成年以后,看到两岁多的儿子坚定地认为手上的橄榄枝是"一个夹子",而情不自禁问出"它是一把宝剑吗?"的时候,我们已经清楚,那遭到压抑而不能被压抑的,绝非对具体知识的了解，而是对日常生活之外可供幻想的无限世界的向往。而这才是小说家张大春始终挥之不去的"隐秘的逃脱意识"的起源：小说永远在质疑和挑战我们所看到的世界，始终因为自身的孤独和对更广阔空间的渴求，在不停打开新的地图，不管江湖还是庙堂，政治或是历史，都不过是其中一两张而已。

如此一来，自雍正到民国，从大陆到台湾的江湖传承和党国流离，虽然经过了曲折婉转的解谜过程，却并非这部小说的谜底，倒更像是一个谜面。或许必须透过这个引人注意的寓言表层，才能看到那个像老鼠一般读书写作的中年人，在文字的地图当中精心绘制和藏匿了多少惶惑与不安。而也唯有立足于对个体生命体验的观照，才能真正了解曾经的江湖传说与庙堂正史究竟对那小岛上的一只或一群老鼠产生了怎样的压力，使他们挣扎隳突，欲言又止，只能以一种不断逃脱线索与情节的方式展开叙述，又一次次在叙事中从个人生活与历史断片逃脱，借此说彼，树碑立传。

（原载《文艺报》2011年5月20日，发表时题为
《张大春〈城邦暴力团〉：逃脱的叙事与铺展的地图》）

# 来自时间的乡愁:失踪、替换与救赎
## ——评童伟格《童话故事》

诚如朱嘉汉撰写的书评/代后记《归还之目的:重返〈童话故事〉》所言,阅读童伟格的《童话故事》是困难的,遑论对之作出回应。"困难甚至在于开口之前。许多可以来谈论这般书写的话语配备,书中已然存在,甚至那些并不是他说的,因为它们早存在于其他的文本之中。这对于一位评论者不无尴尬,似乎在这以充分甚至极可能过度的自觉、无法摆脱的复眼写作出的作品之前,面向一切的话语都指向书写自身的书写,批判同时于书写的书写,除了成为见证者之外,还真的没什么好说。"[①]《童话故事》是这样一种复杂的文本:它全然打破关于小说的所有定见,非但连贯的故事付之阙如,甚至连叙述性的片段都俭省到不能再俭省,而构成全书主体的,是大段的抒情独白与学理论述。这甚至让人怀疑它的文体归属:构成全书的十四个章节,原本就是从在杂志专栏上发表的二十一篇文章中摘选出来,如此拼贴之作,何以必然是小说?更何况它旁征博引,对纳博科夫、弗洛伊德、卢梭、列维-斯特劳斯、卡夫卡、塞林格、陀思妥耶夫斯基、但丁、本雅明、福柯、《一千零一夜》、左拉、米兰·昆德拉、加缪等作家作品一一解读分析,

---

① 朱嘉汉:《归还之目的:重返〈童话故事〉》,童伟格:《童话故事》,INK印刻文学生活杂志出版有限公司,2013年,第259页。

其精微深入绝不输于任何理论与批评作品。无怪乎有论者认为,《童话故事》"实际上是披了小说外衣的,攸关小说家对于小说理论或者小说思索的论述",并将之与卡尔维诺《未来千年文学备忘录》、艾柯《悠游小说林》、米兰·昆德拉《被背叛的遗嘱》等小说理论著作并列。①

然而关于小说理论或者小说思索的论述何以必须假借小说的形式完成?在一个小说文体不断丰富混杂,自我冒犯并突破边界的时代,贸然以旧有规范去衡量评判一个富有革命性的文本,显然是不明智的。况且那即便在学理论述时亦压抑不住要浓烈溢出的抒情意味,早已表明童伟格在讨论小说美学之外,当然另有怀抱。至少,童伟格关于小说理论或小说思索的论述,显而易见并非如一般研究者那样诉诸纯然的理性建构,而携带着深植其生命底部的感性企图。如何理解那驱动着童伟格不得不铺陈繁复理论的情感动机,或许正是理解《童话故事》何以为小说的关键所在。而在我看来,作为序篇被置于书首的《失踪的港》一节,其实已开宗明义表明了童伟格何以书写以及何以如此书写的内在动因。

这部奇异之书乃是从 1858 年英国船员史温侯的一次出航开始,如此开篇的确很容易令张耀仁这样的专业读者期待这是又一部台湾近年流行的"史之重塑"②——然而又何尝不是如此呢?童伟格特意指出,"1858 年是清咸丰八年,帝国中枢将要被焚,皇帝将出走热河,也将死在那里"。而台湾如此冷漠平静,似乎与帝国无涉,"台湾是这样的边陲:离海很近、离身边事物很远"。这个距离帝国其实并不遥远的孤岛如飞地般身处时代的风雨飘摇以外,"很多在外交冲突中,他们以为显要的船难、海上劫掠或船员俘虏事件,当询问在台住民,他们发现后者

---

① 张耀仁:《真正的阅读与书写始于质疑、抵抗及重建》,http://news.ifeng.com/gundong/detail_2014_01/18/33132573_0.shtml。

② 同上。

对那些往往一无所知"①。尽管已相当曲折隐忍,但在这样的叙述当中,依然极易辨认出长久以来徘徊于台湾文学当中的主调。那涉及自晚明以来,处于帝国边陲,在与中枢和内地的复杂关系中逐渐建构的,关于台湾这样一座孤岛的自我想象。以及伴随这一想象,难以磨灭的悲叹情怀。

然而即便是这样的台湾,仍然有边陲中的边陲。曾经是部族社名的马鍊港,在平埔族一百五十年的流散之后,已鲜有人记得它名字的由来,它的历史,以及曾世代生存于此地的人们,而变成一个与谁都无关的标签般存在,一个丢失了所指的空洞能指。如果说台湾因曾经长久被帝国遗忘而倍感孤零,则马鍊被遗忘得更为彻底,这座"失踪的港"因之特别可以作为台湾之隐喻。而或许还有比遭到遗忘更为凄然尴尬者:当人们因为一次闹剧般的政治作秀再次记起这里的时候,媒体纷纷将"马鍊"错植作"马鍊"。失踪的港终于又热闹起来,然而更深刻地丧失了自己的身份,成为更加无足轻重可以被随意替换的所在。而小说中以第三人称呼之,实则"无限逼近小说家本身"的"他"②,之所以不曾混淆"马鍊"与"马鍊",乃是因为"曾浑噩地在马鍊溪中游的一间国小,读了六年书"。六年间每个毕业季,"他"都要听到毕业生致辞里一再重复:"六月的凤凰花开了,马鍊溪潺潺的流水,奏出动人的乐曲……"早在那时,话语其实早已替换了"他"对于马鍊的感知:"他"其实从未在马鍊见过凤凰花,当然也不曾注意马鍊溪水发出怎样的声响。③因此马鍊或许早已失踪有年,被替换有年,早在"他"恍惚不曾有所意识的记忆最初。

借由马鍊港这双重的失踪与被替换,童伟格已向我们表明,在小

---

① 童伟格:《童话故事》,第8页。
② 黄崇凯:《小说的艺术》,http://www.chinatimes.com/cn/newspapers/20131207000704-260116。
③ 童伟格:《童话故事》,第9页。

说开篇隐然流露的那种台湾文学中挥之不去的悲叹,那种因孤岛边陲而念兹在兹的自哀,早已不是因为空间的疏离,而更为深刻地发生在时间层面。曾经的平埔族社如今早无族人痕迹,而马䦘港亦客商不再,代之以逐年拥挤的公墓区。"他"那样深刻地记得海风中的荒草,记得清爽整齐如末世般无言的墓园,与曾经阖家扫墓的盛况,这种种情境,无不指向一种更具哲理性亦更为绝望的思考与哀叹。那是小说中曾反复论及的现代性视野中,随时间逝去而滋生的不可挽回之颓败,那种较之因地缘政治而积累的孤岛悲情更为颓败的颓败。经过不厌其烦的兜兜转转,在小说结尾处,童伟格将会再次提及面目全非的家园,提及空旷寂寥的墓地:"恍惚像是走在梦里,走过山坡小学晨操歌,走到了路的尽头。尽头:站在大城河口,一片毫无特征,填充物般存在的荒草'公园'上,他发觉,关于他所散乱经历,思索不出安适可能的时间,完全可以简单浓缩成一个逆赫拉迪克式的奇迹:时间像一阵短促单音,异常明晰提示他,在岛上,一种全面的修整,其实城乡无别,遍地发生,于是在某种意义上,这让他所来自的地方,越过他,接近与雷同于他目前所暂居的任何地方了。"① 如果说有什么差可与"亚细亚的孤儿"这样悲情的自我指认相比拟,那大概便是永无故乡可供回归的游子。当故乡与异乡已并无二致,便注定了最无希望的,永远颠沛流离。"他"由是变成由时间而非空间遗弃的孤儿,遭到时间横亘阻隔的浪子。

而令童伟格如此心心念念,被迫反复书写的,当然不仅仅是一方乡土故园而已。此前早经论述的是,马䦘这座失踪的港,特别可以作为台湾之隐喻。因此童伟格将在小说末尾这样完成他最终的抒情:

> 这么一想,这片摊平在河口,无地域特征的"公园",说来,该是这座日渐平滑的岛,对上述悖论缠绕,总显得太过麻

---

① 童伟格:《童话故事》,第246—247页。

烦的记忆术的更直接拒绝,或无差别掩埋了:它悍然无畏地纪念着失忆的正当性,一如岛一贯的方式。一如多年后想来,他童年记忆中的一切亲历场景,以及目前,他所暂居的任何一个居所。他生长于,如无意外的话也将死于一座殖垦之岛,对他而言,很多年后他不得不承认的是,的确,在所有那些记忆调动后,一个人对住者,或其实是对自我根源的最终发现将是:"无边的遗忘是他这一类人最终的祖国"。①

在此,当童伟格一如既往以"殖垦之岛"指认台湾,他所指涉的其实已并非长久的边陲与曾经的殖民,而更多是面对时间、记忆、遗忘与替换的无奈与悲恸。因而他不得不承认的那对"住者,或其实是对自我根源的最终发现"才显得如此绝望,而这绝望的结论其实始终萦绕在全书不肯甘心的探索当中,这或许正是《童话故事》字里行间那浓郁的抒情意味之由来。

有趣的在于,当"他"再次面对路的尽头,大城河口,那如填充物般存在的荒草"公园"时,童伟格刻意设计,令其沉湎于童年时候一段不可追回的美好时光,以说明回忆本身亦足可怀疑,并绝无重复之可能。那个嫁到城市中的姑姑,邀请兄弟姐妹的小孩子到家中小住,和丈夫一起去超市购置毛巾、碗筷、室内拖,招待好,然后送他们走。即便这样亲族相聚的时刻,也必然随着时光磨蚀一年难于一年。在童伟格看来,这样的个人记忆,差可与对港和岛的记忆相提并论。因为所谓记忆,正是深埋于个人的情感隐秘,因而所有对于港、对于岛的伤悼与不能释怀,其实最终都将作用和表征于个人经验。这就是为什么在小说当中,童伟格将不断以"他"之名,召唤疑似作者个人记忆中的吉光片羽,构成小说中最动人的叙述性碎片,在繁复的论述文字中间,闪

---

① 童伟格:《童话故事》,第 255 页。

闪发光。实际上，因时间而造成的记忆缺失、错位与修补，不仅仅是关于那失踪的港与孤独的岛，也深入"他"作为一个人类个体的生命中。在时间与记忆的层面，作为岛的住民，港的原民，个人与地域，与族群，与共同体的伤痛与无奈是同构的。毋宁说，在这部小说中，依然难以祛除的那种永恒漂泊的孤儿心态，在从岛与帝国或任何政治中枢的关系中解脱出来之后，表征为在时间无边际的漫延中，个人与岛的关系。也正是在这样与个体生命诉求的纠结联系中，我们可以说《童话故事》确然是昆德拉意义上作为一种重新认识世界之方法的小说[①]，而非一般的小说美学论著。

因此在《序篇：失踪的港》中，童伟格要那样认真地探讨"在场"与"承袭"，并那样动情地重新思考黑麋鹿的遭遇。显然，和黑麋鹿一样，童伟格亦有为种族乡土，甚而为岛代言的情结；或者说，童伟格对于自己这一个体是否"在场"于这港与这岛，极为在意。"'在场'：承袭一种时间之途以自然终老，而非空望年轻的异乡旅人，如史温侯所留下的，总如夜雾风景的只字片语。他想象流散前刻的马鍊部族，想象其中有人，像《巫士·诗人·神话》里，印第安末代巫士黑麋鹿一般，在十八岁时被脑中各种幻境压倒，于是向族人说明自己的恐惧。族人相信他，聚集起来，整夜要他教唱在幻景里听见的歌。而后，他们一起协商，创作出一种来源难明，但每个环节都已被大家确认过的展演程序，帮助青年示现自己经历的幻景，让一切都能被明了。"而所谓"承袭"，乃是"被自己的乡土接纳，重新成为完足之人。或者，其中繁复，活络的教养与指配过程，所明白昭示的也许是：一个人，必须先被族群给治愈，然后，他有了治愈族人的能力"[②]。因而童伟格如此关切港与岛的颓败与消逝，实际上也是关切自我，因为唯有被乡土接纳，才能够完

---

[①] 童伟格：《童话故事》，第 220 页。
[②] 同上书，第 10—11 页。

全自我。然而童伟格毕竟不是黑麋鹿，当然不能依靠神启般的幻景来重建共同体信念；何况黑麋鹿与族人协商确认而成的仪式，何尝不是一种对失踪的替换？如此替换实际上取消了部族的丰富性和个人的独特性，最后成为另一种殖民视野的玩物："当异乡人造访黑麋鹿，无论有无意识，他很难不将黑麋鹿看成过往巫士一途的典型代表：黑麋鹿在族群中，作为一个人的独特性，在流散之后，孤单地成为他对族群的代表性。流散之后，黑麋鹿的话无论多么独具个人风格，就只是'一位印第安巫士'理所当然该讲的话；他与族人付诸展演的幻景，无论来自多么私密的内在视野，都将只是作为'印第安人'理所当然该做的行为模式。"①

某种程度上，黑麋鹿的命运已然成为童伟格正在面对的命运：流散已成事实，颓败无可挽救。正如十八岁开始写作的"他"，尽管"想象自己'在场'，让脑中幻景成形。想象他们仍在左近，而自己无伤一如身穿艺服，置身相机前的黑麋鹿。其实彼时他记忆的人事，无论个人珍视与否，泰半都已消逝"②。童伟格注定无法成为蒙田那样据有乡土与主体的作家，可以自信地吐纳来自异乡的纷纭知识，因此黑麋鹿的经验与教训尤其可以作为他进一步思考的起点。童伟格必须寻找一种更为复杂、更为个人化的方式，去完成个人与港、与岛、与共同体的救赎，完成从无限倾向于死亡的颓败中捕捞记忆的救赎，这种方式就是虚构与小说。这就是为什么在《童话故事》里，童伟格孜孜不倦地深入各种前代文本，去辨析虚构与记忆、虚构与死亡的内在关系，去探索从《一千零一夜》时代，到文艺复兴的拉伯雷，再到自然主义的左拉，及至卡夫卡、加缪与昆德拉，如何以虚构之复杂，钩沉、丰富、扭曲变形那些已经变得平坦荒芜的记忆。童伟格以"他"之名，不断阅

---

① 童伟格：《童话故事》，第12页。
② 同上书，第13页。

读，不断思考阅读，并以此印证一己之记忆。"他"如此小心翼翼地寻找道路，却又不时惊觉这救赎之道并不可信，因而必须一再深入最玄奥的哲学与美学讨论，指出限度，并动摇限度，最终在摇摆暧昧与限度边缘坚守某种实践行动。在此意义上，那些关于小说美学的议论文字当然也是《童话故事》小说叙述的一部分：正是那些艰难的理论探讨，一字一句构成在时间中已然失去故乡之"他"的完整面目，拼贴出其艰难重建自我的过程。实际上这部以"童话"命名的小说，所讲述的正是一个主体缺席之人努力建构主体的故事，因此乃是一部成长小说。只不过在这部成长小说中，成长的道路由那些有关小说的理论思考铺就。唯有在此意义上，我们才能明白，为什么童伟格能够如此自如地在理论探讨、记忆碎片与抒情独白之间穿梭往来。对于童伟格而言，讨论小说，即是形塑个人，亦是伤悼与反思这港这岛。

因此当童伟格被归类为台湾"新乡土写作"的代表时，我想所谓"新乡土"，当然不仅仅是乡土论战时代的"乡土"，甚至不仅仅是后来已颇具政治意味的"本土"[①]，而是关乎一切时间与空间中之倾向死亡与颓败的固有存在。从个人，到港，到岛，到族群家国。乡土乃存在于时间的深处，而乡愁亦发自时间的深处。

（原载《桥》2015 年第 2 期）

---

[①] 此处参考黄锦树《剩余的时间——论童伟格的抒情写作》中关于"新乡土"的相关论述，《文艺争鸣》2012 年第 6 期。

# 时间的流民与无伤之书写
## ——论童伟格

### 一

大致在世纪之交，大陆70后作家作为一个群体，开始备受关注。尽管时至今日仍有人认为，较之已逐渐被经典化的60后，与甫一出世便聚焦诸多话题的80后，70后乃是身处世代夹缝而被遮蔽的一代。但其实经过十余年的稳扎稳打与大浪淘沙，这一代人已然阵容整齐，纷纷占据文学期刊的重要版面，成为时下文坛的中坚力量。

而同样在世纪之交的台湾，由于教育文化政策的倾斜与市场机制运作的结果，大批地方文学奖项涌现，连同此前已具相当影响的《联合报》《中国时报》两大报文学奖一起，为文学新人崭露头角提供了前所未有的机会，同样出生于1970年代的一批台湾作家因此得以步入文坛。这批在台湾被称为"六年级生"[①]或"新世代小说家"的青年作者，在经见了台湾当时的政治纷扰、经济衰退，及各方面的骚动不安之后，在操练过你方唱罢我登场的种种国际主流理论之后，决意要让"台湾小说

---

[①] 台湾在西元纪年之外仍用"民国"纪年，"六年级生"指出生于"民国"六十年至六十九年，即1971—1980年的作家。

摆脱过往几年常见的相当一致化,回归来重新审视起台湾这块土地及它的问题"①。因此,"纵然各人创作的题材面向缤纷多样,取材自乡土的书写却是大部分新世代小说家的共有特征,'乡土文学'隐然成为台湾新世代小说家进行创作的一支重要脉流"②。陈映真和郝誉翔据此将这批小说家的创作命名为"新乡土小说"③。

  以"新"命名,自然有所对应。早在日本殖民台湾的1930年,左翼作家黄石辉即在《伍人报》发表《怎样不提倡乡土文学》,号召:"你是台湾人,你头戴台湾天,脚踏台湾地,眼睛所看见的是台湾的状况,耳孔所听见的是台湾的消息,时间所历的亦是台湾的经验,嘴里所说的亦是台湾的语言;所以你的那枝如椽的健笔,生花的彩笔,亦应该去写台湾的文学了。"④这当然是基于反殖背景下唤醒民族意识的左翼启蒙诉求。而此后乡土文学传统在台湾不绝如缕,至70年代冷战局势趋向缓和,而资本主义却更深介入台湾的时刻,国际上岌岌可危的地位与岛内历历在目的异变,再次激发知识分子关注与思考乡土命题的热情,引爆乡土论战。乡土文学因此成为这一时代的主潮,而从中酝酿的种种意识在若干年后居然引起社会与政治结构的巨变,则是在意料之外了。而当年轮转至新的世代,殖民统治早是半个多世纪前的旧事,甚至后殖民的论调也已高唱许久,再而衰三而竭,全球化的浪潮更是碾过太平洋,将乡村、城市与海岸都压得扁平。此时的年轻一代作者已无从像他们的前辈那样,假"乡土"为"本土",对政治命题汲汲以

---

① 李昂:《会想要吵架的评选——只为"台湾新写实"》,《联合文学》2007年11月。
② 吴绍微:《台湾新世代作家甘耀明、童伟格乡土小说研究》,中兴大学台湾文学研究所教师硕士在职专班硕士学位论文,2008年。
③ 参见陈映真:《独创的死亡》,《联合文学》1998年11月;郝誉翔:《新乡土小说的诞生:解读六年级小说家》,《文讯》2004年12月。
④ 黄石辉:《怎样不提倡乡土文学》,《伍人报》九——一一号(一九三〇年八月十六日——九月一日)。转引自陈芳明:《台湾新文学史》,联经出版公司,2011年,第99—100页。

求：曾经的政治呼号早成贻笑大方的梦呓，而偏居一隅的危险似乎遥远得不会到来。在这个以"小确幸"为处世信条，繁华安稳以至于奢靡颓废的岛上，乡土对于这一代知识分子的身份与精神究竟意味着什么，却成为他们争相探索的目标。①

而童伟格无疑是这些探索者当中，最为出色者之一。

## 二

童伟格，1977年出生于台北县万里乡（今新北市万里区），从地图上看，那是接近台湾岛最北端的海滨。从"国中"开始，童伟格离开家乡跨区就读，高中毕业考入以作家辈出而闻名的台大外文系，而后在台北艺术大学攻读硕士与博士学位，如今栖身台北教书写作，大概难得回乡久居。这样的出身与经历，想必令他很早就感到故乡与自己熟稔而疏离的关系，在旅居异乡的漫长岁月里，他将反复玩味这样的关系，然后谨慎迟疑地写入自己的文字之中。

1999年，童伟格以台北寓居青年为题材的短篇小说《我》获台北文学奖短篇小说评审奖，从此受到关注，而后连连折桂：2000年，《躲》获台湾省文学奖短篇小说优选；同年，《暗影》获"全国"大专学生文学奖短篇小说叁奖；2002年，《王考》获联合报文学奖短篇小说大奖。联合报文学奖是台湾久有传统、举足轻重的文学奖项，《王考》获奖当

---

① 参见许俊雅：《台湾现代小说导读》，《现代小说读本》，扬智文化事业股份有限公司，2004年，第32页。"九〇年代的台湾社会进入丰足富裕的阶段，内在紧张感亦随解严逐渐消失，繁荣的成果为一般市民享受的目标，追求欢乐、猎取新感觉，刺激、神秘、魅惑。内在的精神苦闷发泄于舞榭歌台中，颓废成为现在刹那的解放；内在的欲求也随繁华松懈下蠢蠢欲动，终成反抗秩序的力量。进入九〇年代台湾文学可以世纪末风格来形容，是颓废与再生、梦幻与现实、独立与融合等等因素混合杂陈，没有一定秩序的混沌时期。"转引自吴绍微：《台湾新世代作家甘耀明、童伟格乡土小说研究》。

然意味着童伟格的写作水准受到广泛肯定。骆以军甚至将之誉为台湾之光:"他的天才洋溢,令人艳羡,亦让人在一片灰溜溜的局面中,对台湾小说的未来,充满美好的期待。"① 《王考》也因此成为童伟格早期最受瞩目的作品,即便在他写出《无伤时代》《西北雨》等鸿篇巨制之后,仍被时时提起。

而经历过大陆寻根文学洗礼的读者们,大概难免会对《王考》的前半部分感到眼熟:在不知何时的从前,本乡海村、埔村与山村的村人们难得团结起来,由城内尖顶圣王本庙,求出圣王正身回乡供奉。然而刚出城界,便为圣王供奉在哪一村起了争执,眼看就要刀兵相见。原本就不擅武力,因而"让出海岸、让出平原,搀老扶弱进了山地"的山村人当然力不从心。紧急关头,率队的祖舅公突然想起他的妹婿,"我"的祖父,乃是深谙本地历史的能言善辩之士,因此力主谈判解决。被匆忙请出书房的祖父果然不负众望,一番演讲之后,众人发一声喊,各自兴高采烈地将圣王像、令刀、令旗与圣衣瓜分殆尽,而山村人只得一小枚圣王印,却是据祖父鉴定诸多物事中唯一的真货。吊诡之处在于,赢得这场令人将信将疑的胜利之后,村人们不仅没有将祖父目为英雄,反而深感畏惧,将之渲染成生有四条舌头的怪物。小说行文至此,突然笔锋陡转,从不知年月的洪荒时代回到当下,某个清晨,"我"在山村唯一的公路边,看到祖父终于走出他的书房,在久已废弃十余年的公交站牌下等车,想要去看海。而在这时代奇异变换的年月里,乡村早已从当年械斗不断的血气方刚衰败了,人越来越少,以至于通往村外的唯一一线公车也被取消,而留在村里的人们日日聚集在公共大榕树下喝酒,赌博,争是非,唱卡拉OK,这是何等可哀的末世喧哗与颓废。只有祖父一个人,不知今夕何夕地守在书房里,独自承担起如韩少功般的寻根寓言,执拗地在古籍当中考据本县本乡的历史,惘

---

① 骆以军:《活之序言》,《印刻文学生活志》2003年9月号。

然不知当年在门口玩泥嬉戏的儿童,已经逐渐长成公共大榕树下浑噩度日的主力。

　　站在山村唯一的马路边,"我"陪伴着祖父,等待一辆根本不会来的公车,祖父已经认不出我,而我也不跟他讲话。在这注定止于天荒地老的沉默等待中,可供感受和讲述的惟有时间而已。于纷至沓来的往事之中,童年时祖父向"我"讲述的山村考据,又将小说拉向更古远的年代。那些难辨真伪的乡野传奇与风俗志,对照书房外那个不断败亡的狭小世界,竟然显得如此失效,以至于当祖父兴致勃勃地谈及郑成功登陆台湾的国圣埔时,连"我"这唯一的听众也忍不住悄然离开。是的,无论是西历1648年,还是清顺治五年,抑或是南明永历二年,对于今日的山村与今日的台湾,以及那个因在城里求了一点学问,而感到些微痛苦、骄傲与孤单的"我"而言,究竟有什么意义呢?我猜想写作这个故事时的童伟格,和陪伴祖父无尽等待的"我"一样,已然陷入时间的迷思当中。若真如祖父所说,"据他考证,本地越三四百年会有一场毁灭性的灾难,一切会从头来过,人类重活,史书重写,然而,那不是因为什么神灵作祟的缘故,那只是因为,坏掉了的东西就会死掉",那么,死亡的时刻是否已经来临?如果我们知道,在童伟格的小说中,海边通常是埋葬之地,就会明白为什么当"我"得知祖父想要去看海之后,立刻意识到"真正的终局就要到来了"。而当文学前辈们反复书写的乡土已然崩坏,宏大的时间支离破碎,将祖父、"我"与书写者童伟格尽皆放逐到这个过去不曾过去,未来未必到来的颓败山村中,书写者们是否还能完成祖父的嘱托,"依然要努力做些什么,留下些什么",将自己交付给文字使用呢?在《王考》的结尾,雨过天晴,野狗吠日,公车久候不至,山川亘古沉静,时间仿佛回到洪荒年代画了一个圆又回到祖父面前。在这无所谓往日与来者的刹那间,我想作者童伟格也未必能够说清楚祖父那一句"这就对了"的感慨究竟意味着什么。但恰恰因其无言,反而像是有诸多隐秘争相有所诉说;在意义消解,一切将重新来过的飞地,被流放的书写者或许恰恰得以深入时间最细碎微小的所在,不厌其烦地发掘和讲述那因困惑而生的无尽缱绻。①

## 三

在一次与骆以军的对谈中,童伟格曾这样谈及他的写作意图:

> 从《假日》《暗影》《离》《我》,到《王考》与《騷虞》,我并没有为任何书写想象作准备,只是有一个直接的意图,让我觉得必须作出调整。这个意图是:我想要知道事情表面底下的线索,我以为,藉由联系这些线索,我也许有机会建立起"另一种事实",这种"事实",也许当时间都——如您所指出的——"离散"了,它还在,一直都在。搞不好,世界上根本就没有这样的"另一种事实"存在,但我认为,我应该自己想办法确认看看。
>
> 我念国中的时候,放学时,需要走过大半热闹的街区,到公车站搭车回家,走到那条电动玩具街时,有一位二十多岁、自称是"阿忠"的人,就会浑身脏兮兮地从电动玩具店里跳出来,跟我们讨零钱,虽说是讨,但他总是装得一副正在跟人勒索的样子,不管最后有没有人给他钱,他会一面往回走,一面大声对我们喊:"记得啊?在学校有事就报我的名,我叫阿忠,啊?"从一九八九年到一九九二年,就我所知,他都在电动玩具店里度过。……
>
> 我想要知道,一个人,怎么有办法这么惊人?②

---

① 此节论及的小说内容参见童伟格:《王考》,INK 印刻出版有限公司,2002 年。
② 骆以军、童伟格:《暗室里的对话》,童伟格:《王考》,第 202 页。

我相信在童伟格的写作过程中，这个自称"阿忠"的人一定时时浮现在他眼前，因为几乎在他的每篇小说中，我都辨认出这张依稀相识的面孔。在《无伤时代》的序中，杨照将他们称为"废人"①。或许并非电动玩具店，但是这些在丧失了方向与流动感的时间里无望流徙的"废人"们总是能找到一个固执的外壳将自己包裹起来，沉默寡言而思绪纷纭，暗自搏斗却了无出路。同样身为时间流民的童伟格既然心怀建立"另一种事实"的大愿，就不得不一次次深入时间的漩涡当中，发掘存在于自身与所有"废人"壳内的声音。如此我们才能理解，何以在童伟格的小说中有着那样繁复细腻而难以连贯的时间，以及与之匹配的关于时间的小说幻术。在此意义上，《王考》那无边空旷的最后一幕，简直是童伟格作为时间流民而不懈写作的最好隐喻。

尽管童伟格宣称，正是对"另一种事实"的强烈兴趣才促使他转向《王考》这样的写作，但是和骆以军一样，"我确实为包括《假日》《暗影》《离》《我》这些篇优美纯粹的小说迷惑吸引。……恕我直言，我觉得这几篇比你最近得奖的《王考》要好。"②因为在我看来，童伟格潜意识中对于时间的执迷早已在他最初的作品里表露出来。以短篇小说《假日》为例，这几乎可算是童伟格小说中最为明亮清晰的一篇，但其中关于时间与记忆的曲折探索，一唱三叹，已隐然昭显出后来为童伟格驾轻就熟的独特风格。

这篇仅有不足六千字篇幅的小说，所叙及的不过是"我"童年假日中的某一天而已，但是经由童伟格对时间的反复打磨锤炼，竟好像长过人的一生那般丰富。小说开篇便申明回忆的姿态："十一岁那年暑假的某个星期天，外公教我骑机车。"但接踵而至的却并非预想中的往

---

① 参见杨照：《"废人"存有论——读童伟格的〈无伤时代〉》，童伟格：《无伤时代》，INK印刻出版有限公司，2005年。
② 骆以军、童伟格：《暗室里的对话》，《王考》，第199页。

事,而是将时间推至辽远,在两三段文字中将这山村里一般男孩子的命运写得干干净净:勉强混完"国中"之后,他们也将学会骑机车,然后上班,恋爱,结婚,生子,当兵。从军中放假回家,抱着小孩在门前乘凉时,连他们自己也知道,尽管子子孙孙更替罔代,但"往后不会再有什么不一样的事情发生"。如此一来,当小说再次提及"我"学骑机车的往事,便使那一整天都莫名地有了一种宿命的味道。而外公才刚刚来得及对"我"传授完骑车的诀窍,童伟格便第三次拨动时间的指针,仿佛和驾驭机车扬尘而去的"我"一起,回想起当天早些时候,外婆再一次离家出走,而外公再一次追踪而来。由于这出闹剧总是习惯性地在没有落雨的周日发生,因此尽管童伟格将之讲述得活灵活现,趣味横生,却总不像是特定时间的特定故事,而隐没进山村的恒久当中化作日常的背景。就像那个总要在假日喊父亲下田劳动的祖父一样,在一再的重复中强调着某种不会变化或不愿变化的常态。在这之后,童伟格终于得以舒展地讲完从上午至晚上的整块时间,但是期间的每个细节,每桩事情,甚至一声喃喃自语,或深夜时的沉默无言,都将打开通往别一时间的曲径,使我们窥见在短暂的假日光阴底下,那些人事艰辛与功败垂成。

更何况,童伟格还将继续在时间的乱流中游走追索,让我们提前瞻仰在矿难中面目全非的父亲的遗骸。这巨大的个人痛苦乃是童伟格本人的真实痛苦,当然也是他即便操持文字多年之后,仍无法回避的人生经验:"最近,我在找寻1984年夏天,在我们身边,到底发生了什么事?我发现,那年夏天的确满热闹的:有一位蔡先生,驾驶一架单引擎小飞机,横越太平洋,在台北着陆,破了世界纪录,还有一位嘉义的邱先生,在上千名围观的民众面前,公然谋杀一头老虎,这件事也上了国际媒体。另外,那年夏天还接连发生两次煤矿矿坑灾变,总共有一百七十七位矿工因此罹难,其中有一位,是我的父亲。"①1984年童伟格年仅七岁,或许从那时起他便已经痛感时间的停顿、混乱与死亡。然而,当《假日》中的母亲带"我"认领父亲尸骨时,是那么平静;而小说的叙述也那么节制,格外让人感到压抑而悲从中来。只有当小说补叙至假日清早那场不了了之的欢饮,在父亲那位被铲砸车砸断手指,只能以脚趾移接替代的"凑脚手"同事,可哀地表演过自己的残疾之后,我们才会明白,叙述的平静不仅因为技术性的克制,更是因为:那不仅是"我"个人的痛苦,更是整个乡土的痛苦。我猜童伟格的故乡或许确是矿藏丰富,在《王考》中,祖父即考证:"……日出磺气上腾东风一发感触易病雨则磺水入河食之往往得病七八月芒花飞飑入水染疾益众气候与他处迥异秋冬东风更盛……"②"从前从前,硫磺向来封禁,为了防止有人私自盗采,作为火器,四季仲月,地方官会连同地方兵警入山,在茳子上天山附近聚集采出的硫磺,就地焚烧。"③在他最新的长篇小说《童话故事》开篇,1858年的英国人也必得"花了两整天走过烟濛炎热,恍如内陆的矿区"才能抵达马鍊(万里乡在平埔族巴赛语中的名字)④。工业时代之后,无论硫黄或是煤炭,自然成为山村最后可以贡献的财富。因此在童伟格的诸多小说中,渴望离开乡土的父辈首选的工作便是采矿,而这消耗性的产出终局如何也就可想而知。矿藏与灾难,童伟格的一己遭际,竟然在资本主义蚕食一切的年代成了再好不过的隐喻。山村渐被掏空,被遗弃,能离开的早已离开,亦不乏挫败而归的,便与山村一起终老。无怪乎在《假日》当中,尽管童伟格往来奔突,至少七度转换叙事时间,将所有时间褶皱都抹平铺开,细细玩味一过,"我"最终却还是骑着机车来至穷途末路,似是诘问又似

---

① 骆以军、童伟格:《暗室里的对话》,《王考》,第198页。
② 童伟格:《王考》,第16页。
③ 同上书,第17—18页。
④ 童伟格:《童话故事》,INK 印刻文学生活杂志出版有限公司,2013年,第8页。

是已放弃诘问地说出最后一句话："路它怎么自己没有了。"[①]

## 四

在早期短篇小说中便已初见端倪的对时间的执念，以及关于时间的小说幻术，将始终伴随着童伟格的创作。事实上，在《王考》这部短篇小说集中，童伟格似乎已将他此后想要讲述的故事梗概大致讲完，将那些发生故事的空间区域布局成形。总是那样一个临海却封闭的山村；人们总是在那唯一一条通往外界的马路边，等待着不知何时会到来的客车；山村榕树下，总是有一群闲人在欢聚胡闹，沉溺于最后的狂欢。祖父辈总是执着于土地的耕种；而父辈们又总是在年轻时迫不及待地逃亡，而后要么客死他乡，要么沦为"废人"。至于往往承担叙事者角色的"我"，山村的第三代，则始终显得那么内敛平静，却莫名悲情，以少年老成的语调，雕琢着那些稍纵即逝的时光。

2005年，童伟格出版了他的第一部长篇小说《无伤时代》，讲述的其实依然是个简单至极的故事：早年丧父的江自高中起离开山村，寓居大城，年过三十却突然回返，决心和"他的山村""他的村人"一起终老下去；而母亲的一生，丧夫，失业，再就业，在煞车皮工厂吸了三十多年粉尘之后，发现自己左耳后生出两颗肿瘤。小说从母亲最初的独自就医写起，到江在手术室外等待母亲结束，童伟格的小说总是这样，像钟盘上的指针，绕了一圈才发现几乎又回到原地。但是在十余万字的篇幅里，童伟格终于得以将他的时间幻术充分地施展了。此番童伟格有足够余裕从容不迫地将散落在短篇小说中的伪地方志、乡野传奇、童年往事，以及沉默等待的老人、去而复返的游子，统统拾掇起来，以细密的时间针脚编织在一起。当时间破损，乡土败亡，以连贯时间线

---

[①] 此节论及的小说内容参见童伟格：《假日》，《王考》。

索结构的叙事在短篇小说中都难以为继,遑论长篇。故此童伟格接受时间流民的宿命,恰恰选择以支离破碎的方式进行写作。他自由出入于记忆之流停驻的每个瞬间,如同已在《假日》中操练过的那样,只是更加细致深入地倾听"废人"们壳内的声音,打捞时间的内面,将小说做成一个以个人经验容纳时间碎片的博物馆。他并且像一个真正的考古学家那样,不厌其烦地反复回到同一个时刻,以不同的记忆残片对照发现新的意义与真相。

于是江便一再和母亲一起,于高中的入学日站在山村路边等待公车,将祖父、祖母、家中那条黑狗,以及山村这唯一马路的故事全都记起来;并从最初担心在自己上车后,母亲仍呆站在原位,到最后母亲也兴高采烈地一同来到大城,并在江此后的城市生活中不断以幻觉的方式出现。

于是母亲为了谋求一份新的工作,要在煞车皮厂经理室静坐更久,在那漫长的时间里,母亲从眼前这位沉默到令人窒息的经理,想到了自己那个立志发达却一再失败的弟弟。山村中那些想要出人头地的男人,"十之八九会惨烈地失败",因此母亲"对着眼前的陌生男人,煞车皮工厂的经理,柔柔在心底说:'机会只有十分之二——你成功了。但,那一定相当艰辛吧?'"[①] 从记忆与想象两个不同方向采撷来的时间碎片,照亮了母亲静默的剪影,使她变得立体了。

于是那条名叫黑嘴的狗将一次次追踪着出嫁的母亲奔跑,一次次走失,一次次死去,终于在小说末尾死而复生,讲述一段含混不清的家族往事。小说中那众多的死亡——祖父的死亡,父亲的死亡,祖母的死亡,最终促我返乡的盲猫的死亡,以及母亲可能当中的死亡阴影——也就得以纷纷附着在这条不时游荡的黑色幽灵之上,使它成为关于死亡的符号。

---

① 童伟格:《无伤时代》,第125页。

——童伟格就是这样，像一个以时间为颜料的油画家般，在简单勾勒的铅笔草图上不停涂抹，新的油彩覆盖旧的油彩，幻化出交融渲染、层层叠映的视觉效果。

　　以这样的方式，童伟格甚至发展出一种设置悬念的独特技术。一个油画家当然不大会想要去创作情节机巧曲折的漫画来讨人欢心，但是他的作画过程却也足够令人期待。童伟格总是能让一个最初看似平平无奇的细节，几经涂抹光影，不断附丽意义，最终改头换面，使人恍然大悟：原来所有秘密早已袒露，一切的一切早有定局。在他的第二部长篇小说《西北雨》中，再一次，小说的结尾在开篇便被讲述：十岁生日那天，自小父母离异随父亲生活的许希逢第一次主动去寻找自己的母亲。在此之后，纷纭涌出的记忆将小说一点点填满，但是发生在那一天的细节还将被拆散撕碎，不时穿插在叙述当中。只是缺乏先见之明的读者当然难以从童伟格丰美的修辞中辨别，哪些是情节的关键枢纽，而哪些不过是起承转合。在我们一路跟随童伟格的油画笔触，陪伴许希逢游荡于时间之中，见过他的曾祖父与曾祖母、祖父祖母、外公外婆、父亲母亲，听完一整个家族故事之后，才在最后一次回返最初时赫然发现，那当中隐藏着怎样一个难以理解的弑父故事。而此前那些虚虚实实的片段，也在此刻重新游动起来，彼此聚合联络，逐渐拼出一张似曾相识却又面目全非的图景，并将所有人最深切的挫败、沮丧、恐惧、忧伤统统召唤出来，隐约影绰地漂浮着。有如时间再一次向我们敞开，却又岌岌可危地似乎马上就要关闭。

## 五

　　在阅读童伟格的过程中，令我始终备感困惑的是，他所说的"无伤"究竟是什么意思？这个即便在台湾口语中也并不常用的词汇，某种意义而言几乎可算是童伟格的发明。他以"无伤"命名他所书写的时代,然而如前所述,这个无尽败亡、时间离散的时代,可说是"伤"到极致,又何以"无伤"?

杨照说,他从《无伤时代》的书名,以及出现"无伤"的那一段话("那一刻,他明白自己已经成功说服母亲了——在她眼里,他已经是个无伤无碍的废人了。他已经被原谅了。"[①]),发现童伟格透过小说所要建构的,乃是一种"废人存有论"。[②] 这提醒我去重新考察江这个"废人"如何回到山村当中:那居然不过是因为一只猫的死亡,而且是一只领养不久、又病又盲的流浪野猫。在几经救治无效,盲猫变成放在桌上的骨灰坛之后,江盯视着它,思绪万千,最终决定退回到最初的时刻。那或许是因为猫的死亡让江有了兔死狐悲的凄楚;或许只是死亡这一事故本身加重了江早已积郁的孤独;或许这一死亡和此前的种种失落一起,再一次提醒江,所有的一切都在颓败当中;又或者如江自己所说,"他明白,一直以来,他是如此需要他者生命的残余,在自己的心里,组装成一场又一场世故的游戏"[③]。我想大概连童伟格本人,也无法说出江如此选择的真正理由,即便可以说出他也会缄口不言:如果在这样一个时代,线性的时间都无法连贯始终,合理的逻辑都不能贸然建立,那么关于小说的确切原因或者主题是可能的吗?如果可能,那又何必让小说兜兜转转,到这种地步?

而"无伤"这个词,其实也早在江做出决定的此刻便出现了。那时,江想象着盲猫在"那个没有苦痛的地方"生活的样子,想象它已经医好眼睛,身体健康;但"江接着不会忘记,他不该那样蛮横求全的。因为在那样的地方生活,带点残缺,是自然的、是可以被原谅的。她可以视力不佳,那无伤"[④]。我想这里的"无伤"指涉的是一种与世界的关

---

① 童伟格:《无伤时代》,第213页。
② 杨照:《"废人"存有论——读童伟格的〈无伤时代〉》,《无伤时代》,2005年。
③ 童伟格:《无伤时代》,第161页。
④ 同上书,第159页。

系,这种关系就是"没关系":两不干涉,互不勉强。然而江所在的世界,毕竟并非"那个没有苦痛的地方",因此当他回到山村,笨拙开垦叔叔划给他的那一方废地,他只是希望不那么热烈地想要在这时代攫取什么,也就不必失去什么:"因为他的微小,因为他的枯槁,他终于能够弃时间如遗。"①在时间的分崩离析当中,只要安于流民的身份,似乎便可以将世界看作《王考》的最后一幕那样空旷广远。而流民尽量浅尝辄止,却也可以一代一代,推动着历史"不断前进,或者倒退",颠顶那么小小的几步。

而在读到江得知母亲的病之后,再一次重新梳理家族往事,再一次回忆起那如镜像般的祖母的死,终于忍不住想要写出一个故事的时候,我才终于意识到:江退居山村,以耕种面对世界的姿态,与童伟格隐入大城,以写作面对世界的姿态,其实同出一辙。如果这世界已让人既难以介入,又无法自弃,那么在与它的遥相对望当中,写作便成为"废人"们唯一可做的事,也是唯一可以挽救时间的事。尽管在一个"纸张在雨中命定腐坏的过往山村里",这显得那样消极;然而最伟大的史书不就是由一位"无友无伴,无祖无后"的阉人写出的吗?②在一个无伤时代,这已是最无伤而有效的作为了。这或许就是为什么,在童伟格笔下那些孤岛荒村里,总是固执地坐落着一个图书馆,或隐藏着一位文字记载的信徒。

如此一来,我们便可以更加理解童伟格何以必须以这样的方式写作:他的欲言又止,他的流转迁徙,他的置身事外。在一个无伤时代中的无伤写作,当然不可以对时间横征暴敛,强无知为有知,将这散乱的时间以未必可靠的主观愿望聚拢成一个有开始有结尾的故事。童伟格不得不比任何时代的写作者都更加繁复周折,更加小心翼翼。在早

---

① 童伟格:《无伤时代》,第 162 页。
② 童伟格:《王考》,第 21、23 页。

期的对谈中,他自认为是一个"捉襟见肘的写实主义"者①,那么身处后现代的现实当中,他便必得去探索那些后现代的写作策略来完成他的写实。因此他不断锤炼关于时间的小说幻术,不断试探叙述的边界与可能;因此他对小说叙述理论的开掘,从未远离他写作小说的初衷;因此当有论者认为,他最新的长篇小说《童话故事》充斥着那么多小说美学论述,因而可以视为某种程度的文学理论著作时,我很难表示赞同。②

(原载《天津文学》2016 年第 1 期)

---

① 童伟格:《王考》,第 203 页。
② 参见拙作:《来自时间的乡愁:失踪、替换与救赎——评童伟格〈童话故事〉》,《桥》2015 年第 2 期;本书第 131—138 页。

# 八〇后写作：狂欢下的失语症

我始终认为，对1999年以来所谓"80后写作"或"少年写作"或"青春写作"现象的探讨，应该从郁秀的《花季·雨季》开始。尽管在这之前也有个别少年文学天才的传奇，如据说五岁能写诗的老咪，如《少年文艺》时代的饶雪漫，但都寥寥落落不成气候，也未受到广泛关注。而《花季·雨季》不但迅速畅销，使郁秀成为第一个具有明星效应的少年作者，而且带动出版了一系列跟风之作，甚至在此之前出版的散文集《十七岁不哭》（孙芳芳），都因之重新得到读者关注。这些跟风的作品中，虽也有少数为成年作者创作，但大多如郁秀一样，是以学生身份书写校园青春生活。

我记得我是在一个阴霾的下午，从我家乡小城新华书店的角落抽出那仅剩的一本已被翻烂的《花季·雨季》。对当时还在读初中的我来说，这本小说显然别具魅力：在此之前，我从未读到过由同龄人书写我们自己生活的小说。尽管小说中的中学生活，其实与我的生活现实有相当大的距离，但或许正因如此，我格外迷恋于这种可供想象的现实镜像：仿佛触手可及，其实镜花水月；而越是镜花水月，越有阅读的欲望，想要看看我所在的狭隘现实，其实可以是怎样。这样的生产与消费逻辑其实十几年来都未曾发生变化，据此更可理解我将在下文提到的所谓"80后写作"的新特点。当时《花季·雨季》的封底，照例请一些著名评论家写下片言只语以做广告，其中一条引起我特别关注，原谅我已记不得出自谁手,只记大意说:《花季·雨季》是自肖复兴的《早恋》之后,最生动真切反映校园生活的作品。充满阅读欲望的我自然到处寻找肖复兴先生的《早恋》,而一读之后竟然让我险些跌破眼镜:从人物性格到关系设定,从情节安排到叙述形式(两部小说同样都以第三人称叙述和借助日记、信件的第一人称叙述交叉进行),《花季·雨季》都与早它多年出版的《早恋》过分相似。我当然很难判定《花季·雨季》是否抄袭,这样的判断需要严格的界定,但至少可认为是一种过度模仿。除了稍微重组情节,点缀时代道具,郁秀唯一的贡献可能就是将20世纪90年代深圳高中生的语言方式嵌入小说当中而已。

之所以如此长的篇幅讨论《花季·雨季》,绝非借此缅怀我懵懂的少年阅读经验,而是因为在我看来,这部小说既可说是后来"80后写作"的先声,更可看作一个预言。后来"80后写作"的种种特质,都在《花季·雨季》的小说文本及市场现象中症候性地出现了。容易被注意的当然是它作为一部文学作品在商业运作中的成功,但在我看来更不可忽视的是封底那则评论所透露的,主流文学界对它的暧昧态度。我一直怀疑那位批评家乃是有意为之:以我当时的文学水准都能看出两部小说的惊人相似,该先生会懵然无知?依据我的揣测,这位先生既被请来为小说做广告词,自然不能不说好话,这也是人之常情;但又实在没能忍住,于是将腹诽以这样的方式表达出来。如此隐曲地戳穿极具吊诡的意味,或许可令我们想到时下主流文坛对"80后写作"欲拒还迎的复杂心态。而更重要的则是发生在文本内部的重要变革:如果我们不把两部小说的相似理解为抄袭,而是一种新的写作方式,是不是更能够理解当下"80"一代写作的困境呢?而商业运作的模式、主流话语权的影响和作品的形态又构成复杂的互动,在此消彼长和相互渗透当中彼此规约和改变。

1999年上海《萌芽》杂志举办"新概念"作文大赛,其实本来是希望借此对体制有所反思——当时对于语文教育的讨论正热火朝天。

韩寒之所以后来被那样重视，也与此相关：这个七门挂红灯却写得一手好文章的孩子显然是一个极具说服力的符号。而当这一符号被市场注意并充分发掘，进而成为某种文化偶像，当其长篇小说《三重门》以极不理智的狂热被购买、阅读、吹捧，以及模仿的时候，80后写作似乎已再难与消费文化和商品市场脱开关系。白烨的判断虽然为韩寒所愤慨，但还是说出了一个重要事实：与前此的文学写作者不同，80后并非从文学体制内部登上文坛，而是出道之初就遭遇了他们成长的独特环境，与市场的密切关系必然影响这一代的写作方式、写作理念和写作形态。在这种境遇当中，甚至连愤怒、偏执与个性都有可能成为某种表演。如果我们还能回忆起韩寒刚刚暴得大名时，与三好学生的代表黄思路一起参加的那次电视访谈，想必仍对他桀骜不驯又机智聪敏的表现记忆犹新，但是摄像机几次有意无意特写他紧紧拧在一起的双手，已暴露这个当时不过二十岁的少年内心的紧张与焦虑。记得那时在接受记者采访时，韩寒的高中同学们都认为他在学校生活中很好相处，并非尖酸刻薄之人。而我始终担心，在他后来的博客中他动辄的破口大骂，究竟是他才华横溢眼睛里揉不得沙子的潇洒本性使然，还是已经完全沉迷于他甫出道时媒体们大力营造的体制叛逆者形象而自失本心？

而继韩寒之后，郭敬明这一超级偶像的横空出世具有一种更新的标志性意义。自《幻城》出版，到《最小说》创刊，到加入作家协会，到成为长江出版集团北京图书中心副总编辑，郭敬明在商业上的空前成功甚至使他频频接到主流文学界递来的橄榄枝。即使如我的小人之心所揣度，韩寒嬉笑怒骂的批判乃是别一种自我营销，这一商业行为毕竟还是戴上了纯文学或者说知识分子传统的面具，那种阅读的快感和批判的力度往往使人叹服。而相比之下，郭敬明提供了一种完全商业化的文学创作模式，他向消费主义的全面倒戈和彻底投靠为新世代的文学开拓了一条新的道路。其实指责郭敬明抄袭的声音并非从《梦里花落知多少》开始，从他的第一部长篇小说《幻城》，类似的投诉就不绝如缕（指《幻城》的情节取自日本漫画《圣传》）。前者的抄袭案已由法律做出裁决，而后者，根据我的判断，郭对于部分日本漫画确实有重度借鉴，甚至他的大部分小说，我都认为情节上要么很粗陋，要么有搬抄的痕迹。但是我并不认为应该因此而非难郭敬明，这涉及我们在指控他的时候，运用的是何种典律。从传统文学批评的角度看，郭敬明的小说当然不但缺乏思想深度，更在故事情节上缺乏原创的能力，而语言虽然华丽，却浮夸甜腻，辞藻的丰满大过表达的实质，乃是历代文论最鄙薄的末代文风；简言之，郭敬明也就语言还有特色，但是不会讲故事，还有抄袭的嫌疑。——但是，我们真的能够用传统文学批评的角度来审视郭敬明以及此前的郁秀吗？我从未认为郭敬明抄袭是问题，是因为我从未将他看作一个传统意义上的作家，而更多看作一个传统意义上的商人，对于一个秉持独立创作精神的传统作家，抄袭是最大的罪恶与羞耻；但是对于一个商人来说，收集生产资料，加工、组合、提炼，以生成有价值的商品来出售，乃是天经地义。这样说可能会令读者误以为我在刻薄地讽刺郭敬明，那么请大家注意我的定语"传统意义上的"——或许我可以换一个说法，即郭敬明恰恰背叛了传统的写作方式，开创了全新的文学创作手段。在这个传统退位、什么都可以旧貌换新颜的时代，谁规定了文学一定得是原创？谁规定了抄袭的文学就没有价值（至少我有商业价值！）？你怎知我的"抄袭"不是后现代小说中所谓的拼贴与戏仿呢？

郭敬明小说情节原创性的丧失，实际上表征的是其真切的现实经验的缺失。这方面的不足当然与他出道时年纪尚轻，未能积累足够的个人经验有关，但显然还有更深层的原因（其实每个年代的写作者，步入文坛的时间并不都比80后晚多少，如王蒙，但是其写作仍然呈现不同的样貌）。80后一代是伴随着市场化的进程而长大的一代，其写作更是一开始就建立起与市场的合谋，在这样的时代，曾经鼓舞着他们前辈写作者的那种历史的沉重感消失了，不再有历史与个人相撞击时那种英雄的悲剧时刻，有的只是被拉平的时间和空间，是平庸的日常生活，是琐碎、无聊、纸醉金迷，以及作为文人未能进入这一社会主流的那种挫败感。没有50年代、60年代出生的作家那种沉重的经验，个人的欲望反思与书写又已被70代人耗尽，留给80代的只有一个不堪面对的生活现场，一派符号丛生的虚假繁荣，以及一个不断激发表演欲的灯光舞台。因此，80代既不承担，更不反思，甚至也不宣泄，而只要表演，看与被看。

从这个层面说，80后写作的最大问题，并非写作技巧层面的不足，也非创作态度的不严肃，而在于普遍缺乏独特的个人经验和时代经验，缺乏真切、深入而必将带来痛苦的观察与思考——既针对自己，又针对时代。我说这样的缺乏是普遍缺乏，即那并非郭敬明或郁秀个人的问题：我们重新来读《三重门》，那些绝妙的比喻和格言或许仍然令人拍案，但是不可否认，故事情节和人物性格都显得粗糙单薄，小说变成了格言集，只能说明作者还缺乏提炼生活和重新组织生活的能力；我们来看张悦然，她的决绝与残酷确然入骨三分，但是我始终怀疑，那样的尖利真的是我们真实的痛楚吗？那些想象性的痛楚，真的能够替代我们个体的感觉吗？又或许，我们已经习惯以此建立对于痛楚的想象？想象性的表演是否将在此再一次替换掉经验本身呢？

而如果我们把视线从市场中的当红生旦身上移开，转向所谓纯文学阵营，结果又将如何？2009年第8期《人民文学》以整整一期，排发年轻作者的作品，这些作者除一位之外，全是80代生人。卷首的《留言》义正词严地说明这样编选的道理，但仍然难掩试图向年轻一代写作者和市场示好的尴尬心态。其实在80代作者最大的已届29岁的时刻，这样的示好理所应当：他们已经应当成为文坛的中坚力量，而我们正可以借此"国刊"组稿的情况，了解一代文学创作的实力和生态。在这一期作品当中，收录了郭敬明、蒋方舟这样依托市场开始写作的作者，但更多是 80 代作者中，依然在作协的体制下写作、发表、步入文坛的年轻人，也就是所谓纯文学体制培养出来的写作者。他们的纯文学视野和操练，是否为我们打开了一些新的经验呢？即以中篇小说言，头条是吕魁的《莫塔》，讲述了刚刚大学毕业的"我"如何通过当下最流行的 SNS 网站"校内网"（笔者撰写此文时，"校内网"已为日资购买而更名为"人人网"）与俄罗斯族美少女莫塔相熟，莫塔一方面为了生存，一方面为了虚荣，过上傍大款的生活，而被她作为哥哥看待的"我"始终压抑着内心对她的爱，而叹惋她的凋零。小说就好像一个 90 年代的老情节，撒上了点网络时代的味精。是不是有了流行网络工具的点缀，滥俗的故事情节就能够摇身一变，成为网络时代的新经验呢？这样的搬用和郭敬明、郁秀的"借鉴"又有多大的差异？纯文学对于时代和人性挖掘的深度和广度又表现在什么地方？马小淘的《春夕》探讨的是恋爱中的某种微妙心态，能够把人与人的关系、内心与现实的关系处理得透彻清楚，已属难能可贵。但令我不耐的是江小诺和徐子清在小说中一触即发的贫嘴斗嘴，语言汪洋恣肆，看似有趣，实则根底空空，未能承载任何有质量的东西。当然，这或许正是马小淘希望营造的文本氛围和希望塑造的人物性格，但我的不耐也绝非个人趣味使然：以语言的蔓延掩盖小说的筋骨，是否恰恰透露出作者对于小说重心的倾向？小说的戏谑趣味和内在主题，究竟哪个更被马小淘看重？还是在写作的快意中已经恍兮惚兮，从而放松了控制和经营？而王甜的《集训》，则不管在语言上，还是在组织上都殊无可观。大学生应征入伍，本来应该非常具有时代特质，而在王甜写来，倒更像是大学一年级军训之后的回忆文章。军营的复杂性，人在谋求前程时的压力以及在此压力下难免的心理扭曲，人和人之间残酷的竞争关系，王甜未尝不想涉及，但是都只稍稍停留便轻轻飘开，作者显然还未学会如何在军训故事的老瓶子里提炼出最独特的经验。而本期刊物编选的三个短篇，则在相当程度上让我们想起文学史传统中的那些前辈写作者，如朱岳的《敬香哀势守·迷宫制造大师》，先锋派的痕迹一目了然，平心而论，手艺也做得相当不错。但是躲藏在纯文学传统的迷宫当中，真的就比包裹在消费主义的糖纸底下更加高尚更加富有价值么？对于文学的创新而言，丰厚文学资源的继承当然非常重要，而且必要，但是如果不能携带着自己真正的痛楚和沉思从中刺出，如果没有这临门一脚，那就不过是另一种封闭和想象，或者仅仅还在学徒的阶段而已。

纯文学刊物对于80后或曰年轻一代写作者（朱岳就并非80代生人）的示好或试图收编其实早就开始，2008年第4期《十月》亦以几乎整期刊物的版面发表他们的创作，所展现的水准和暴露出来的问题与这期《人民文学》亦相差不多。不管是郭敬明，还是所谓纯文学，我们几乎都已无法在其中发现新的故事、新的质地，甚至哪怕是新的细节。仿佛所有的故事都已讲完，只是所有的故事都又再涂上新的颜色，以期焕发出新的光泽。无论是韩寒的愤怒，郭敬明的忧伤，张悦然的决绝，还是纯文学对于文学传统不加更新地继承、对于现实生活不加处理地描绘，都不过是一种光泽而已，而敲打之下，腹中空空。当然，我仍然无比真诚地、毫无讽刺挖苦之意地提出我的困惑：是否这样的写作，恰恰是新的写作的方式呢？至少现在，我很难回答。我只能说，我所看到的80代的写作，尽管看上去光怪陆离，像一个狂欢的夜场，既有语言的泛滥，又有情绪的张扬，甚至还有纯文学资源的堆砌，更不用说在文学文本之外、文学场域之中的种种喧嚣；但在喧哗与骚动的背后，其实是一个黑洞，一个表达的黑洞。我们真正的声音，或许从来是喑哑的。

（原载《山花》2009年第11期）

# 我们的时代与文学，以及我们这一代
## ——八〇后写作观察

后来被称为"80后"的一批人，对于上世纪90年代的末尾，会有怎样的回忆？他们中年纪最长的人，当时正在高中苦读，而年纪最小的，每晚准时守在电视机前等待动画片开演。若是在乡村，他们可能每周要走很远的路去赶班车，在学校待上一周等待下一个假期的到来；而大都市的孩子们已经习惯于行走在霓虹闪烁的时尚橱窗外，每天在学校里和同学交换最新潮的讯息。上学路上看到的一个个工地，可能会提示他们这个时代正在不断翻新，而或许要等到几年之后他们才会明白，时代的变迁如此深刻地影响了他们的心理结构。童年时藏在家里写字台抽屉里的粮票油票慢慢被遗忘，玩具店里变形金刚和芭比娃娃渐渐不再是遥不可及的玩具，冰棍从只有一毛二毛两种变得琳琅满目。书店从闭架到开架，从满页方块字到整本图画框，但越来越多的人还是选择了每天窝在电视机前的沙发里。动画片不再只是黑猫警长和巴巴爸爸，而开始有了圣斗士星矢和美少女战士，后来还有了蜡笔小新和柯南。而当上网不再需要占用家里的电话线拨号登陆时，我们的生活有了爆炸般多样的可能性。从乡村到城市，人无分老幼，地无分南北，或迟或早都将面临时代与个人的遭遇，每一个人都将在更加抽象和宏大的空间当中滋生欲念、遭受压抑，然后选择淋漓发泄或沉闷不语。

## 前史：郁秀《花季·雨季》所引发的校园小说热与中学语文教育大讨论

那时还在中学里埋首苦读的"80后"们，大部分都还没有想过自己和"文学"会有什么关系，直到郁秀的《花季·雨季》出版。当时正读初三的我是在家乡小城的新华书店里发现它的。和当时中国大部分新华书店一样，店面里排满了厚重的经典著作，那天天色阴霾，昏暗的光线让一架架书显得更加沉滞，那本《花季·雨季》已被翻得破旧不堪，在这暗色的背景里依然显得特异。我第一次知道，原来除了经典作品里那些看了使人发昏的故事，学校里鸡毛蒜皮的生活也可以写成小说；更第一次知道，原来不但德高望重的糟老头子可以出书，年轻如我们的同辈人也可以写书出版。

现在回想起来，不得不承认其实在很长一段时间当中，都没有什么令人满意的反映中学生生活的小说或影视作品。几乎所有的学生题材作品都不像学生题材，而更像是家长题材或者教师题材：其叙事视角和教诲语气都是居高临下，而对于学生心理和情节塑造则太想当然，不是把他们想得太糟糕，就是把他们当做小孩子。唯一给我留下印象的是电视剧《十六岁的花季》，这个片子播出的时候几乎所有年龄相当的孩子会守在电视前目不转睛，而主题曲也成为一时流行。在这样的市场空白和消费渴求的局面中出现的《花季·雨季》自然受到热烈追捧，在我从新华书店里把它抽出来之后一个月，我发现学校里人人都在谈论这本小说。虽然它在相当规模上与肖复兴的《早恋》保持了惊人的雷同，但是它由学生视角的叙述、更加俏皮灵活的语言以及新一代高中生的生活细节依然深深打动了读者。尽管身在东部小城的我以及我的同学们，高中生活远比书中描述的要枯燥无趣，但是我们仍然没有理由地相信书中的生活要比生活本身更加真实。我们相信那是一种应然性的生活，这种生活我们得不到，所以我们更有理由寻求在小说当中的想象与安慰。

如果说我和我的同学们的现实生活代表了一种长期以来未曾改变的生活状态，那么《花季·雨季》的畅销无疑提示着新的可能性。高中校园内依然是千人一面的丑陋校服，令人昏昏欲睡的课堂讲授，以及在孩子们看来回荡着封建主义幽灵的各种规矩，更不用说以高考为唯一目的的庸俗无聊的个人努力。而校园之外包括图书出版市场在内的整个文化消费市场已经相当活跃，金钱裹挟着关于成功的神话不断制造诱惑，焕发激情；在校园内规规矩矩唯唯诺诺的中学生，脑子里所接受的信息已经远远超出他们老师的想象。因此郁秀的出现无疑具有某种隐喻意味，同时又起到一种标杆作用。灵敏的图书市场在《花季·雨季》走红之后立刻闻风而动，一时之间书店里摆满了诸如《正是高三时》《18岁宣言》《寂寞十七岁》之类的小说。这些小说都号称是由中学生自述校园生活和青春烦恼，不断为包括我在内的中学生们提供新的想象性慰藉。而中学时期大概是一个人最为爱慕虚荣、野心勃勃而自视甚高的时期了，在这样的出版潮流中，有多少中学生萌生出自己来写作出版的念头并付诸实施，也就可想而知。在我看来，这是那些从来只知道按照既出版的中学生作文选来虚构情节构建作文的"80后们"，第一次大规模地萌生了自觉的文学意识。

几乎在《花季·雨季》现象同时，长期以来沉闷、呆板、机械的中学语文教育也激起了知识界的反弹，在各种媒体上展开了反思中学语文教育的大讨论。作为母语教育的语文科目，所教授的绝非是一门语言的运用，而更多是传递语言所承载的一整套文化积淀、价值取向以及思维方式。从这个角度来看，语文学科绝对比政治课承担了更多意识形态的责任。因此，对于语文教育的批判可能不仅仅是对于一门高中学科的不满。或者至少可以判定，对于长期以来的语文教授方法的不满，只有在90年代后期的社会环境下，才可能产生，并有效地表达出来，甚至影响政策制定和教学实践。正如80后的少年写作现象，只有在一个体制松动众声喧哗的时代才有可能。

## 开启一个时代的闸门：新概念作文大赛

很难断言1999年由《萌芽》杂志社举办的"新概念作文大赛"与中学语文教育大讨论是否有直接的因果关系，但无可否认二者之间存在着千丝万缕的联系。以"新概念"命名作文大赛即足以看出这一赛事其来有自。而更加引人瞩目的，是该比赛联合了国内多所高校，声称在比赛中获得一等奖的高三学生，将有可能免试入学，这其中包括北京大学这样的名校。这样的嘉奖方式，无疑是从体制内部打开了一个缺口，较之语文教育大讨论的纸上谈兵，它所提供的可能性虽然范围狭小、竞争激烈而且不具备标准化的规范，但仍富有真正的革命意义。但是同时，如此巨大的功利性诱惑又从一开始就使这场比赛显得不那么纯粹。从这场比赛造成的重大影响来看，说这一赛事真正开启了80后的写作绝不过分，则这样一场标志性赛事之不纯粹，或许也在某种意义上前定了80后写作的种种特质。

《萌芽》杂志在举办"新概念作文大赛"之前并不出名，至少在我所在的东部沿海小城从未听说，第一届大赛举办的消息因此流传不广。我听说这一比赛的时候，第一届大赛一等奖获得者们已经名扬天下；而前几天与几位现在亦小有名气的80后写作者聊天，他们也都表示自己在小城市长大，到很久之后才知道有这样一个比赛。从获奖者名单上亦可看出，第一届参赛者多来自消息灵通的大城市，尤以上海周边为主。这就使得这一批写作者除了校园经验之外，更携带一种现代都市意识。都市的时尚变幻与车马喧嚣构成其写作的外在空间；而在灯红酒绿的钢筋水泥丛林当中，个体的渺小与孤独，人群的拥塞与陌生，又在在构成他们的精神内面。何况这一代的都市小孩，多是生长在独立公寓当中的独生子女，既无兄弟姐妹的热闹，父母亦不可能随时陪伴，从高层建筑的玻璃窗看出去，除了可供仰望以折射忧伤的天空之外，一无所有。这种在现代都市情境之下的孤独者的内心，构成新概念作文大赛所开启的 80 后写作的第一个特质。

对于第一届比赛的获奖者，父辈的文学界无疑怀有相当宽容和赞许的态度。我第一次了解这一比赛就是因为在《小说月报》上读到刘嘉俊的《物理班》，而其他一些作者的作品也不同程度受到主流文学选刊的关注。大家无不惊呼，原来在中学生当中有这样强大的文学潜力，原来跳出了课堂作文的限制，孩子们能够信笔写出如此丰富的世界。前辈的肯定声音，其意义绝非只是鼓励而已，更为这一批写作提供了合法性的权威证明，因此或多或少具有审美引导的价值。而更加值得注意的，或许是担任比赛评委的前辈作家们对于作品的评语。新概念作文大赛自第一届起即将获奖作品结集出版，评委的评语亦附赠文后，行销于市。则这些评语就不但只是对于已获奖作者的指点，更是对后来者的提示。评语所透露的这一批评委的个人好恶与文学趣味，必然为后来者反复揣摩学习。因此，毫不夸张地说，新概念作文大赛开创了一代文风，甚至可以说，形成了一个小的文学传统。后来的 80 后写作，无论锐意追随市场还是自以为坚持纯文学，都不可避免地受到该比赛形成的某种文学风格的影响。这批评委多是专业作家，较之高中语文教师的墨守成规，他们更强调打破规矩的创造力；而作为前辈，又乐于对后辈缺乏生活经验的幼稚抱以理解，而更多对天马行空灵动自如的新式为文风格表示嘉许，作者的个性和想象力得到推崇。直到如今提起诸如《幻城》这样的 80 后文学，前辈批评家仍然认为这部小说刷新了此前汉语小说的行文风格，颇具创造性；而其中表现出的细腻而奇幻的想象力，的确值得称道。文学趣味上对于实在经验的疏离，和对于文体形式上雕琢和创新的迷恋，从这时就显露出端倪。但与其将这样的结果看作大赛造成的 80 后写作的第二个特质，我更愿意说，因为前辈的宽纵，使得这年轻一代的写作和传统主流文学界之间在文学理解上不断形成差异和进行互动，从而持续补充文学资源和规范，塑造和矫正其文学趣味的模式，乃是更重要的特质。

时隔十年回首前尘,很多人都已经隐没在时代的声音底下,不再引人注目。但是对于曾经从1999年走过,并且为第一届的作品打动过的80后来说,一些名字应该仍然记忆犹新。第一届的参赛作品还看不出后来隐在的趋同性,因此在风格上五花八门,差异极大。还记得有一篇讨论愚公移山是否聪明的议论文,绝类一般的中学生作文选文字,夹杂在众多的才子才女文中,别致极了。可见当年的参赛者绝不都是偏好风月的文艺青年,亦不乏学校里的乖学生。首届作品中最为我喜爱的,并非后来暴得大名的韩寒的文章,而是陈佳勇的《来自沈庄的报告》和李俊的《蓝色的大海的梦》。前者讲述沈庄在时代沧桑中的世事变换,在从容的抒情当中带有出色的历史感,平淡中有蕴藉;后者讲述一艘自欧洲去美洲的客船,始终无法抵达目的地,甚至在已该是美洲腹地的方位上,仍四面苍茫的大海,由是引发船上游客对于世界和知识的怀疑,深具现代小说神韵。陈佳勇后来因获一等奖,被北京大学中文系破格录取;而李俊仅获二等奖,凭借自己的实力考入北京大学哲学系。2002年我进入北京大学中文系时,陈佳勇是中文系学生会主席,不但学业有成,而且处事沉稳;而李俊化名宝树,在北大 BBS 的学术版面相当活跃,已是北大的学术名人,在人文社科学生当中很有号召力。这两人在首届参赛者当中相当主流和正面,但如今已少人知晓。真正在第一届一战成名的,是以七门功课挂红灯著称的韩寒。其实新概念作文大赛与中学语文教育大讨论的内在关联,即已经决定,大赛和大众更愿关注的对象或许恰恰是在体制当中遭到压抑的偏才少年。因此,偏离主流与体制,强调个性的边缘文化认同,就成为由新概念作文大赛所开启的80后写作的第三个特质。后来西安《美文》杂志社携贾平凹的盛名,举办"全球华人少年写作征文大赛",以重金为噱头,希望找到既富文学才华,又功课特异的文学之星,显然是在某种程度上希望与"新概念"构成对话,矫正对于文学偏才的突出强调。但《美文》所办之比赛难敌"新概念"的盛名也是意料之中,除"新概念"

已占先机的因素之外，更因为反抗性的边缘英雄总比四平八稳的标准好人富有吸引力，边缘与中心的关系有时候是相当吊诡的。而更重要的因素或许在于，80后一代本就是藐视中心与权威的一代。

## 造星运动：八〇后的文学偶像

第一届新概念作文大赛最大的赢家，显然是桀骜不驯的上海少年韩寒。在比赛当中，他的故事即被反复讲述：先是杂志社认为他的文章太过老辣，有代笔之嫌而产生争执；后是因为复试通知迟至，导致韩寒未能如期参加决赛，而《萌芽》杂志社因为惜才，单独为他加试一场。韩寒一篇《杯中窥人》，从一张白纸缓慢地浸入水中，联系人的一生，从干干净净到逐渐被社会浸染，受到评委的交口称赞，获得大奖。不知他当年写作此文的时候，是否亦曾预想到自己的未来，白纸入水隐喻了普遍的人生，大概也包括他的成名与成长吧？

赛后第二年的五月，韩寒的首部长篇小说《三重门》即由作家出版社出版，立刻引起轰动，说洛阳纸贵亦不过分。韩寒的势头立刻超过前辈郁秀，成为最璀璨的少年明星。而使他成为一时热点现象的，还并不仅仅是他的文学才华，更是他七门挂红灯的学习成绩。对于当时如火如荼的中学语文教育大讨论来说，七门挂红灯却写出了一本被比作钱钟书第二的长篇小说的高中退学生，无疑是最好的案例。何况韩寒在媒体面前富有个性的表现，是那么符合一个叛逆者的形象。而这样的形象不但对于一般的社会讨论具有新闻价值，且对校园里的中学生产生了极大的魅力。不但大量成绩不如意而愤世嫉俗的孩子将之引为代言自我的偶像，正处青春期的所谓"好学生"又何尝没有一颗躁动不安的心？更兼韩寒帅气的外表，格外符合那个年代关于"酷"的审美。

当时针对中学语文教育之僵硬而频频进言，希望更多的韩寒不要被埋没的人们，大概还未及想到可能的结果，韩寒在年轻人当中的影响力就迅速被敏锐的市场捕获，将之置身于一场造星运动当中。而一旦被大众传媒和出版产业神化为新一代的文学明星，文学就已经变得不重要了。其实读过《三重门》便知，从小说艺术的角度看，这部小说实在难称佳作：情节粗疏缺乏经营，人物淡泊虚假，缺乏基本的说服力。而唯一令读者产生阅读快感的，乃是小说中大量铺排的议论性文字，其酣畅淋漓的确堪比钱钟书的《围城》。而有论者称，与其说《三重门》是一部小说，不如说是一本格言集，亦确是中肯的评价。韩寒在那个时候就已经表现出他对于发表意见的热衷，他独特的思维方式和观察角度、犀利痛快的语言风格，都表明他更加擅长于议论说理的杂文而非描写叙事的小说，更适宜于成为一个意见领袖，而未必是文学从业者。韩寒本人也曾说过，文学并非他第一想要从事的事业；他似乎还说过，他之所以还不断出版新作，无非是要以稿费来养赛车。《三重门》之后出版的小说，也确实都很难在作品本身寻找到可读性，更多是"韩寒"这个品牌在推动畅销榜上的攀升。但是他的博客却始终吸引着众多眼球，韩寒本人也越来越多参与公众话题的发言，越来越有公众意见领袖和公共知识分子的派头。

　　只是纠结如我，仍常常怀疑这样的成长轨迹是否真的那么必然，有多少偶然性的因素造成了如今的大众文化英雄？记得韩寒参加第二届新概念作文大赛的时候也曾宣称，要以两届大赛一等奖的身份破格就读北大，可惜再战失利，仅获二等奖，失去进入所谓主流话语的机会。而他第一次出镜，在央视的《面对面》节目与好学生的代表对话，摄像机有意无意捕捉到的细节总让我记忆犹新：不管他舌战群儒何等威风，毕竟仍是个不满二十的少年，两只手神经质一般的小动作，究竟意味着他怎样的心理活动？不仅韩寒，那些因为种种原因跳脱一般少年成长历程，将成功的希望寄托于文字才华的80后作者们，又是以怎样的心态面对所谓的主流话语与自我认同？"什么坛到最后也都是祭坛，什么圈到最后也都是花圈"，真的那么洒脱吗？

哪个时代其实都不乏少年成名的才子佳人，而这个时代似乎格外热闹。韩寒的成名无疑更加鼓荡了一批文学青少年的热情，更鼓荡起了躁动不安蓄势待发的出版市场。一时间少年写作的出版成为流行，或自费或盈利的少年写作充斥书摊，而一直到郭敬明的《幻城》出版，才迎来第二个真正的神话。

与韩寒犀利老辣的文风不同，郭敬明的文字风格是甜美华丽的，或者说甜腻繁重更恰当一些。而在优美的文字包裹下的少年忧郁情怀，恰恰投合了初中生群体的审美心理。与韩寒总是有意无意表现出的愤世嫉俗和犀利尖锐不同，郭敬明从来不和这个世界拧着来，他非常清楚读者想要的是什么，主流社会想要的是什么。与韩寒登高一呼的孤胆英雄形象不同，郭敬明可能才最为了解"明星"这个身份需要些什么，他会对媒体微笑，向读者示好，会花费心思化妆，甚至不惜迟到，只是因为他明白，比起文字，他明星般的形象更加重要，更能够保证市场。

时至今日，郭敬明已经成为中国出版市场的票房保证，长江出版集团北京图书中心副总编辑。不但他本人的书几乎一出版就能够攀上图书畅销榜，而且他旗下公司也拥有众多畅销写手，而他还在不断打造畅销新星，他主编的《最小说》已经占去青春文学出版的三成份额……显然，将其仅仅看作一个写手是不恰当的，他更重要的身份乃是商人。甚至可以说，从一开始写作，郭敬明就很清楚自己的读者群和市场在哪里。当初《幻城》甫一出版，就有人指出该书情节与日本漫画《圣传》严重雷同。然而能够迅速捕捉到日本漫画在当时中国的巨大市场，并将之充分利用，这样的眼光不同样值得称道么？我从来不认为郭敬明的抄袭是问题，是因为我从来未在传统作家的意义上去探讨郭敬明。"文革"和改革开放我们都经历过了，商人比知识分子的地位高得多，为什么不肯夸奖人家是一个出色的商人呢？时代已经经历了和正在经历着剧烈的变化，为什么不肯承认，或许郭敬明的写作方式，正代表了一个新的时代对于传统印刷时代写作方式的变革呢？

对于传统意义上的作家而言，抄袭当然是莫大的禁忌，但是既然文坛已经变成出版市场，既然文学创作越来越走向文字生产，那么将他人的创作——无论是日本漫画《圣传》之于《幻城》，还是庄羽《圈里圈外》之于《梦里花落知多少》，又或是好莱坞电影《穿 Prada 的女王》之于《小时代》——作为原材料，肢解组合，二度生产，又有何不可？

如果我们还记得郭敬明卷入《梦里花落知多少》抄袭案时，狂热的粉丝在网络上大力声援，称"即使小四抄袭我们也爱他"或"虽然我们小四是抄袭，但是抄得比你的好看"，我们就该明白，不但作者已非传统意义上的作者，读者亦非传统意义的读者了，他们只是文化产品的消费者，是大众偶像的追随者。而我们谈论郭敬明及其作品的时候，就显然不便再以传统文学的眼光去审视，而更应该关注，究竟是何种因素造成了他的畅销？而其作品中造成其畅销的各元素，又如何症候性地呈现出这个时代和这一代人的面影？

张悦然其实很早就开始写作，我第一次认识这个名字是在一本中学语文通讯样的刊物上读到她的短篇小说《黑猫不睡》。那种另类孤独的贴切书写和对小说文体的熟练操练令我印象深刻。但那时她籍籍无名，直到获得第三届新概念作文大赛一等奖，由此亦可见这一比赛对于80后写作的巨大意义。张悦然可算是和韩寒、郭敬明并立的第三位80后明星，新概念作文大赛十周年时就邀请了这三位嘉宾参加，但是她始终都以一种独特的方式存在，不如韩、郭那样大红大紫。作为唯一的女性，她对于女性心理的那种残忍的甚至可称是变态式的探索和书写，深得中学文艺女青年的热爱，而她如今主持编辑出版的《鲤》系列，据说也取代郭敬明的《最小说》，成为中学当中对文学有所热爱的女生必读。不得不承认，张悦然的家庭环境，对于她纯正丰厚的文学素养的积淀和进入主流文学界关注视野，或多或少起到一定的助力作用。因此和韩寒、郭敬明比较纯粹地致力于市场化写作不同，张悦然的文学创作往往既得到市场的肯定，又受到主流文学期刊的青昧。如她的《誓鸟》等作品，就先由《收获》发表，再由出版社推向市场，完全是纯文学作家的做法。而她本人也屡屡表示向严肃的文学追求靠拢。她的这种暧昧性，或许恰恰回应了自新概念作文大赛开启的80后写作与传统文学写作的复杂关系。80后如何看待自己与传统、边缘与中心的关系？而所谓的主流文学界内部，又如何看待传统意义上的文学的受众流失和大众文化的风起云涌？两相对照，各自的心态都颇可玩味。

韩寒、郭敬明和张悦然，是80后作者当中胜出的佼佼者，他们的明星光彩，几乎掩盖了这整整一代的创作者。或许在普通读者的心目中，一个比赛和三个人，就是这一代人的文学标志。然而被掩盖的那些人呢？文学一旦明星化，更普遍意义上的文学生态就难免遭到破坏，这种破坏不是表现在大多数的失语沉默，更表现在沉默的大多数对于扬名立万的狂热追求。我始终认为，在任何一个时代，文学都不应该成为被狂热追求的核心价值。如果文学遭到了过多的追捧，那么不是这个时代有问题，就是文学有问题——历史似乎已经向我们反复证明了这一点，而我担心的是，如今这两方面都出了问题。有次在书店看到一本书，是十名80后作者的合集，封面上列出十名作者，而广告词则颇值得玩味："某J——博尔赫斯第二""某L——沈从文第二"。一读之下令人哑然失笑：何以80后只能做老二呢？对于前辈作家的模仿乃是初学者的必经之路，但是若成为少年得意的终南捷径，则不知道捷径走到尽头之后，文学该怎么办？又有一次，一位出版社的朋友邀我去参加一场新书发布会——该社主要做翻译小说，但想尝试一下青春小说，便为五位新概念作文大赛的获奖者出版了一套书。我坐在下面，看台上五位稚嫩的少年努力做少年得意的从容淡定状，而邀我来的编辑则在我身边悄悄说：写得糟糕透了，估计市场也很惨淡，以后再也不做这种书了！看着那五位少男少女煞有介事的模样，我不禁悲从中来，或许文学永远不会真正被损害，真正被损害的是这些少年。

他们把成功的希望都压在所谓的文学上，而当他们发现两手空空，又该往什么地方去？

## 喧嚣背后：寂寞的纯文学和空洞的时代

而伴随着80后写作一路走过市场的喧嚣和功成名就的镁光灯，或许应该问一句，传统意义上的所谓纯文学，又该怎样？

1949年以来的文学界，自有自己的一套提携文学新人和培养文学趣味的体系，就是自上而下的作协体制和网络广织的文学期刊，以及相配合的文学批评、文学研究和文学奖励，也就是韩寒所说的"祭坛"和"花圈"。长久以来，文学爱好者通过向期刊投稿，发表作品，得到编辑的指点与肯定，通过在这些期刊发表而获得读者的认同，进而跻身文学秩序当中。而在市场经济体制下长大的80一代，则轻巧地跳过了这一套体系，借由大众传媒和出版产业获取名誉和利益。好在70后亦在首届新概念作文大赛之前不久刚刚进入主流文学界的视野，80后在市场上折腾的时候，正是70后在主流文学期刊上辗转腾挪羽翼长成的时代。然而文坛之外越来越强的声浪，毕竟让文学期刊们感到某种看起来像是曲高和寡的寂寞。何况80后渐渐长大，似乎也不该再以童稚视之，且长此以往，纯文学的传统难免后继乏人，主流文学期刊遂纷纷设法，或直截了当，或半抱琵琶，向年轻一代伸去橄榄枝。而新概念系统和市场流行之外，也确实仍然存在一个真正沉默的大多数，仍然执着于前辈成功的模式，勤勤恳恳地学习传统文学的方法，希望以主流的方式登上文学舞台。他们中的一些人，已具备一定的文学素养，但整体看来，仍不能令人满意。

以先锋实验和推举新人著称的老牌文学杂志《山花》，曾经连续两年设立"大学生原创小说"栏目，希望从在读大学生这一最为庞大的潜在纯文学创作群体中，挖掘出值得栽培的人才。但出人意料的是，偌大一个中国，数不清的大专院校，竟几乎使这个栏目闹稿荒。后来《十月》《人民文学》等都曾专门开辟专栏发表80后作者的作品，后者更是拿出创刊第600期整整一期刊物的版面，发表年轻作者的作品，但是一读之下却令人不耐。这些作品，大多在传统文学作品的阴影下亦步亦趋，从形式到内容，再到精神内涵，都严重缺乏创造力和时代感。不像是年轻的80后创作，倒像是50后、60后的新世纪山寨版。纯文学在长期的继承当中，实际上已经形成自己的一套腔调，而若不作深刻的省察与操练，机械地以这幅腔调写作，又比郭敬明的"抄袭"好到哪里去呢？纯文学自己下的蛋，再自己吃下去，气闷与否尚在其次，如此近亲繁殖下去，义正词严的文学正统难免丧失其内在生命力。

其实我从来也不相信什么纯文学的说法，这个概念本身已是相当晚近的创造，而过分迷信它只会造成视界的狭隘和僵化。但是我总相信有一种用心处理时代的自我省察的严肃文学创作。我并不为既有的文学体制的寂寞而哀婉，但是如果我们的文学，未能为我们记录下来我们独特的时代与这时代中的生活，未能记录下在这时代与生活中的我们的独特心灵体验，我将感到无比遗憾。每一代人总该有新的文学，它一方面是文学的，一方面是时代的：它不是呐喊，不是意见的发表，而应该经过深沉精致的文学处理，有新的形式与内涵；它也不是一己之私的喃喃自语自恋自怜，更不应该是文学经济学意义上的粘贴与复制。在本文开头我所提到的那些独特的经验，应该有一种坚固如大理石般的创作，将它们铭刻下来。

——或许，在承认郭敬明式的文学正是我们这一时代的标志和产物的前提下，提出这样的要求，是太显奢侈的过分要求？我带着这样的疑问观察80后文学的前世今生，也愿意怀着与困惑同样程度的希望，期待这一代人奉献给这一时代的文学祭礼。

（原载2010年《悦读MOOK》第16卷，发表时题为《八〇后写作观察》）

# 抽打这个世界,并刺下印记
## ——赵志明论

2014年4月,第12届华语传媒文学大奖将"最具潜力新人奖"颁给已不年轻的赵志明。对于一位1998年开始写作,1999年便在《芙蓉》发表处女作的作者来说,这一褒奖显然来得有些迟了。与该奖项的其他候选人相比,赵志明在此之前并不十分为主流文学界熟悉,评委苏童和马原都坦承"赵志明的小说在正规出版物和评奖系统里很少见","与目前国内主流的小说写作有很大差异"。[①] 而如此惊异的阅读体验当非孤例,据说《今天》102期刊发赵志明的小说时,北岛即对作者感到陌生,询问王安忆,王安忆甚至表示这样的小说根本读不下去。[②]

类似的掌故花絮当然足以拿来揶揄所谓主流文学界的失察,但或许更加重要的是,它们极为生动地证明了赵志明本身的独特性。总会有一些好奇的人,更愿意躲开人群,独自行走在大道边缘,他们将走出自己的足迹,看见一个不同的世界。判定哪个世界更值得赞颂是狭隘的,但必须感谢独行者们所提供的丰富可能和他们的勇气——在选择道路的同时,他们也选择了寂寞。正如赵志明对小说写作艰难、勤勉

---

[①] 万建辉:《赵志明:他们有病,但我尊重和喜欢他们》,《长江日报》2014年6月24日。
[②] 朱白:《写得好才是唯一要义——读赵志明短篇小说集〈我亲爱的精神病患者〉》,腾讯《大家》专栏2014年1月5日, http://dajia.qq.com/blog/312110051786860。

而低调的探索,由于逃脱了那些已被操持熟练的话语,当然难免让读者、同行和批评家们感到陌生、错愕甚至鄙夷,并难以置喙。这大概正是时至今日,对赵志明的评论仍然少之又少的原因所在。

因此在念及赵志明时,我总是想起《I am Z》中那个名叫 Z 的男孩。在父亲死后,他从村人们的视野中消失不见,一个人默默行走在花花草草山山水水之间。2013 年,已从事小说创作十五年的赵志明终于将自己的部分旧作结集为《我亲爱的精神病患者》,而最晚创作的《I am Z》被他放在文集的最前面。在我看来,这篇寓言般的小说简直可以视为对其创作之隐喻。赵志明以小说的方式,清晰地记录了他如何丈量这个世界,以及旅程中的张狂、遭际与迷惘。某种意义而言,《I am Z》堪称《我亲爱的精神病患者》这部小说集的说明书。

> 瞎子听到 Z 喊出这一声的时候,呆了一呆。然后他就说,你要是能这样活着也很好。我也没什么留给你,就给你这根竹棍吧。以前我用这个竹棍探路,以后你就用这根竹棍打上你的标志吧。

Z 的父亲乃是一个说书的瞎子。每天早上,Z 都要拉着竹竿领父亲到镇上去,让人们一遍一遍地重温那些耳熟能详的传奇往事。如果我们还记得,说书艺术被认为是中国小说的源起之一,瞎子父亲的身份当然便有了隐喻的意义。Z 因此可算是某种叙事艺术的继承者,他的身体里流淌着一个小说家的血液。然而这个眼盲的父亲却无法看到世界的真实模样,他的所有讲述都来自模糊不清的历史和口耳授受的传统,而对他一生游走其中的乡村所发生的变故懵然无知。电视的时代一旦到来,瞎子赖以为生的技艺当然节节败退,至死他也不知道古老的叙事艺术要如何与影像的力量相抗衡。

于是 Z 当然早早就表现出对于父亲的背叛。最初,Z 拉着父亲一前一后笔直地走,让父亲走在自己的脚印里。"不过后来好心人告诉Z,他不能这样给他的父亲指路,因为虽然他是他的父亲,但他是一个瞎子,让瞎子走在自己的脚印里,会让一个人越来越倒运。"这里儿子与父亲的认同/被认同关系存在着奇异的颠倒,看似是儿子为父亲指路,但因为时刻期待着父亲的脚步确认,领路人反而成为亦步亦趋的追随者。而现在儿子要偏离父亲的轨道了,向大道边缘的探索由此开始。Z将在他自己的道路上越走越远,以至于小说对其父子关系的表述也变得模棱两可:"但是瞎子究竟有没有入过Z的娘,这事谁也无法确定,因为谁也没有见过Z的娘。Z很有可能是瞎子在地上白捡的……"如此一来,曹寇在小说集序言中对赵志明的评语便须仔细辨析:"小平的小说虽有来自对现代主义经典作家阅读所产生的影响痕迹,但在我看来更多的是延续中国固有的记录方式,即记录中国最质朴的民间情感及其美学方式。"赵志明当然是一位以纯净和诚恳的态度书写民间情感的作者,但在美学资源上,他是某种叙事传统隐秘的继承人呢,还是一个明目张胆的叛徒?又或者兼而有之?

若将瞎子父亲这一形象所隐喻的叙事传统最直接地理解为说书艺人的传统,进而理解为中国本土叙事传统,当然可以从写作立场、写作态度、写作技术等多个层面对赵志明的小说创作细加讨论。但如果能将这一隐喻理解得更曲折模糊一些,或许反而更有助于我们认识,在今天的文学语境下,Z或者赵志明的背叛究竟是什么,其意义又何在。

长久以来,乡村是中国当代文学至为钟爱的题材,然而时至今日,被反复讲述的乡村故事早已陈陈相因,成为僵硬的叙述定式,与瞎子口中几十年不变样的《说岳全传》并无二致。而小说家们背对真实的乡村,一味搬运经典、重复成规的创作惯性,与瞎子的残疾也并无二致。诸多赵志明的拥趸如此厌烦所谓主流文学叙述,或许正与看腻了这些模式化的乡村书写不无关系。论者甚至往往以鲁迅和沈从文两个传统来概括乡村书写的脉络,其实乡村书写岂是两个传统可以概括的?

又岂该是两个传统可以概括的？《我亲爱的精神病患者》所选小说皆以乡村为背景，赵志明对鲁迅和沈从文也都极为热爱，但是将他武断地归于任何一个传统都必然遮蔽其创造力与丰富性。在此意义上，赵志明的确是和Z一样不驯的叛逆者，有意将自己的脚步与父辈走歪错开，从当代文学乡村书写的俗套里翻出新意来。

女疯子形象在当代以乡村为题材的小说中所在多有，但像《疯女的故事》这样以短短1300字便写得特异别致且回味无穷的，罕有它例。女疯子往往是肮脏和愚昧的，被动承受着乡村人性之恶的侵犯；然而赵志明笔下的女疯子却是和水，和月亮一起出场的。她游荡于乡村之中寻找有趣之事，她在自己喜爱的男人门外放声歌唱，她怀着高尚的惆怅离开摒弃她的乡村。她和Z一样，是乡村的叛徒和意外；而赵志明书写她的方式，同样是这一形象书写史上的叛徒和意外。一个形象姣好的女疯子，若在其他小说中出现，难免要以莫名怀孕作为收场，如果作者心狠一些，或许还要投水而亡。赵志明却偏偏让他的女疯子逃过了这样的宿命，也逃过了廉价猥琐的叙事格调："女疯子长得并不丑，如果她是正常人，再讲究点穿着打扮，说不定整个村子的男人都想跟她睡觉。问题是她是疯子，所以没有人想沾她，都嫌弃她。村子里的几个光棍宁肯到处轧姘头，被人打断腿，被扭送派出所，他们也从来不打女疯子的念头，她不是一个女人。"短短数语，让赵志明获得比以往任何同类书写都更为复杂的效果。当小说言及女疯子的长相时，那些耳熟能详的女疯子故事已经在读者的眼前浮现，但是赵志明从俗套当中轻轻抽身而去，却最终重重落下判语。那句判语让我并不信任他的叙述，也不必信任：村里的光棍们有没有沾女疯子已不重要，重要的是无论沾或没沾，女疯子都从未被当作一个女人对待。这当中透出的悲哀，远远超过投水而亡的惨痛。

赵志明就是能够如此准确狠辣地将我们似乎已经读腻的乡村，一笔刺出伤来，鲜血乍然喷射，却又乍然凝结。我因此极为喜爱《I am

Z》中瞎子父亲将竹竿交给 Z 的那一幕,他说:"以前我用这个竹棍探路,以后你就用这根竹棍打上你的标志吧。"然后便死去,留下 Z 一个人不断向他所路过的世界万物刺出那根竹竿。再没有一个词比"刺"更能贴切地说明赵志明介入和书写乡村的方式了,他是将自己对乡村的所有经验与感知凝于一点刺出去的。刺是一个最令人心生寒意的动作,正如赵志明的小说从不拖沓,无论故事结构还是语言修辞,都准确简练,直抵核心。有时他会耍一段迷魂枪,在看似无甚紧要的情节上兜兜转转,却又出其不意地陡然急转,像是从眼花缭乱的枪花里迸发的致命一击。

更为重要的是,当"刺"作用于对象就变成了铭刻。在逐渐淡忘了 Z 的存在时,村里的人们赫然发现,山间的流水,空中的白云,乃至飞鸟游鱼,乡村的各个角落,都被打上了"I am Z"的标志。被打上了印记的村庄当然已经不再是原来的村庄。而赵志明也和 Z 一样,在刺出竹竿的同时便留下了痕迹,或者说,刺出正是为了留痕。作为乡村书写的后辈,赵志明已无意继续做一个现实主义的乡村描摹者,而选择用现代主义的方式重建叙述的价值,以此为那些被俗套捆缚而死于电视时代的父亲们复仇。他并不致力于再现乡村的面貌,而将自己作为现代知识分子的内在思考命题烙印在他烂熟于心的乡村当中,于是一切外在的世界都将发生变形扭曲,不复从前。电视将在这样的世界面前失效:无论影像可以多么完美地重现真实,都永远无法替代人的精神内面。

这就是赵志明笔下的乡村为何能够显得那样特异的原因:对于赵志明而言,乡村不过是一个器皿,是他借以叙述和思索的对象。在这一意义上,赵志明非但没有被当代文学的乡村书写传统所束缚,也没有被乡村本身所束缚。他的乡村中那样刻骨的孤独、恐惧、痛苦、窘迫与仇恨,当然是乡村本身的,但更是赵志明个人的,是唯有以赵志明的方式才能袒露于我们面前的。惟其如此,赵志明才有可能如外科手术医师一般准确和冷静地面对乡村,将那些与他所要表达的侧面无关之物飞快剔除,而对自己心心念念的病灶小心动刀,不断往深处去,往乡村芬芳的土壤深处去。

> 于是Z不管须臾怎样千变万化,只是一个劲地用竹棍抽打它。怪物吃痛不已,越发地变化无穷,好似所有的物种都在轮番地拼接它的形体……Z对眼前的一切景象视若无睹,只是一顿猛揍。

在Z的旅途当中,最为重要的当然是与须臾的遭遇。第一次,Z发现无论如何都无法在这只怪物身上打下自己的印记。赵志明将这只怪物取名叫做须臾,当然很容易让我们想起庄子的那则寓言。这并非仅仅因为须臾的命名与倏、忽如此相像,还因为须臾与混沌有着某种神似之处。混沌是暧昧不清的,当倏和忽企图认知它,将它的七窍凿开时,它便死去了。而须臾则同样神秘莫测,"Z发现告诉怪物它长什么样是根本不可能的,因为它随时在变化莫测,好似天下万物都在它的拼装图中,就像一个最复杂的魔方,永远翻不出同一的一面来"。所谓须臾,据说大致约等于现在的48分钟,常用以形容时间之短暂。而在赵志明笔下,须臾一词在日常表达层面的速度感,与小说层面的复杂性结合在一起,成为某种微妙难言之秘。

每一位致力于向小说艺术的深微处探索的写作者或许都将有和Z一样的遭遇,志得意满的写作总有一天会停下来,那一刻曾经自认为熟悉的外在种种都将发生奇妙的幻化,冥冥之中有某种不可捉摸的微妙体验,构成莫大的诱惑。好的小说家或许终其一生都在寻找最为合适的方法,将这如须臾一般的微妙体验叙述出来。在赵志明不断刺向乡村大地的冒险旅程中,一定也在某一个深度遭遇了那只名为须臾的怪物。他必须制服它,以文字的有形之手捕捉文字本身其实无法触及的怪物的虚无之躯。而赵志明所采用的办法正和 Z 的反应不谋而合："不管须臾怎样千变万化，只是一个劲地用竹棍抽打它。"当我们惊叹于赵志明作为刺客之狠辣，或作为雕刻师之精准的时候，不能忽略的是他拷问世界时所付出的艰辛努力。更多时候，赵志明是以坚持不懈的抽打，来逐渐逼近他漂亮的致命一击，终于刺中那个变化莫测、难以言说的名为须臾的怪物的。

《还钱的故事》是赵志明的早期成名作，至今仍为朋友们津津乐道，在这篇小说当中，我们能够清楚看到赵志明不断抽打的努力。小说讲述的并非一个底层苦难的故事，它不仅仅要焕发读者廉价的同情，或者袒露内心难以启齿的窘迫。在乡村的人情与经济关系当中，赵志明要挖掘的内容远为复杂，那正是对于小说家而言极为难得的微妙体验，是 Z 所遭遇的怪物须臾。

小说共 40 小节，每小节只一个自然段，甚至只有一句话，但是却像 Z 不停抽打须臾的竹竿一样，每节都狠狠落在怪物的某种变化上，将世情人心的某个侧面写透。甚至同个小节便几度笔锋周折，读来如万象纷呈。小说起笔干净利落："我们欠着堂叔家一笔钱，2000 块。"作为小说中一切纠结的缘起，这句看似内敛到吝啬的表达中所透出的森森寒意，几乎已不能为这孤立无援的十余个汉字所承受。"一直没还的原因是我们家没钱，而堂叔又是村子里最有钱的人，堂叔虽然住在村子里，但他不是农民，大家相信堂叔一家迟早会搬到城里去。"通过这个近乎白描的长句，我们不但对借贷双方的贫富差异，以及他们在乡村生态中的位置有所了解，更为重要的是我们似乎已能探知借钱者的某种隐秘心态：既然堂叔如此有钱，区区 2000 块的欠款似乎也可以心安理得。然而这样的揣测仍未免显得简单："我的父母的打算是，一定要在堂叔一家搬走前把钱还上，因为一有了距离，人难免会疏远，就不那么好说话了。"弱者的无奈与羞耻，以及凭借其对乡村情感逻辑的熟稔而作出的卑微算计，还能够写得更加通透吗？但有趣的还不仅仅是借钱者,堂叔一家的尴尬同样被赵志明写得入骨三分:"每到年前,主要是我的母亲就会上堂叔家的门,目的只有一个:打声招呼,钱是年看样子还不上了。我的母亲神态已经够羞愧,而堂婶甚至比我母亲表现出更多的不好意思来。他们忘了借钱给我们的好处,相反却好像突然发现借钱给我们是为了有巴望着我们还的想法,或者看到我们因为还不上钱表现出来的卑微,让他们有了压力。他们是喊我母亲为嫂子的人。"对乡村中人际关系之复杂微妙,绝少能写得如此穷形尽相,又如此富有分寸感。然而这不过是小说第1小节的内容而已,只有短短270字。我们再一次见识了赵志明的简练有力,而正因这样的简练有力,他可以从40个方向不断抽打他的须臾,逼近他所想要表达的那种微妙体验。精炼的好处在于,赵志明可以最大限度地撑开他的细节,挥舞他的竹竿。

在几乎每一篇小说当中,我们都能够看到赵志明不知疲倦的抽打,这就是为什么赵志明的叙述似乎总是旁逸斜出的原因。《歌声》当中那只叫做阿黄的母狗和外地的演唱团;《春耕秋收》的结尾阿牛突然想起多年前某个暧昧的夜晚;《世上的光》中,阿宝翻墙去侵犯他的弟妹时,让他蹲了几年牢狱的那次入院强奸的记忆突然从黑夜深处飘来;还有《村庄落了一场大雪》,赵志明在已近尾声的时候,又毫无征兆地用两个梦将已经完成的整一性打碎了⋯⋯那些在先锋文学之后已被用滥的现代小说技术,在赵志明手上重新产生了意义。赵志明对顺畅叙述不可遏止的破坏欲望的确来自于真实的需求:他必须在文字落下的时候不断动身,去追击须臾的又一次变化。

"Z"是零和的意思,代表的是宇宙黑洞。宇宙黑洞在吞吐之间维持着零和系数,那是一种绝对状态下的平衡和安全,既不衍生,也不消失。或者说,有无相生,活着就是死去。

须臾最终吃打不过,"突然抢过了 Z 的竹竿,张弓搭箭,把自己连带着 Z 的竹竿一起射了出去,再也不见了踪影"。在《未来千年文学备忘录》中,卡尔维诺极为推崇小说之"轻",对《十日谈》中诗人吉多·卡瓦尔康蒂越过墓石的轻盈一跃赞不绝口。而在我看来,赵志明这一笔之轻盈同样使人久久难忘。如果说那根竹竿正是对小说写作的隐喻,那么赵志明对小说的思考或许从此时才真正开始。失去竹竿让 Z 懊丧不已,那意味着他不再能够在经过的路途上打下自己的标志。但正是以此为契机,Z 开始思考自己不断刺击和铭刻的意义:"他走出他生活的村庄,向世界进发,志得意满,沿途给自己遇到的所有事物打上 Z 字。那些事物是那么谦卑,但又是那么自由,即使被他打上了 Z 字,依然像什么事情也没有发生地继续着自己的旅程。而他呢,他孜孜不倦于给万物打上 Z 字,其实什么事情也没有做。"

对于赵志明这样一位极富智性诉求的作者而言,小说远远不是一门手艺,而更像是一个超越性的哲学命题。因此不但《I am Z》,《我亲爱的精神病患者》中多篇小说都更像是对小说、小说家,或者小说写作这一行为的自反思考。《钓鱼》中那个孤独的男子,对钓鱼无比痴迷,然而钓鱼有什么用呢?"钓鱼能钓到儿媳妇吗?"更何况已经没有人需要他的鱼,而钓到鱼的欢快也为时极短。"钓到鱼甚至成为一件悲哀的事情,因为黄昏日落,你不知道把鱼儿贻阿谁。"妻子、母亲、儿子,亲人们纷纷对他在这件无用之事上投注的热情感到怨恨甚至恐惧,终于连那个只想在他这里蹭鱼吃的朋友也不再能够理解他纯粹为了乐趣而钓鱼的怪异行为。然后,他终于不再钓鱼,但钓鱼已经成为他生命的一部分:"后来,我连竿子什么的都用不着了。"那根竹竿在这篇小说里再次消失,但是这一次,"在家里的任何地方,只要我想,我就能觉得面前是一个清清水域。一些鱼在里面,很多很多的鱼,它们生活在水里面。我垂饵钓起它们……"待到老去的时候,妻子告诉他,"你好久没去钓鱼了",而他则平静地回答妻子:"我一直是在钓着鱼的。"

2005年，赵志明离开他那班志同道合的朋友，离开南京的悠闲与浪漫，来到北京，每日为生计奔波，小说顿时成为一种奢侈："换了几份工作，主要是为了解决生计问题。有几年工作的繁忙程度可以用恐怖形容，我和一个小伙伴几乎天天都在公司加班到21点，然后在公司楼下的成都小吃点一份水煮肉片，每人猛扒两碗米饭，回到家倒头就睡，食不知味，睡不沾梦那种，连梦都没时间做，更加没有时间写小说了。"[1]很难想象那个在异乡的成都小吃猛扒米饭的赵志明，在某个瞬间想起南京快乐的文学生活时，会有怎样的感受。在我的想象中，那一刻的赵志明和《钓鱼》中的男子合成了同一个身影。失去了他的竹竿之后，赵志明同样没有放弃钓鱼，或许生活给他的磨炼恰恰让他能够像Z一样重新思考写作的价值，在世界向他敞开的无限宽广和荒凉中更加笃定自己选择的道路："我在北京的朋友一直担心我会不写而废。有的人是写废了，我却是一直没时间写，他们怕我笔生了，写不出来了。其实我自己倒没有这种担心，因为虽然没有付诸笔端，但腹稿还是经常打打的。有空闲翻翻书，为一两个故事打打腹稿，权当解馋了。"[2]

这让我不由得思考，小说对赵志明而言到底意味着什么？现实中的赵志明还在偌大的北京城里漂泊。跟很多人相比，他可以说一无所有，却又富可敌国。在为生计持续不断的忙碌当中，他始终没有放弃思考和写作。小说或许什么都不是，但是作为一种无可替代的智性活动又意义重大。正如"宇宙黑洞在吞吐之间维持着零和系数"，它是对存在的反抗，是反意义的存在，但恰恰因为如此，它得以成为最不可回避的存在。

(原载《百家评论》2014年第6期)

---

[1] 万建辉：《赵志明：他们有病，但我尊重和喜欢他们》。
[2] 同上。

# 另一种"八〇后"写作
## ——简评南飞雁《红酒》与《暧昧》

出生于1980年代的南飞雁大学时代即出版过小说,但似乎并未受到特别关注。《十月》杂志2009年第1期以头条位置发表他的小说《红酒》,才使他醒目地进入读者的视野。

《红酒》氤氲了一个中年男人的内心苦涩与无力,含又含不住,吐又吐不出,舌尖上似有余甘,但内心的苦楚惟冷暖自知。红酒不似二锅头般浓烈,它温吞、暧昧、圆熟,正是简方平政治生涯和爱情生活的象征。副处调研员简方平因对红酒文化的研究而受喜欢红酒的钟副厅长赏识,以此机遇迅速累迁副处、正处,至小说结束已在觊觎副厅级的助理巡视员,但小说显然无意过分关注官场种种,或者说,比之官场小说,它有更高的理想和参照。《红酒》显然是向内运笔的,比较红酒带领简方平一路趟开的平坦仕途,它更侧重讲述离异男子简方平的感情生活。惠而不费的中低端红酒桃乐丝之于渴望依靠婚姻改变命运的大龄女性刘晶莉,果味十足的意大利皮尔蒙玛佳连妮之于著名教授的女儿,享有"红酒之后"美誉的法国波尔多区玛高红酒之于卓然清高的官小姐王雅竺,价格不高的智利维斯塔那之于对金钱毫无概念的女博士,代表"我爱你"的三瓶意大利布内奴之于单纯诚挚的沈依娜,每一种红酒都对应着一位性格鲜明而复杂的女子,当然也标志着简方平地位和品质的不断提升。随着人物走马灯似的转换,最后却落得白茫茫一片大地真干净。小说不是想写一个中年官员的风流史,而是要写他在这感情无常当中与世界、与自己、与这些女子的交锋、伤亡、撤退和休整。

所以红酒又摇身一变,不单单具有象征的意义,也不单是情节发展的道具,更写照了简方平的心态和处境。红酒的背后,是一整套红酒文化,因此喝红酒其实是一种格调的证明。小说中反复强调红酒与精致生活的关系,其实更是在强调简方平与精致这个词的关系。像简方平这样的一个中年男人,离过婚,又在官场上打滚了这么多年,早就洗去了年轻小伙子的毛糙和火气,却也没有了那种纯粹的激情。他稳定、理性,像王雅竺说的,懂得在女客人落座前,给她拉椅子;懂得在女客人茶水凉了时,喊服务员续水;甚至懂得在女客人喝了咖啡之后,递给她纸巾。所有的感情都在他的控制当中,可是所谓爱情,离他是越近了还是越远了呢?刘晶莉不必说,他本来就只想和她暧昧;教授女儿还"果味十足",忠贞于自己出身贫贱的男友,未能欣赏他成功男子的精致与气度;对于王雅竺,他后来大概是真的喜欢的,可是很难讲这喜欢里有多少是因为她那个省委副书记的父亲;而和女博士相亲,只是为了让儿子威威有个好的家庭教育罢了。待到他终于死心塌地爱上沈依娜,愿意为她割舍那么多,却还是因为不肯放弃仕途,而被沈依娜那位一向对官员怀有偏见的母亲拒绝。这当然怪不得简方平,一个男人年近40,看上去拥有很多,可是其实有多少东西能够放弃呢?他那样小心翼翼,原因也正是在此:爱情太具摧毁性,只适合一无所有的年轻人玩,对他来说,一不小心,精致的生活就轰然坍塌了。这样才可解释何以在小说的结尾,简方平那样轻易就一走了之:沈依娜的谎言其实完全可以理解为善意,那只是为了让他不要多心;沈母的热衷也未必就代表沈依娜的心思,否则何以沈依娜不亲自送初恋男友出门呢?只是像这样一个中年男人,他满可以玩弄这个外在世界于股掌之中,但其内心却极其脆弱，一点点谎言都足以摧毁他的信心。

女人擅长的是感情，她要用感情换来现世安稳；而男人大概擅长现世安稳，却未必换得到感情。表现在文学上，对于男性和女性的表达也有不同的侧重。历来以男性为中心的小说很多，可是有多少深入了他们的内心？小说中的男人往往是行动，是激情，是某种理念的化身。即使他们沉思，他们犹疑，也是代表了整个人类在思考和彷徨。其实即便作为一个不那么失败的社会人，男人们也依然在内心有非常挫败和无力的一面。很少有小说正面处理这样的命题。《红酒》的价值，就在这里。

《红酒》一战成名，《十月》很快又发表了南飞雁的中篇小说《暧昧》。这篇新作读来和《红酒》恍惚相似。同样是中年男人的宦海浮沉，同样是精明男女的情感纠结，偏偏官场情场又搅到一起。与前作相比，《暧昧》直接处理"暧昧"的主题，单刀直入，却因少了"红酒"这一优雅符号的缓冲而显得单薄和粗糙。眼角眉梢，举手投足之间的风情与机智，也因作者过多的暴露而显得过于直接，少了几分含蓄之美，夺去了读者揣度品味的乐趣。《红酒》最可贵的，在于写出了男人勇敢与怯懦，犹疑与无奈，坚强与虚弱的悖论，偏偏这悖论又不能解决。而《暧昧》里的感情戏似乎仅仅是感情，少了现实的痛感和复杂性。但无论如何，这两篇小说都显示出南飞雁和同龄写作者相比的独特素质。当几乎所有"80后"作家都沉溺于想象和虚构的时候，当他们不是在纯文学的羽翼下进行传统的复制，就是在光怪陆离的后现代影音场中虚拟幻象和欲望的时候，南飞雁展开了他对于时代经验和社会万象的书写。他对现实和人性的深度探索，已表现出超越他年龄的成熟。

# 走开,你这亲爱的怪兽

郭敬明在为《爵迹》单行本特别增加的《序章》当中,仅开头三段就两度以巨兽/怪兽作为比喻,来渲染气氛之暴烈诡秘。在此后的情节中,郭敬明还将不断重复使用这一意象,如果不把这看作郭敬明词汇缺乏的黔驴之技,语言苍白的自我抄袭,则只能理解为他对这一意象的极度迷恋。或许正因为这隐秘的迷恋,郭敬明在他为小说搭建的那个并不复杂的魂术世界里特别启用了一套魂兽系统,在这一系统当中,郭敬明得以创造或者可爱或者华丽或者残暴甚或恶心的魂兽们,尽管与既有的同类想象相比,其想象力乏善可陈。魂兽是一种危险的存在,它们虽具灵性却毕竟非我族类,随时可能发生暴动制造杀戮,如果不能以更强的魂力将其控制收服,后果不堪设想。

在小说开篇咆哮躜突的怪兽难免让人想起另一部作品。在近八十年前出版的长篇小说《子夜》当中,茅盾同样在一开篇便渲染出一副光怪陆离、声光电影的图景,只是那并非想象中的奇幻世界,而是现代都市的写实画面。东方大都市上海像是涌动着的几大块色彩,浓稠而诡秘,"浦东的洋栈像巨大的怪兽,蹲在暝色中,闪着千百只小眼睛似的灯火"。喷射着赤光和绿焰的怪兽,轻易就将传统乡村中走出的老太爷吓破了胆。这只名为现代的怪兽完全超越了老太爷之流既有经验的范畴,提供了新的一套编码方式,打开了一个新的世界。它巨大的震惊效果产生于两个时代的断裂地带,不幸遭遇这只怪兽的旧时代的人们既无法认知,亦无力应对,在被吞噬的过程中表现出来的手足无措,让人既感到遗憾又难免失望。

而郭敬明幻想世界中的魂兽或许只是现实中那只怪兽的一个投影而已,或者说,郭敬明之所以有意无意表现出他对于怪兽这一意象的偏好,乃因他本身就是一只怪兽,华丽而凶猛地闯进了传统文学界的视域当中,从而引起一次次震惊与骚动。对于传统文学界而言,郭敬明以及他所代表的新的文学方式,是前所未有的经验。这只怪兽同样是从时代断裂的地缝中蔓延生长出来,携带着新世纪的风云呼吸,标志着与当下世界紧密关联的文化脉动,不但文学版图,整个文化版图的格局变化都透过这只怪兽表征出来。虽然他并不像茅盾笔下的现代怪兽,以不可阻挡的气势将一切传统碾碎,而只是在一体化宏大叙事的文学传统之外,提供了多元可能性。然而传统文学如何应对这只消费时代的怪兽,依然构成一个严肃的命题。

或许这就是为什么郭敬明在与传统文学界的互动当中总是激发这样那样的话题,并且受到广泛关注。为什么《爵迹》在去年的《收获》长篇小说春夏卷发表,会引起那么广泛的争议。郭敬明所象征的那只怪兽对于传统的每一次撞击,都意味着固有版图的边界移动。而以《收获》为代表的传统文学界对这只怪兽的入侵所作出的应对策略,似乎并不令人满意。

《收获》在发表《爵迹》的同时,配发了两篇评论。从这两篇来自传统文学界内部的评论当中,或许隐约可以察觉某种内在的失语与失措。复旦大学中文系著名教授郜元宝,在评论当中富有学理地阐发了他对于《爵迹》写作水平和价值导向的质疑,这些见解无疑鞭辟入里,但即便郜教授自己可能也意识到,对于《爵迹》,这样的发言基本无效。这样一个以传统文学价值衡量一无是处的文本所产生的巨大社会效应,令评论者不能不感到困惑:"何以在我感到茫然,在别人(尤其粉丝们)却倍感亲切,以至要誓死捍卫?他们究竟在郭敬明作品中看到了什么？"显然，与传统文学的价值取向不同，在郭敬明这里，一部小说的艺术水准和精神导向，与其成功与否并无关联。而另外一篇评论的作者显然也出身于正统的中文系学院教育，因此"《爵迹》很难归进我已有的阅读序列"，为了努力在既有知识框架中加以理解，评者不得不将之勉强归入成长小说，以从中探求何以郭敬明的小说会让初中年龄的读者如此疯魔。然而成长小说叙事模式真的足以解释郭敬明小说的巨大社会效应吗？多少长篇小说都是以成长小说的模式建构叙事，为什么却被读者弃如敝屣呢？郭敬明的小说真的是经典成长小说的现代变种，还是说它更多生长自一种完全不同的文化土壤？比如，电脑游戏？

对电脑游戏文化稍有了解便不难看出，更直接对《爵迹》产生影响的，不是小说，而是角色扮演类电脑游戏。凭空虚造的神秘大陆、突如其来的末世劫难、身世曲折的平凡少年、命中注定的救世英雄、被赋予重大使命的团队、神秘的力量来源、风水土火等元素的相生相克……这一切在角色扮演类游戏当中我们已见得太多。《炎龙骑士团》《最终幻想》《双星物语》等经典游戏无不如此结构了人物关系与冒险情节，直至上溯到此类游戏的鼻祖《龙与地下城》，其实就已经开始了这样的基本设定。换言之，比较所谓成长小说，《爵迹》更像是一款角色扮演类游戏的情节攻略。而如果大家了解此类游戏的主要特征之一是主人公在冒险过程中不断打怪升级，在提升战斗力的渴念当中耗费游戏时间，或许就更加明白"成长"是从何而来。而令郜元宝教授困惑有加的"奇幻命名术"其实也其来有自：作为亚洲乃至世界最为重要的游戏生产基地，日本开发了大量角色扮演类游戏，其中不乏经典。而这些游戏当中的主人公，也鲜有一个叫做"太郎"或者"X子"的，而全部冠之以英美姓名。如今我们已无法了解何以有这样的命名传统，但显然郭敬明无力也无意改变这样的习惯性命名方式。

当然，若对电脑游戏历史更多些了解，或许会提出这样的疑问：《龙与地下城》等角色扮演类电脑游戏本来就脱胎自《魔戒》这一文学经典,若将《爵迹》上溯至此,这只怪兽不同样是传统文学孕育?它到底在何种意义上与传统文学构成差异?《爵迹》与电脑游戏的血脉关系,当然不仅仅是情节和人物设定上的模式化套用,更重要的是其内在精神已经充分游戏化、娱乐化和商业化。如果说《魔戒》中的奇幻世界是文学较早全面调动视觉、听觉、触觉进行的一次想象力大操练,在经过了几十年电脑游戏二维画面的复制生产之后,那些诡谲的场景早就丧失其神秘性和陌生感。无怪乎郜元宝教授困惑自己无论如何也无法从浓墨涂抹的场景描写中找到其意义和价值:那如同游戏布景,只是一种装饰性的存在,而在反复生产之后,甚至连最低的装饰意义都已接近失去,而只是一种"文体"习惯而已。同样被抹去意义的还有很多。如果说我们还依稀可以在《魔戒》当中找到中世纪欧洲的某种传统文化质素,以及与现实之间的隐喻勾连,到了现代电脑游戏当中,叙事元素和主线情节都已经丧失了其现实指向,而成为单纯的存在。正如打怪升级很难视之为文学意义上的"成长",其目的更多是为了填充游戏时间;《爵迹》中不断铺展的情节和不断叠加的魂术系统,也纯粹只是为了娱乐而存在,只是为了填满读者的阅读时间,并以此时间与市场价值作最简单的货币兑换。郭敬明的小说形态和写作目的,显然与郜元宝教授熟悉的传统文学大异其趣,要在其中寻找精神指向,不免缘木求鱼。

其实从出道伊始,郭敬明即已经表现出与传统文学的极大不同,只是传统文学界的批评眼光,始终努力将之纳入原有的审美体系,因而造成了种种误认与误会。重新翻看当年对于《幻城》的评论,很多知名文学评论家非常真诚地赞美这一颗文学新星在语言操练上表现出来的独特质地,以及前辈作家中少见的想象力。殊不知想象力之所以如此天马行空,正因为郭敬明从来也没有这些评论家所熟知的那些文学常识与羁绊,正因为他并非此道中人,而是来自另外一个世界,另外一套系统。而后来《梦里花落知多少》因为涉嫌抄袭被炒得沸沸扬扬,或许在郭敬明看来倒要啼笑皆非吧：郭敬明的写作早已不是传统意义上的文学创作，而是现代消费社会文化产业链条中的一环，对于一名文化产品生产者来说，你怎么能指责他对于既有原料的加工呢？

《收获》发表《爵迹》引起的争议已经过去整整一年，如今回头看看，其实不得不承认《收获》是有几分冤屈的。因为对争议早有预计，所以《收获》特意将之纳入"延伸阅读"栏目，并且谨慎小心地作了栏目说明，还煞费苦心地配发了两篇评论。但是《收获》还是低估了自己的地位和身份：作为最重要的纯文学期刊，《收获》是传统文学界的灯塔。所谓传统文学界，先是致力于为工农兵服务的主流意识形态建设，而后在包括《收获》在内的诸多力量导向下开始了对所谓纯文学的不懈追求，无论从其正统性，还是从其纯正性，都与郭敬明的娱乐化写作不属于一个世代，也无法站在一个阵营。人们要求作为传统文学灯塔的《收获》必须是一道围墙而不能有任何令人生疑的企图的要求，自然不难理解，不过也颇可玩味。由此观之，该被指责的只有《收获》吗？在面对郭敬明这只怪兽时，魂力低微而陷入紊乱的，或许是整个传统文学阵营，从刊物，到读者。

（原载《文学报》2011 年 6 月 16 日，发表时题为<br>《消费时代的"怪兽"——读郭敬明〈爵迹〉》）

# 散文的边界与时间的限度
## ——以 2014 年散文创作为例

　　讨论散文是困难的。困难首先来自其身份之暧昧：散文究竟是人人皆可信手为之的广义文章，还是和小说、诗歌、戏剧一样具有相当规范的狭义文体？尽管关于小说、诗歌、戏剧的边界讨论与跨界实验同样从未停止，但毕竟不像散文一样似乎从来都无所定形。某种程度上，或许正是文体边界之模糊导致散文很难成为批评界与理论界严肃处理的对象。关于小说、诗歌与戏剧的文学史梳理与理论研究早已汗牛充栋，形成极为成熟的研究范式；但是如何认识散文、界定散文、审美散文与谈论散文，却很少有人关注。与尴尬的文体界定和缺席的学理评判形成强烈对照的，是散文创作的蔚为大观。或许恰恰因为无一定之法，人人皆自认为可作散文，散文遂如无人刈除的野草般蓬勃生长。以 2014 年为例，这一年依然有铺天盖地的散文作品问世，仅散文类图书的出版量即在 300 种以上，关于散文的文学活动亦络绎不绝。但这样的繁荣又照例让人备感困惑：当 2014 年过去，那些难以归类与言说的文字究竟有多少能够留存，它们又将为散文、为文学增益多少？

# 一、文本之外：散文现场与学理论争

2014年散文之热闹繁荣，从评奖活动可见一斑。6月初，冰心散文奖在济南揭晓，龚静的《写意——龚静读画》、徐俊国的《在方言的呜咽中远走他乡》等多达96篇（部）作品获奖，可谓花团锦簇、济济一堂。然而这样大规模的获奖很快遭到质疑：近百部获奖作品的奖项，其意义究竟何在？是散文水平真正迎来了普遍提高，还是利益权衡之下全面平庸的产物？某种程度上，这样的散文评奖，是否恰恰说明散文创作与评价机制的混乱？

8月11日，鲁迅文学奖揭晓，意料之中引来多方争议。尽管刘亮程《在新疆》、贺捷生《父亲的雪山　母亲的草地》、穆涛《先前的风气》、周晓枫《巨鲸歌唱》、侯健飞《回鹿山》等五部获奖散文被认为是实至名归，但关于报告文学类评奖的种种质疑，某种程度上亦足以提醒我们再次思考散文的文体问题。阿来《瞻对》以零票落选，引起作家本人及其读者对于鲁奖的强烈不满，然而《瞻对》是否应归入传统的报告文学文类本身即应存疑问。作为一种相对具有特殊性的文学门类，报告文学自然有其隐在的传统与边界。这或许也是近年来批评界发明"非虚构"文体的原因所在：这类写作在规模、容量与写作方式上与报告文学有相似之处，然而往往极富个性，对传统报告文学的边界多有冒犯，当然不应放在旧有文体门类中加以考量。然则，如果说广义的散文包含除小说、诗歌与戏剧之外的所有文学创作，那么报告文学、"非虚构"，又与散文构成怎样的关系？同样以非虚构为标榜（当然，在文学创作中，乃至在任何文字记录中，都不存在纯然的非虚构。有意无意的虚构永远不可避免），这三种文体究竟如何相互区别，划分营盘，又是否有此必要？或者说，这样的命名与区别，是否建立在各自相对清晰的定位与规范基础上？

实际上，批评界关于散文本质、边界与相关问题早有关注。2014

年在《光明日报》文学评论版陆续发表的关于散文边界的讨论文章，无疑是相关争论积蓄已久的一次展示，也是2014年的散文现场格外值得关注的原因之一。3月17日，古耜发表《散文的边界之争与观念之辨》一文，指出在散文创作日益发展和扩张的态势下，散文的边界问题尤为凸显。在强调开放性与倡导文体规范这两种立场之间，古耜选择认同前者，认为应将散文视为一种文章类型而非文学体裁："散文具有显而易见的边缘性和跨界性"，这正是它的生命力所在。但同时古耜又认为，散文亦有其"大体"和"一定之法"，他将之概括为三个方面：一、"文本彰显自我"，散文乃作家人格与灵魂的呈现；二、"取材基本真实"，"主体的真情实感和客体的守真求实"乃是散文写作的底线；三、"叙述自有笔调"，散文中应洋溢着作家自身思想、情感、人格投射于作品而形成的独特叙事风度。

古耜的文章引起评论界的热烈回应，3月31日，何平发表《"是否真实"无法厘定散文的边界》，针对古耜将"取材基本真实"视为散文"大体"之一表达不同看法。尽管古耜也认为散文不应有严格的文体规范，但是何平对散文之自由精神显然更多期许。在他看来，散文与小说的边界移动，相互冒犯与借鉴，恰可以为两种文体提供新鲜活力。小说家借散文的力量冲破"小说的不散文化"之审美成规，而散文亦应在技术之外，从小说中学习如何摆脱对日常生活的依赖，完成其创造性和想象性重构。何平甚至认为，"五四"以来散文所达成的个性张扬，其实仍是精英知识分子的有限度的自由，散文仍可更加民主一些，成为"可以全民参与的，最大可能包容个人'私想'的文类"。

而熊育群于4月21日发表的《散文的范畴亟待确立》一文，则针锋相对，指出散文作者若"利用散文的真实性要求，以大量的虚构达到只有真实才能获得的艺术效果"，则已经构成对文学伦理的某种背离。在熊育群看来，在当下散文创作失范，通俗散文和非散文在消费文化的推动下大行其道的情势下，重新反思与严格界定散文的边界尤为重要。对个体生命意识的张扬、对真实性的笃定追求与对语言文字和审美意境的锤炼，都应成为散文坚守的规范。熊育群尤其指出，散文之混乱，关键即在于散文理论对创作的方向引领缺失上。5月12日，朱鸿发表《散文的文体提纯要彻底》一文，同样指出散文边界不可不明晰，而朱鸿尤其强调散文的审美性，强调唯有抒情散文、随笔和小品文能够表达人情、人性和人的欲望，有资格准入艺术殿堂。陈剑晖亦认为，散文边界的进退变化当然可以理解，但"不管散文的边界如何变化，散文的审美性即诗性，散文的艺术创造却是永恒的"。在6月16日发表的《散文要有边界，也要有弹性》一文中，陈剑晖指出上世纪90年代以来散文"破体"的诸种病象：未经审美化的实用性文字充斥散文队伍；散文篇幅无节制地拉长；以小说笔法来写散文；语言的拉杂拖沓、材料的任意堆砌，题目的荒诞不经等。这些病象，恰是两种立场相持不下的焦点。

7月14日，南帆发表《文无定法：范式与枷锁——散文边界之我见》，将争论引向更为深入和学理化的方向。南帆追溯文学史脉络，指出所谓散文的纯正血统，原本就是想象和建构的产物，文体的现代定型本来就充满了暧昧与矛盾。进而，南帆以其个人创作体悟提出散文与诗、小说和论文之间的差异：较之诗歌，散文更加松弛从容，有人间烟火气；较之小说，散文以玄机妙趣取代戏剧性，以内心的起伏取代情节的跌宕；较之论文，散文更追求个性表达，而并不抢占共同认可的思想高地。当然，对于全无兴趣讨论散文边界，认为这并无意义的南帆而言，他所提出的亦同样是他所认为的"好散文的标准"，而非为散文树立界石。实际上，南帆更为关注的反而是如何突破文类的规约，在他看来，优秀的作家必然谋求文类的修正与改革。既然文类规范本就是历史的产物，则随着历史推移，必然将有溢出文类之创作，乃是任何边界都无法约束的。因此，"争论'何谓散文'，我主张'为文造名'而不是'为名造文'"。

作为争论诸家当中唯一以小说创作为主业的作者，张炜更倾向于以感性的方式指出散文之于小说、诗歌等其他文体的意义。在9月1日发表的《小说与散文应该是趋近求同的》一文中，他指出，散文乃是一切文学之基础，然而这基础又是很难的，它自身可以有极高的境界。针对有些论者将实用性文体排斥在散文文类之外，张炜反其道而行之，认为散文恰恰是有使用价值的文章——那些抒情散文同样也有使用价值，那是作者感情积累到一定程度，不吐不快的结果。言外之意，实际上仍是强调散文有赖于创作者的修养与感性。张炜尤其关注小说与散文之间的关系，甚至认为是否具有散文的审美特质某种程度上可以作为区分雅文学与通俗小说的标准；而从一位小说家能否写好散文，也可评判其平衡逻辑与感性的能力。

如此争论，以兼具前辈学者与散文大家身份的孙绍振来作一收束，当然是最为合适的。9月29日，孙绍振发表《从抒情审美的小品到幽默"审丑""审智"的大品——在建构中国散文独立范畴系统的历史使命面前》一文，同样指出散文这一文体实际上本不存在，而较之南帆文更为深入的，是他详尽梳理了自现代文学以来，中国散文文体的发展流变过程。不足百年的现代白话散文史恰恰表明，将散文封闭在叙述和抒情为主要表达方式的审美传统中，正是窒息散文活力的根源。在此基础上，孙绍振提出散文文体的生命力应该是动态的，"审丑"和"审智"等多元情趣的加入，正是激活散文活力的重要力量。而如何把握变动不居的散文文体，其实是散文理论界的重要任务，以固有的规范去要求散文，乃是理论界的懒惰。

关于文学的论争从来没有，也不必形成最终的统一意见。《光明日报》关于散文边界的讨论最终当然仍不免各说各话："强调开放性还是倡导文体规范"，恐怕永远无法说服彼此；而众声喧哗、多元共存或许正是文学论争的最好结果。多年之后再来回顾，相信将对论争各方的立场意见，及其背后的知识背景、理论框架，乃至各自掌握的既得资源,有更加完整和清晰的认知。至于散文本身,更为重要的仍然是,究竟哪些文本给予我们出色的审美体验?对于散文这样一种边界格外模糊的文体而言,其实正是由"好散文"对"散文"的边界作出了规定。或许对于文本的深入,更能帮助我们逼近论争无法抵达的地方。而2014年的散文,至少在三个方面为我们提供了优秀的范本。

## 二、向传统致敬

尽管只有短短十万字篇幅,但张定浩的散文集《既见君子》无疑是本年度散文创作最为重要的收获之一。在这本以古典诗歌为谈论对象的小册子中,作者所表现出来的学养与才华令人叹服。自上世纪90年代文化散文与学者散文日渐繁荣以来,此类作品可谓多矣,但少有能像张定浩这样纵横捭阖、举重若轻而又深情款款者。作为一名现代诗歌的写作者,张定浩表现出难得的古典修养,历代诗评掌故信手拈来,却绝不显得冬烘。他挥洒自如地出入于经典文本,不断将解诗人的个人生活、情感体验,乃至当下流行文化与那些历尽岁月沧桑的文字呼应对话,使这本散文集既厚实又轻盈,流荡着令人心醉的才子气。这已经不是一个当代诗人向伟大传统的致敬,更是一种两相印证的发明,恰如张定浩在全书开头引述T.S.艾略特所说:"这里没有任何翻案文章要做,谈论他只是为了有益于我们自身。"在后记中,张定浩亦坦承这本小书乃是"人生迈入中途之际某种感情危机的产物"。惟其如此,张定浩并不把经典供奉起来,视为于己无关的身外之物,而更为重视它们与自身生命之间隐秘而真切的联系。因此,他所说的解诗,"不是要做庖丁,支解一首作为客体对象的诗,而是试图追索自身何以会被一首诗打动"。张定浩以此丰富和安定自己的生命,并进而追问处于时间源头的那个时代,与处于时间末端的当下,有着怎样的关系。在论及曹操《十二月己亥令》时,张定浩写道:"那些过去人物用一生行事印证过的精神准则,留在文字里,作用于后来人的生命轨迹,如此反复延续,便是中国人的文教。中国人的文教不是典章篇牍里关于历史、文学和哲学的知识,而是一个个活生生的,最终成为了历史、文学乃至哲学本身的人。《十二月己亥令》中有一个曹操期待成为的人,这个人有无名的大志,又时时明瞭自身的限制,是这个人打动了我们。"张定浩谈诗论文的通透与动情亦大抵如此,而如果说是一个个人物的生命轨迹构成了中国人的文教,则我们恰恰因张定浩面对浩瀚时间逆流而上的追索,才得以看到那些人物的生命从文字中浮现出来,逐渐清晰,并变得与我们有关。就此而言,张定浩又岂是仅仅在谈诗歌,他所触及的乃是关乎生命、文化与时间的大命题。

如果说张定浩是以才情深沉动人,刘丽朵则是以才智俏皮取胜;张定浩令我们沉入时间的深处,体味构成我们生命丰富性的所有情感都其来有自;而刘丽朵则将时间拉近,让我们看到在取消了时间的隔膜之后,我们又何尝比古人高明和好玩?在散文集《还魂记》中,刘丽朵讲述了一个个有趣的故事,——与当下世界构成对照。这位成名已久的青年女诗人、非主流小说家,如今是古典小说的研究者,因而对种种掌故逸事了如指掌。或许在刘丽朵看来,那些让当代的人们津津乐道的事件与话题无不古已有之。太阳底下从无新事,可怜在逝者如斯夫的漫长时间当中,人类能够经历的事情却总是有限,因而周而复始地踏入同一条河流。无论是熊孩子的淘气、电视里的选秀,还是慈善事业、富二代,刘丽朵统统能够从古典小说与文人笔记当中爬梳出材料,讲出我们这个民族从未改变的某些惯性。而作为一名现代女性,刘丽朵显然对性别问题尤为关注:处女情结,性倒错与同性恋,对女婴的歧视与谋害,以及那些看似浪漫的爱情故事中代代相传的男权思维。某种程度上,刘丽朵当然应算是女性主义者,但是她并不慷慨激昂,而是绵里藏针,以愉快的调侃替代严肃的抗议,在这不以为意的姿态里反而有一种更加自信的轻蔑。这正是她文章的风格:以其所涉及命题之严肃，观点之犀利而论，这本散文集中篇篇都可以作成投枪匕首般的杂文；但是刘丽朵以其独特的幽默感和文字的欢快明丽抹掉了杀伐之气，让那些难以相互谅解的立场对峙变成轻快翻过书页时的会心一笑，在这当中就产生了散文特有的审美性。或许被刘丽朵放在文集卷首的那篇《扯淡》最能说明刘丽朵创作的风格与写作时的心态："在我们这个国家，一向只有最聪明博学的人才会不以探寻真理为目的，而以扯淡的方式进行经典重构，最终把他们扯的淡变作本时代的民族经典"，"当一个自觉负有某责任的人有机会针对某些关系重大又莫衷一是的话题发表公开见解时，这便是扯淡的开始"。《还魂记》当然还不能算是本时代的民族经典，刘丽朵也绝对无此诉求；但她以扯淡的方式对自觉负有的责任发言，倒比很多正襟危坐的讨论都更有可观。

## 三、故乡与异乡

张定浩的《既见君子》与刘丽朵的《还魂记》在宏阔的时间当中出入穿梭，而王选的《南城根》则选择在一个狭小的空间当中抒发感喟。他以天水城南的城中村为对象，从城市的小小角落写出了整个中国的希望与失望，伤痛与挣扎。中国的每一个城市或许都有自己的"南城根"，它们是在急速城市化的进程当中被遗忘的孤儿。在它们不远的地方，宽阔的街道与高耸的楼房将它们团团围住，格外显出它们的破败潦倒。从文明与进步的视角看去，它们当然是霓虹灯后的阴影，繁华都市的疮疤。但也正因为此，这些逼仄的空间记录下一个高歌猛进的时代不应被忘记的背面的风景，提醒着我们那些日益明净光辉的水晶之城，其实远不那么光滑。在建筑城市的过程中，有多少复杂曲折的历史，与被历史裹挟着的人们的面容，被一一抹去，隐没在城市的边缘地带。也只有这个失败的空间，才能够容纳那么多同样失败的人们：混混，扒手，形迹可疑的女子，沉湎于古旧时间的老人，从乡村涌来的打工者们，以及收入微薄的大学毕业生。如果像作者所说，南城根乃是"中国的低处"，那么这些被城市排斥在外的人们，当然是"人群的低处"。他们离开自己的故乡，或者已经失去了自己的故乡——对于那个已经在此居住近七十年的老贾而言，南城根便是他失去的故乡——但在城市中却永远找不到立身之所。而王选深入其中，写出他们围绕在城墙根下久久徘徊却不得其门而入的仓皇与漂泊。尤为动人的，是王选对冬天与夜晚的书写。冬天与夜晚是最为残忍的时刻，人们将不得不在寒冷与黑暗当中感受这个世界最大的恶意，一点点剥除自己对于生活的最后奢望，以能够更加粗糙而坚韧地生活。冬天与夜晚之于温暖与光明，正如南城根之于天水城，它们是"时间的低处"。当所有人抖擞着不断向高处爬升的时候，恰在王选笔下的这众多低处里，记录着攀爬者后背上的累累伤痕。

某种程度上，杨献平的《生死故乡》构成了《南城根》的另一个版本，这两本散文集共同拼出了这个时代往往被忽略的底层地形图。从王选所关注的逼仄的城墙根出发，杨献平回到他的故乡，回到太行山南麓的广阔乡土，为我们寻找那些在南城根挣扎生活的人们的出身之地。我们几乎不能相信，当代中国的农村依然如此贫穷、艰难和蛮荒。现代文明并非没有深入此地，但却并未带来生活的福祉，而造成更多的苦难。这些散落在太行山脉中的村庄，早已不是田园牧歌般的古典家园。在整个世界都在发生翻天覆地变化的时代里，这里消失的似乎只有想象中的那种乡土温情。曾经长久维系着传统中国的道德约束与人情网络已然土崩瓦解，残败不堪。取而代之的则是和城市一样不可遏制的欲望与躁动不安，而在城乡二元对立的宏大结构之下，这欲望与躁动显得何等卑微与无望；又正因为卑微与无望，这欲望与躁动较之城市当中更加粗暴。诚如杨献平所说："乡村其实也和城市相差无几，只不过，城市中的某些事情是有所遮掩和必须遮掩的，而乡村，则仍旧承继了人类原始思维和行为，暴力可能更肆无忌惮，人性的暴露方式也更加直接。"因此在杨献平看来,他所书写的"二十一世纪初叶的北方民间",同样也是"当代乡村的底部"。而在这本散文集中,值得格外注意的还有杨献平的笔法。杨献平以一种田野调查的姿态重返故乡,但是却从不避讳地大量使用虚构手段,那些乡村夫妻炕上枕间的私密言谈,显然是非想象不能抵达的。然而杨献平恰恰让我们看到了在散文艺术层面虚构的合法性:细节的虚构正是为了逼近本质的真实,杨献平像司马迁一样,用一个个虽出于想象但合乎情理的细节,极大地丰富了所谓"真实"的意义。

绿妖的《我曾遇到这城市的青春》(收入散文集《沉默也会歌唱》)则写出了另一种关于边缘与中心、异乡与故乡的观感。与《南城根》《生死故乡》不同,绿妖并不浓墨重彩地表达苦难与沉重。她写的是北京,与天水城外的南城根完全不同的城市空间。这里不是中国的低处,这里是中心的中心,让曾经身在县城消耗生命的绿妖心心念念。作为一个修养良好的文艺青年,漂泊在北京的绿妖亦当然不可与南城根下的潦倒人们同日而语。她很快进入某个圈子的核心,出入于各种饭局,在觥筹交错当中绽放自己略微迟到的青春岁月。即便曾经在深夜不能安眠,从简陋居所的窗子望出去,那个永不睡去的城市也给她以安慰。对于绿妖而言,北京简直不是异乡,而是精神的最终归宿。然而我们依然会在她的文字当中读出那种熟悉的乡愁,这乡愁指向那个已过青春期的北京。饭局的人们来来去去,终于在一次次醉酒狂歌中慢慢老去;而这座城市也悄然改变着它的人文生态。"最初,饭局上谈论房子,还会被鄙视。到 2006 年,房价飚过两万,大家如梦初醒,房子的嗡嗡声再也压不住——现实,以排山倒海之力,长驱直入。一碗面条要十五块的时候,你是无法坐而谈论小津安二郎了。旧建筑越拆越多,新建筑里没有我们的一席之地。北京犹如一个气球,被无限地吹大,我们是气球上的地图,随着它的急剧膨胀,脚不沾地地飞向四环、五环、管庄、通州、燕郊、香河、天通苑、回龙观。……有人创业。有人破产。有人换房子。有人失恋。有人离婚。有人再婚。有人酗酒。有人患抑郁症。有人染上赌瘾。有人自杀。有人猝死,在他的葬礼上,据说有人,握手,泯恩仇。"当城市的青春和人们的青春都如一场大梦,无可追回地远去,那些曾经将自己的青春、激情与生命跃然交付的人们,对于脚下这座已经老迈的大城,当然有挥之不去的乡愁。唯有将绿妖的北京、王选的南城根和杨献平的太行山麓放在一起,我们才能够看到二十年来中国在地理与心理层面的深层变动,以及在这变动当中,关于故乡与异乡的立体复杂的体验。

## 四、亲者与死亡

宏大的命题尽管也牵连着个体的生命,但能够带来最直接和最锐利的痛感的,永远是人本身。因此止庵的散文集《惜别》当然是2014年最哀伤动情之作。丧母之痛对于儿子而言,不啻生命的坍塌,在原本温暖踏实的位置上,只剩下空空荡荡。止庵因此必须用近二十万字的追怀与沉淀,去填充这个位置,消化母亲的死,让自己能够在这个已没有母亲的世界上继续生活。在这部悼怀亡母的长篇散文第一部分,止庵并没有过多地谈论母亲,而是回到中西方文化的源头,不断引经据典去谈论死亡,试图理解死亡。这些看似极其哲学化的论述,其实字字滴血,句句含泪。固然至亲之人的亡故让止庵对生死事大有更深切的体悟,但如此书写的更隐秘心理或许是:母亲的死如此巨大,如此难以承受,止庵不得不从别处寻找支撑,让自己有足够的勇气面对。想象一个人坐在亡母生活过的旧屋里,触目所及都是她生前的身影:她曾经坐过的椅子,亲手挂上的画,几天前刚刚浇过的花……任何对于细节的触及都将使他淹没于无尽的哀痛,他的心理防护机制已使他不能想起母亲清晰的面容。而谈论抽象意义的死,既回避了具体的死,又安放了具体的死。唯有经过这样的准备,回忆才有可能真正展开。因此要等到母亲去世整一个月那天，止庵才能独自进城，重游母亲生前常去的那些"故地"。然而这已经不是"节同时异，物是人非"的古典时代，在随时拆迁与重建的城市里，那些关于母亲的记忆坐标，"甚至先于母亲的不存在而不存在了"。一个人对于纷纭世界究竟意味着什么呢？或许正如止庵上下求索后最终得出的结论："死亡，归根结底，就是一个人从世界上消失，而世界依然存在。是那么简单的一件事。"简单得令人绝望。在"物非人非"的时代，甚至没有可供凭吊的"王谢堂前"，有的只是废墟。好在止庵的母亲是一位喜欢记日记也喜欢写信的人，因此留下了足够丰富的文字材料。然而这对于止庵是幸运还是不幸？当翻过那一页页尚带温度的纸张，而写字的人早已冰凉，内心又将是何种感受？止庵的母亲是那么热爱生活的一个人，她集邮，看电影，种花草，练习书法，津津乐道地向女儿回忆平生吃过的美食和去过的地方，而面对绝症时又有一种极具尊严的态度。但她曾经有多么热爱生活，她的亡故就有多么令亲者难以释怀。因此她生前的点滴往事与未尽心愿将如涓涓细流，不断在止庵的梦中浮现——对于人子，能在梦境中回味已不复存在的母子温情，也是一种幸福。

由于在2014年获得老舍散文奖，或许我们也可以谈一谈刘醒龙发表在2013年《北京文学》的散文《抱着父亲回故乡》。和母亲那种填满所有生活空间的琐碎温情不同，父亲的情感表达方式往往是内敛的。"与天下的父亲一样，男人的本性使得父亲尽一切可能，不使自己柔软的另一面，显露在儿子面前。所谓有泪不轻弹，所谓有伤不常叹，所谓膝下有黄金，所谓不受嗟来之食，说的就是父亲一类的男人。所以，父亲不记得抱过我多少次，是因为父亲不想将女孩子才会看重的情感元素太当回事。"当刘醒龙这样回忆父亲的时候，我们当然能够读出文字背后的深深认同。这是儿子与父亲独特的传承关系，每一个儿子最终都会在某种程度上长成如自己父亲一样的男人，以这样的方式抵达父亲曾经用坚硬外壳隐藏的核心。很多儿子或许都像刘醒龙一样，只有在捧着骨灰盒送父亲上路的时候,才和父亲有了第一次也是最后一次拥抱。那是和父亲无限远的时刻,也是和父亲无限近的时刻。走在故乡的山路上,父亲的一生将从满目风景里涌出来,太满了,因此所有的语言都将是徒劳。

## 五、散文:面向不可追回的时间

在对2014年值得关注的散文作品加以回顾之后,我们将惊奇地发现,它们几乎全都与时间有关。那些层层积累充盈了我们的精神与生命的时间;那些沧海桑田扭曲了故乡与异乡的时间;那些残忍地将我们留在原地却带走最挚爱与最温情者的时间。因此回到关于散文边界的论争,如果要以"好散文"为"散文"作出定义的话,我愿意说,散文即是面向不可追回的时间之文体。如果说散文的底线在于非虚构,则意味着与小说、诗歌不同,散文不能驰骋于真实的时间之外,它所写下的必已逝去;如果说散文的特质在发乎于情,那么又有什么情感不是因时间的桎梏而萌生?我们以个体生命的有限性,去面对浩瀚时间的无限性,所有恐惧、孤独、茫然,当然也有片刻的欢欣,以及所有不可名状的情绪,使我们不能不有所书写。那些文字,就叫做散文。

# 科幻文学的批判力与想象力

## ——评刘慈欣的"地球往事三部曲"

2015年8月23日,刘慈欣获颁雨果奖最佳长篇故事奖,这是亚洲人首次获得这一世界级科幻奖项。但这其实并未给刘慈欣带来更多荣耀,因为在科幻文学领域,他已足够荣耀:创作出"地球往事三部曲"(即"三体"三部曲:《三体》《黑暗森林》《死神永生》)本身的意义远大于在地球另一侧得一个奖。更重要的或许是,此次获奖促使我们不得不更为严肃地面对科幻文学,并重新思考科幻文学到底是什么,其审美趣味与价值究竟何在。唯此,我们才有可能对刘慈欣的成绩真正有所评判。

一个有趣的事实是,在我们的文学事业中,科幻文学一直被归类在儿童文学这一分支下。这其中当然有复杂的历史原因,但最主要的恐怕是,在相当长的时期里,科幻文学的主要任务被认定为科学普及。即是说,科幻文学的价值在于增加读者的科学知识,激发他们热爱科学的兴趣,而与文学关系不大。而今但凡对科幻文学稍有了解,甚至只是看过《黑客帝国》或《盗梦空间》的人,恐怕都会对这样的定义与分类感到不妥。诚然,科幻文学,尤其所谓"硬科幻",大抵要求文学想象建立在某种科学基础之上;对于科学理论与技术的精微描写,也的确足以成为一名科幻作家值得炫耀的资本。但是我想对于多数读者而言,那些事关科学的细节不过提供了某种说服力,在叙事的层面上,这些说服力就像一件衣服的针脚缝痕，必不可少，却也不必细看。布赖恩·奥尔迪斯在他的名作《亿万年大狂欢：西方科幻小说史》中，曾明确指出科幻文学兴起与科技发展（尤其是进化论和工业革命）之间的关系，然而它认真论及的第一部科幻作品，却是玛丽·雪莱的《弗兰肯斯坦》。无疑，这部哥特式小说所表达与暗示的，与其说是对科学的狂热，不如说是对科学的忧虑。奥尔迪斯让我们看到科幻文学与科学之间的吊诡关系：如果一定要将科幻文学视为人类进入现代之后的产物，则它所表征的一定是一种反现代的现代性。

比较而言，我对罗伯茨在《科幻小说史》中的论述更感兴趣。罗伯茨认为，科幻小说的起源应上溯至古希腊时代的幻想旅行作品，后来才在此基础上发展出"时间旅行"和"技术故事"两大支脉。这意味着，最初的科幻小说与科学无涉，而与幻想有关。人类永恒想要了解与熟悉的日常生活迥然不同的世界，人类永恒对未知的一切抱有强烈的好奇和探索欲念，而科幻文学满足了这一欲念。与此同时，当人类坚信生活在别处时，其实也就是在表达对此在的不满。因此科幻文学的想象力或许并不指向科学，而是指向远方；而远方的意义也未必在于那些脱离现实之外的如魔法般的科学技术，而恰恰是返归现实的思考与批判。

基于以上理由，我以为刘慈欣最值得称道之处并不在于其作品中那些令人眼花缭乱的科学想象，而在于批判深度。理性乃至残酷地，但又充满着绝望之悲悯地进行批判性思考，始终是刘慈欣写作的基点。因此从一开始，刘慈欣便向读者旗帜鲜明地表示，自己将要讲述的故事与一般星际传奇有着本质不同。他将这宏阔无边的地球往事的起点，设置在中国的"文革"时期：少女时代的叶文玲亲眼目睹了身为物理学权威的父亲，如何在批斗中被昔日的学生殴打致死。在此后的"文革"岁月中，她不断遭遇人性至为黑暗的部分，终于对整个人类感到彻骨的绝望和仇恨。于是在因缘际会的时刻，她向三体人发出信号，召唤他们的降临，以清洗这个恶劣的种族。这是一个何等熟悉的故事，雨果奖的评委们一定会从中发现他们所耳熟能详的关于中国的叙事，而但凡对新时期以来的中国文学稍有涉猎的读者，也会轻易在叶文玲的经历中寻找到上世纪七八十年代之交那些伤痕文学和反思文学的遗风余韵。在三部曲当中，《三体》最为直露地表现为一部政治讽喻小说。因为生存环境极端恶劣而不得不摒弃所有审美与温情，以高度理性、冷漠与残忍维系种族延续的三体星人，更像是某种隐喻，而刘慈欣的态度不言而喻。但这还仅仅是一个开始——实际上，我以为在三部曲的第一部中，刘慈欣所表达的批判还非常粗糙和简陋，并不令人满足。在一个已经被一再讲述的老故事里，刘慈欣并未在批判深度与思维角度上更推进一步，反而采用了那么多俗滥的情节，在在暴露出想象力的缺失。——在科幻文学中，想象力绝非仅仅用以缔造技术或构造悬念。罗伯特·索耶说："谁都有可能预言汽车的发明，但只有科幻写作者会预言发生堵车。"这才是科幻文学想象力的正确使用方法：真正富有预见性的批判，比什么都更需要想象。

在我看来，地球往事三部曲的高潮在第二部《黑暗森林》中才真正到来。小说开篇对于那只蚂蚁的精细描写让人陷入一种崇高的同情当中，就像是上帝从遥远的星空在俯瞰着卑微的人类。这样一种强烈的宗教体验提醒我们，刘慈欣在这部小说中的诉求并不在科学层面，而是在神学层面。果然，从根本上支撑着《黑暗森林》叙述结构的，已不再是对某种具体的科学理论或技术的想象，而是一整套宇宙规则的建构。刘慈欣基于："第一，生存是文明的第一需要；第二，文明不断增长和扩张，但宇宙中的物质总量保持不变。"这两条公理，所推衍出的宇宙社会学体系，堪与阿西莫夫提出的"机器人三定律"相媲美。而刘慈欣也因此具有上帝般的光环：他成为了一个立法者，此后关于星际交往的一切想象，都将不得不面对他的立法。最重要的是，刘慈欣以他的立法，改变了此前关于星际交往的想象范式：科幻作者们曾经想象过各种形态与习性的外星智慧生命，但无论如何，都一厢情愿地以人类社会的交往模式类比性地想象星际交流。而刘慈欣告诉我们，宇宙空间很可能并非人类社会的简单投射，在我们的常规思维习惯之外或许存在着考量这一问题的其他可能。而在我看来，这种对于思维惯性的冒犯与刺激，正是科幻小说批判力的最高境界，也是最需要想象力的境界。

或许我们可以重新回到对于"科学"这一概念的辨析上来：即便我们承认，科幻文学的想象总是以"科学"作为基础，长久以来我们对于科幻文学之"科学"的认识也可能过于狭隘。"科学"当然不应仅仅包括自然科学，也应该包括社会科学与人文科学。那么，科幻文学基于"科学"的批判与想象也至少应该涉及三个层次：其一，对自然科学发展的前瞻，及关于它的反思；其二，对社会科学，譬如人类政治经济组织方式的批判性想象，柏拉图的《理想国》、被称为"反乌托邦三部曲"的《美妙新世界》《1984》和《我们》因此也应该被视为某种科幻文学；其三，关于人文科学，即关于人类文化的理解框架、关于人类思维方式的想象及批判。在大名鼎鼎的《银河系漫游指南》中，我们基本找不到任何可靠的科学支撑，但它关于人类常识的那些看似荒诞的挑衅，细想却无不发人深省，这就是为什么它可以当之无愧地被奉为科幻文学的圣经。而刘慈欣的地球往事三部曲，也因此应该属于最卓越的科幻文学之列。不仅仅是宇宙社会学：刘慈欣以智子这一设定，促使我们思考启蒙时代以来素为人们笃信的科学与理性，是否早已有其可哀的限度；以宇宙从十维空间的田园时代不断坍塌至零维的悲壮退化史，警示我们那个看似空旷浩荡的无限空间也许别有一番面目。刘慈欣并不是依靠铺陈一个无边无垠的宇宙，而让身处小小太阳系第三行星的我们自叹渺小；而是依靠不断挑战那些庸碌、枯竭、呆板的固有思维，而让想象力匮乏的我们感到卑微。而这，才是科幻文学和地球往事三部曲最为激动人心的所在。

（部分发表于《文艺报》2015年9月30日）

# 可不可以有一种"科幻现实主义"？

汉语世界中科幻小说概念的引入，与一般的小说文体地位之崛起，基本在同一时期。1902年，梁启超写《论小说与群治之关系》，称小说在"浅而易解""乐而多趣"之外，尤能拓展经验，摹写世情，使"人类之普通性，嗜他文不如其嗜小说"，因而较之其他文体，更可以超拔精神，开启民智。①小说自此渐成新文学最主要的文体；在此之前，即便风行，也不过是文人闲暇的游戏笔墨而已。而就在翌年，远在日本的鲁迅翻译凡尔纳《月界旅行》并作《〈月界旅行〉辨言》，称："胪陈科学，常人厌之，阅不终篇，辄欲睡去，强人所难，势必然矣。惟假小说之能力，被优孟之衣冠，则虽析理谭玄，亦能浸淫脑筋，不生厌倦。……故掇取学理，去庄而谐，使读者触目会心，不劳思索，则必能于不知不觉间，获一斑之智识，破遗传之迷信，改良思想，补助文明，势力之伟，有如此者！"②不难发现，梁启超之倡导小说，与鲁迅之引介科幻，其逻辑同出一辙，也因此埋伏下同样的悖论：无论用以宣传启蒙，还是用以普及科学，小说/科幻小说总是兼具严肃性与娱乐性，那么要如何平衡二者的分量，才能使读者既为娱乐的快感吸引，又得到有益的教诲呢？即以科幻小说论，有多少读者真要在随着情节悬念跌

---

① 梁启超：《论小说与群治之关系》，陈书良编：《梁启超文集》，北京燕山出版社，2009年。
② 鲁迅：《〈月界旅行〉辨言》，王泉根主编：《现代中国科幻文学主潮》，重庆出版社，2011年，第3页。

宕起伏的同时,认真学习其中的科学知识?倒是周作人在《科学小说》中所说的或许更符合常情:"科学小说做得好的,其结果还是一篇童话,这才令人有阅读的兴趣,所不同者,其中偶有抛物线等的讲义须急忙翻过去,不像童话的行行都读而已。"①

有趣的是,尽管同样师出有名,科幻小说却长期见斥于一般小说文类之外。这或许是因为新文化运动以来的中国文学多以人文话题或社会现实为表现对象,因而逐渐有雅俗之别;或许恰恰因为科学太过重要,科幻小说中文学的层面反而遭到忽视,而流入通俗套路;又或许如周作人所言,正因为科学之枯燥,科幻小说的读者往往对其视而不见,更沉迷于情节所提供的娱乐性。而沦于通俗行列的科幻小说,因此更需要张扬其科学元素,来证明自身的合法性——正如古典小说不得不以因果说教作为其道德补充一样。建国之后,"向科学进军"的现实诉求,与前苏联科普文学的横向影响,更使科幻小说的任务确定为向读者普及科学常识。以至于"文革"结束之后,作家们创作出稍带批判意识的科幻作品,便招致科学界和科普界非议,引起科幻文学姓"科"还是姓"文"的大讨论,最终以对逾矩的科幻小说加以"清除"而告终。其直接结果是,整个80年代的科幻小说,无论科学内涵还是叙述技术,都陷入全面低迷:科学层面,小说家们只能谈已被证实的科学原理,而不敢借幻想越雷池半步;文学层面,科幻小说再次被禁锢于一本正经普及科学的呆板套路:"误会——然后谜底终于揭开;奇遇——然后来个参观;或者干脆就是一个从头到尾的参观记——一个毫无知识的'小傻瓜',或是一位对样样都表示好奇的记者,和一个无事不晓的老教授一问一答地讲起科学来了。"②

---

① 周作人:《科学小说》,《现代中国科幻文学主潮》,第8页。
② 肖建亨:《试谈我国科学幻想小说的发展——兼论我国科学幻想小说的一些争论》,《现代中国科幻文学主潮》,第221页。

然而究其根源，现代意义的科幻小说诚然发端于人类"认识自然"与"改造自然"能力极大提高的工业革命时期，但是否以普及科学为责任，甚至是否对科技发展持赞同态度，其实都大可怀疑。大概因为奥尔迪斯《亿万年大狂欢：西方科幻小说史》的影响，国内研究者多以玛丽·雪莱的《弗兰肯斯坦》为第一部科幻小说。然而诚如奥尔迪斯本人的分析，这部哥特式小说确实以科学而非魔法来制造怪物，但是面对人类借助理性替代上帝的这一刻，小说所讨论的其实深入宗教、伦理与人性的深处，其中流露的情感绝非欢欣而毋宁说是包括焦虑、困惑、恐惧在内的五味杂陈。① 而除此之外，国际理论界对于科幻小说的起源其实聚讼纷纭，每种说法背后都包含着对科幻小说本质，对科幻小说与科学之关系的不同意见。罗伯茨的《科幻小说史》即将科幻小说溯源至古希腊小说中的幻想旅行作品，认为该文类乃是由"关于星际旅行的小说"这一原型，发展出"时间旅行故事""想象性技术的故事"以及"乌托邦小说"。② 这一论述实际上将科幻小说从与"科学"之关系的讨论中解放出来，而将其与"幻想"连接：人类是因为对于未知世界的好奇而创造出科幻小说，因而科幻小说天然地将以想象之力将卑微的人类从大地拔起。但是所谓"生活在别处"的彼岸世界，不过是以此在限度为批判对象的镜像塑造罢了。科幻小说无论在何等宏阔的时空架构当中，心心念念的其实仍是它所被创作的当时，人类与现实的状态。某种意义而言，每一部科幻小说无不带有乌托邦小说的性质。

即便回到对"科学"这一概念的讨论，在"学好数理化，走遍天下都不怕"的科学主义理念长期影响下，我们对于科学的理解或许也太过狭隘了："科学"固然包含自然科学技术，但同时也应包括社会科学

---

① 参见《亿万年大狂欢：西方科幻小说史》第一章关于《弗兰肯斯坦》的论述。[英] 布赖恩·奥尔迪斯、戴维·温格罗夫：《亿万年大狂欢：西方科幻小说史》，舒伟、孙法理、孙丹丁译，安徽文艺出版社，2011年。
② [英] 亚当·罗伯茨：《科幻小说史》，马小悟译，北京大学出版社，2010年，第2页。

与人文科学——马克思主义不正是在这一意义上被认为是科学吗？既然如此，对于科幻小说的认识当然可以更为复杂：那些未必涉及自然科学，而在人类政治经济组织方式层面展开批判式想象的作品，如柏拉图的《理想国》，如培根的《新大西洲》，也应被视为科幻小说之一种；那些在特定时代或任何时代的实证科学层面都堪称荒诞，但却因此冒犯了已然固化的人类想象边界，拓展了人类思维领域的作品，如威尔斯的《时间机器》《隐身人》，如道格拉斯·亚当斯的《银河系漫游指南》，也可以被视作科幻小说之经典；即便那些涉及自然科学的科幻小说，对科技的描述也不应仅仅沦为炫技式的点缀，而应构成影响情节的有机力量，更重要的是，能够由此出发探讨相关科技所可能引发的社会效应和人文困境。

行文至此，难免有人发出质疑：若以此论，则科幻小说与一般意义的小说又有何区别？的确，以虚构之力拓展对于世界可能性的探索，原本就是小说这一文体的题中应有之意。而拆除了对"科学"这一概念的惯性理解之后，我所谓的科幻小说所能驾驭的题材，几乎和这世界一样宽广，甚至更加宽广。作为一名并非专攻科幻小说的文学从业者，我借由对此文体的辨析，所想要讨论的确实也不仅限于科幻而已。早在上世纪 80 年代初，肖建亨先生在讨论科幻小说定义时即指出，复杂概念的边界本来就难以断然划分，因此与其为区分"科学幻想小说"与"纯文艺小说"而陷入形而上学的无意义争论，不如保持模糊。① 而对于自上世纪初起就不断开疆扩土，有着海纳百川容量的"小说"文体而言，真的还有必要再设置什么藩篱吗？如果说新闻、历史、神话，乃至官方的政策文件都无不可以为小说消化，那么科学又为什么不可以？上世纪 80 年代以降，"魔幻现实主义"的文学潮流极为深刻地改

---

① 肖建亨：《试谈我国科学幻想小说的发展——兼论我国科学幻想小说的一些争论》，《现代中国科幻文学主潮》，第 229 页。

变了所谓主流文学的格局,其影响至今不衰;则既然神鬼传奇与乡野民俗都足可成为开拓小说想象的助力,是否也可以有一种"科幻现实主义"?更何况边界的模糊与彼此的借鉴早已开始:老舍、玛格丽特·阿特伍德、托马斯·品钦、卡尔维诺都曾以科幻小说的方式写出经典;而刘慈欣"地球往事三部曲"中对于历史、现实与人性关怀之深切,思考之冷峻,恐怕也不输于所谓主流文学。在此情况下,强划主流与通俗,甚至以此界定高下,即便不算粗暴,也未免稍显无聊。

有人难免还要再次发出质疑:这无非就是世界科幻史上"新浪潮"时期的老调重弹嘛!的确,上世纪60年代中期至70年代中期,随着科幻文学黄金时代的结束,一批科幻作者为求主流文学界认可,早已做出种种尝试,向主流文学创作技法靠拢。而当新的世代来临,强调将新科技内容写入科幻文学的一批新秀又使"新浪潮"时代的作家成为明日黄花。而在此更替中,值得注意的或许恰恰是关于这一文体的定义与探索,其实始终与时代变迁相关。因社会语境与文学语境之不同,文体的命运与策略当然也应不同。如果我们承认确如王泉根先生所说,在科幻文学曾经长期遭受冷遇甚至批判,难以为继的情况下,是"儿童文学不但从'五四'新文学运动以来一直张开双臂热烈拥抱科幻文学,而且给了它充分生存与发展的土壤"[①];那么在科幻文学已然杰作迭出却仍良莠不齐,主流文学则想象乏力的当下,策略性地以"科幻现实主义"为号召模糊科幻文学与所谓主流文学的界限,以求小说这一文体的更大丰富,或许恰逢其时。

(原载《光明日报》2016年3月21日)

---

[①] 王泉根:《该把科幻文学的苗种在哪里?——兼论科幻文学独立成类的因素》,《现代中国科幻文学主潮》,第190页。

# 茶茶的童话幻境与她的成人尾巴
## ——兼及儿童文学文体问题

尽管似乎已经约定俗成,但作为一种文学体式,儿童文学仍然有其暧昧之处。仅因想象中的读者群体不同,是否足以将其从一般性的文学中独立出来?而这一特殊的"文学"与一般性的文学之间是否又真的那么泾渭分明?很多如今被视为儿童文学之作,如《格林童话》,最早搜集创作的初衷未必是为了儿童;而如《小王子》《汤姆·索亚历险记》等儿童文学中的优秀作品,亦广泛被成人阅读,且作为一般性文学研究的对象。但是我们显然也不能以优秀与否,作为区分儿童文学与一般性文学的标准,何况对于儿童文学而言,何为优秀,恐怕也莫衷一是。儿童文学发展至今,当然有其内部衡量的尺度,然而一部以儿童为目标读者的作品,由成人创作,复由成人评判其品质,终归令人感到困惑。

当然,考虑到"文学"这一概念本身也矛盾丛生,歧义迭出[①],儿童文学似乎并不比其他文学门类更加可疑。但即便权宜地将儿童文学视为一种既成事实的存在,其涉及的问题也相当复杂。被笼统称为儿童文学的那些作品,相互之间的分野之巨大,恐怕较之儿童文学与一般

---

[①] 参见[英]特雷·伊格尔顿:《二十世纪西方文学理论》,伍晓明译,北京大学出版社,2007年。伊格尔顿在该书《导言:文学是什么?》中对"文学"这一概念有所辨析。

性文学更有甚之。在《海的女儿》和《哈利·波特》之间，我们能够找到多少文体上的相似之处？如果再加上《爱丽丝漫游奇境记》和《草房子》呢？王泉根在《儿童文学教程》中，以韵文体、幻想体、叙事体、散文体、多媒体与科学体六类讨论儿童文学体裁，各类之下又有子目，可见儿童文学文体问题之繁杂。① 以少年儿童生活为表现对象的儿童文学，如曹文轩、秦文君的诸多创作，其旨趣有类于现实主义小说传统，若笔法精到，于儿童阅读之外能别有怀抱，便很容易跻身一般性文学的经典行列；而《哈利·波特》系列则与《魔戒》相呼应，从属幻想文学一脉，这些作品往往构造出一个光怪陆离而自成系统的世界设定，实则是现实世界的变形投射。当然，渊源更为久远的大概是童话，这一源出于民间故事的叙事文体，携带着初民认识世界时的强烈好奇与懵懂无畏，因此并不受限于理性与科学主义，而能最大限度享有自由，在现实逻辑与想象虚构的边界之外制造趣味空间。尽管后来以至今日的童话转以作家个人创作为主，难免拟声作态，贯彻作者的教育理想，但是以灵动的想象力营造趣味，逃脱现实之乏味，以求情感上的教育，仍是童话的重要旨趣。

茶茶的儿童文学创作当然应归于童话一脉，而且显然是在有意追求童话最初也是最本质的趣味。至今为止，茶茶并不试图构造长篇童话，而更喜欢将自己的小幻想，一点一点绽放出来。这使得她的作品体量更近于初民口耳相传的创作，而其目标读者显然也有别于长篇故事，针对的是更年幼的儿童。为此，茶茶似乎在尽量模拟幼儿的语言方式和认知习惯，故事简单明净而不追求复杂繁琐的叙事，与此同时又能将种种奇思妙想如宝石碎片般撒入情节当中，使她笔下的世界闪烁出瑰丽奇幻的色彩，以适应人类幼儿时期天马行空的思维方式。在这一意义上，茶茶的童话极为突出地表现出其中介性：她必须在儿童

---

① 参见王泉根主编：《儿童文学教程》，北京师范大学出版社，2009年。

思维与成人话语之间建立起某种纽带，以确定能以成人视角深入儿童世界。

毋庸置疑，茶茶在想象力方面表现出来的才华，已然证明了她深入的能力。据说在先民看来，世界是万物有灵的世界，或许儿童的观念庶几近之。而茶茶似乎也天然具备这样的意识。因此在她的笔下，一间空房子会因为孤独而烦恼，一只鞋子会为了另一只鞋子苦苦等待，缝纫机远渡重洋去寻找愿意使用它的主人，而它缝制出的每一样东西，都携带着过去的温情与记忆。在《左左右右在颜色国》中——茶茶以此篇童话作为文集的命名，足见珍爱——童话的主角是两只红色的毛线手套。一阵风起，将它们吹落在颜色国。在这个奇妙的国度，人们没有表情，不懂得笑，只会严格依照《颜色国行为守则》的规定来变换身体的颜色，表达恐惧、严肃、崇敬与喜悦。如果我们还记得《小王子》第 1 章中提及的那些无趣的大人们，当然不难发现，这个由守则规训了情感的颜色国，活脱便是成人世界之隐喻。而茶茶让左左和右右以自己的温暖松动了颜色国的僵化与冷漠，当上国王，进而修改《颜色国行为守则》，使每个国民都可以随心所欲地变换颜色。沉闷无趣、循规蹈矩的颜色国因此成为一个美好的国度。在这样的想象当中，想象已经不仅仅是才华，也是姿态和立场。或者说，茶茶在想象力方面的才华，根本就来自于她的姿态和立场：她选择站在儿童、天性与趣味这边。

然而，80 后的茶茶终究已经是一个成年人。在一些作品当中，她作为成年人的那一面难免会露出尾巴来。茶茶讲过两个关于海盗的故事，一个是《海上的十三》，在这个故事中，海盗十三"还是一个年轻的海盗，只有一百三十三岁"，他坚定地要实现自己的海盗梦想，决意去做世界上最邪恶的事情，比如抢劫、粗鲁，以及欺负弱小的水妖。但是十三的领地太偏僻了，让他始终得不到作恶的机会。于是茶茶只好让一只可怜的水妖爬上十三的海盗船，可惜的是，这只水妖乃以德报怨的典范，十三无论如何野蛮地对待她，她都回报以温情，令十三非但没有当海盗的快感，而且简直觉得自己要被感化了。因此，十三最终决定将小水妖赶走，独自一人面对苍茫的大海，一边流泪，一边继续梦想成为一个真正的海盗。这是一个出人意料的故事，也是一个忧伤的故事：茶茶并不讲述那种"王子与公主从此幸福地生活在一起"的圆满结局，以此解构童话故事惯常给孩子们的美好骗局；而同时茶茶又用忧伤的情愫，告知孩子们在现实残酷与无奈之外，人类有更深刻复杂的情感体验。在我看来，这样的情感体验，乃是童话所能够给孩子们的最好教育。而茶茶的另一个海盗故事就不那么高明。在《海盗王子》中，那个名叫"王子"的海盗经由他掠来的公主反复指导，从一个邋遢、粗鲁的男孩，最终变成一个礼貌、可爱、勇敢的真正王子。在这则童话里，我们简直能够看到茶茶化身成为那个娇气的公主，对捧卷阅读的读者们指手画脚，一个无趣的大人形象呼之欲出，让我们恍然意识到，茶茶的心里面不仅住着一个小女孩，也同时住着一个女教师。一旦成人的教育意识如此袒露在童话当中，童话也就不再是童话了。

而在教育意图之外，茶茶另有一条掩藏不住的成人尾巴，或许恰恰在《海上的十三》里有所曝露。实际上，如《左左右右在颜色国》这样温暖的童话，在茶茶的创作当中可算凤毛麟角；更多的作品都流宕着一种忧伤的气质。其貌不扬的土豆龙，为了让自己的驯龙师葵恩不被嘲笑，牺牲自己让葵恩得以拥有一条真正的大龙，直到葵恩老去，强壮的大龙弃主离开，葵恩才想起被遗忘在记忆深处的那只土豆龙（《土豆龙》）。来自糯米星的团子和孤独的小男孩"喂"成为好朋友，如此愉快，如此亲密无间，但团子却欺骗和背叛了"喂"，独自回到糯米星去（《喂！团子》）。小忧溪边的兔子七七，对那只叫做"笑笑"或"等等"的熊那么好，这只以旅行为志业的熊依然决定离开，去寻找猫须镇，从此再也没有回去过（《故事消失在猫须镇》）。茶茶是如此热衷于讲述分离与背叛的故事，并几乎在每个童话中，都不由自主地表达着对于辜负的焦虑与痛楚，让人疑心这些童话并非为孩子们而写，而是为了自己而写，是为了疗治与缓解自己内心的脆弱与孤独。

如果要追问茶茶的创作究竟在多大程度上是属于孩子的，又在多大程度上是属于成人的，则不免又将回到本文最初提出的问题：作为一种文体，儿童文学的合法性何在？独特性何在？边界何在？如何理解儿童文学和一般性文学之间的关系？那个写作儿童文学的成人，需要将自己模拟成一个儿童吗？又或者有必要在儿童文学中贯彻成人的理念？如何在儿童文学当中处理成人与儿童之间的平衡呢？

或许并非茶茶的创作具有独特性，而是任何儿童文学都必须面对这些追问：它们无一例外都是成人世界与儿童世界之间的纽带，也恰是这样的中介性，让儿童文学这一文体本身显得暧昧可疑。柄谷行人曾在《日本现代文学的起源》中考察日本现代文学中儿童文学的发展，并对"儿童"这一想当然的概念提出质疑："谁都觉得儿童作为客观的存在是不证自明的。然而，实际上我们所认为的'儿童'不过是晚近才被发现而逐渐形成的东西。""作为孩子的孩子在某个时期之前是不存在的，为了孩子而特别制作的游戏以及文学也是不曾有过的。""在日本也把汉学的早期教育视为当然……不过那时孩子不是作为孩子而是作为大人而接受教育的，这一点是没有疑问的。不用说，那样的教育当时只有在所谓学者之家才会有，不过，在其他家庭最终的结果也是一样。就是在今天，歌舞伎演员之家其孩子亦从小就受到演员的教育。"① 经由柄谷行人的论证，则我们关于儿童及儿童文学的一系列想象可能都需要重新反思：我们认为儿童热爱幻想，喜欢童话，我们认为我们用动物而非人来向儿童讲故事会更受他们的欢迎，我们认为儿童读物应该是娱乐性大于功利性的……果真如此吗？是否我们只是依照我们的偏见想象出儿童，并把我们想象中儿童的语气和思维，以及对于

---

① [日] 柄谷行人：《日本现代文学的起源》，赵京华译，生活·读书·新知三联书店，2003年，第112、116、115页。

儿童的适当教育强加给他们？

　　我当然无意取消儿童文学的独特性，只是希望能够以此论述打开观察的视域，在这一视域中，儿童作家茶茶也不过是以她个人的想象模拟、感动与教化儿童的成人，作品中呈现的精彩与粗糙，以及不经意流露的教育腔调与个人感怀，也就都不足为怪。如此一来，我们可能也必须重新审视此前关于茶茶的论述：如果童心与想象力不过是茶茶心性的自然投射，当然不便仅仅以此衡量她的才华。更重要的在于，她是否以文学的技巧，将其心性发挥到淋漓尽致。正是在这一层面上，或许我们可以对茶茶提出更高的要求。茶茶当然能够讲出漂亮的故事，《猫须镇的缝纫机》《故事消失在猫须镇》等作品，都饱满、丰富、引人入胜。但是在《遇见七又三分之一》《猫耳朵旅馆的客人》等篇目中，茶茶显然是主动放弃了讲述一个完整的故事，而只采用简单罗列的方式，将她想象力闪现的吉光片羽记录下来，让人深感可惜。儿童大概从来不缺乏想象力，缺乏的乃是如何让刹那的灵光生根发芽，开花散叶，长出有开头，有结尾，有因果联系的故事。童话的世界不同于理性现实，但幻想也自有幻想的逻辑。爱丽丝也必须一路跟踪那只身揣怀表，能讲英文的兔子先生，才会来到神奇国度，而不能凭空落在兔子洞中。因此，如何让故事变为叙事，让那些碎片化的神奇想象连缀成完整的图景，以满足孩子们"下面呢？"的不断追问，是茶茶还需继续努力之处。

　　怀特说："任何人若有意识地去写给小孩看的东西，那都是在浪费时间。你应该往深了写，而不是往浅了写。孩子的要求是很高的。他们是地球上最认真、最好奇、最热情、最有观察力、最敏感、最灵敏，且一般来说最容易相处的读者。只要你的创作态度是真实的，是无所畏惧的，是澄澈的，他们便会接受你奉上的一切东西。"[①] 或许就儿童

---

[①] 转引自张定浩：《好童话是孩子讲给大人听的》，《倾盖集》，上海文艺出版社，2014年，第53页。

文学的文体问题而言，这段话所应引起的思考还远未穷尽。儿童文学自当有其区别于一般性文学的独特所在，但如何在相对的意义上认识这种独特性，如何在儿童文学与一般性文学之间构造某种有所区别又可通约的关系，或许是当前儿童文学创作为提升品质而必须继续探索的——这并非仅仅是茶茶一个人的问题。

（原载《名作欣赏》2015年第9期［上旬刊］）

# 侦探、游荡者与提线木偶
## ——评弋舟的《刘晓东》

在阅读弋舟的《刘晓东》时,我总是想起劳伦斯·布洛克笔下那个没有执照的私家侦探马修·斯卡德。当然,刘晓东并非私家侦探,而是知识分子、教授、画家;在这部小说集收录的三篇小说中,他毫无传奇色彩可言,是一个庸常到可以将自己藏到人群当中的中年男性。然而,马修·斯卡德不也是如此?这位前纽约刑警在一次误伤无辜的执法意外后辞去警职,并拒绝一切官方行为,包括纳税。他让自己隐匿在纽约的八百万人口当中,紧紧攥着唯有自己能够理解的巨大创伤。作为私家侦探,马修的职责是在纽约城里穿梭游荡,去发掘那些像他自己一样隐藏起来的秘密。而刘晓东也是一样,在三篇小说中以不同面目不约而同地游走、寻找和发掘:《等深》中,帮助茉莉寻找离家出走、计划向这个时代的不堪欲念慨然复仇行凶的儿子;《而黑夜已至》中,被徐果利用去讨回一个多年前亏欠的公道,然后去寻找故事的真正版本;《所有路的尽头》中,鬼使神差地苦苦追寻邢志平自杀的秘密,最终揭开的却是整整一代人的精神痛楚。在马修·斯卡德的故事中,不论案件多么离奇复杂,真正的主角仍然是马修·斯卡德,通过揭露别人的秘密,城市的秘密,马修·斯卡德总是让读者一次次眼看就要触碰到他自己的秘密,却又及时而冷漠地将其重新包裹起来。而刘晓东同样如此,他的那些寻找之旅甚至并非因为受人所托,而更多是主动地甚至是迫不及待地投身迷局之中。那或许只是因为他知道,他所追索的每一个答案与真相,其实最终都与自己有关。如此一来,我们便能明白,为什么弋舟的这些小说其实并没有多么复杂的情节,但是刘晓东的那些独语与犹疑,他不经意间捕捉到的景色与细节,却让小说显得那么坚实、充盈和丰富。弋舟和布洛克一样,并不关心外在的机巧,而更关注那个被遮蔽但不能被抹去的,人群中的黑暗核心。这就是为什么,我会在二者当中感觉到同样的情绪:孤独,挫败感,对于这个世界总是不得其门而入。

关于侦探小说,我们当然记得本雅明在谈及波德莱尔与第二帝国时代的巴黎时的那些论述。他告诉我们,侦探小说之所以可能与必要,乃是因为现代城市生活与生俱来的动荡与危险。"即便是巴黎最著名的人物,其私交与巴黎人口相比也是微不足道的。"那些冷漠的面孔,那些擦肩而过的人们,那些彼此无关的封闭心灵,是罪恶与秘密最好的温床与藏身之所,而侦探们也同样在其中潜伏跟踪。某种意义而言,侦探与罪犯们一样,都是这个病态的现代社会的畸形儿。巨大而瞬息万变的城市,将每一个人网罗其中,抹去所有的来龙去脉和个性差异,一切信念和记忆都被稀释在人群潮汐之间,一切叫喊都因为太多喧哗而成为永恒沉默的一部分。最终,人们要么机械地沉沦在荒凉空洞的城市深处;要么以血腥和犯罪在沉默中挣扎着发声;再或者,怀着千疮百孔的执念,在刺探别人秘密的同时,不断逼近又不断逃离对自我的认知。因此,马修和刘晓东将永远在城市当中游荡,因为他们想要寻找的永远找不到。他们的痛苦并非具体的个人的痛苦,而是城市本身固有的,不可摆脱的现代之殇。于是我们能够理解,为什么每一个马修·斯卡德的故事背后,都矗立着一座幽灵般的庞大的纽约城。事实上,不仅那些受害者与谋杀者并非故事的主角,马修·斯卡德也并非故事的主角,真正的主角是纽约,或者说是纽约所象喻的那个抽象的现代都市与现代生活。于是我们同样能够理解，为什么刘晓东置身其中的"兰城"，似乎那么具体，又总是那么模糊。弋舟并不需要为刘晓东提供外在的地方志坐标，他要做的是为刘晓东提供内在精神的时代指认。我们也因此将弋舟认定为内向性和具有精神诉求的那类作家。

在论及侦探小说现代性本质的同时，本雅明也指出了这一文学亚类型在文体上的独特之处，他说："侦探小说的趣味在于它的逻辑结构……"这意味着，较之其余同行，侦探小说作者对于作品的把控力要强得多。他们必须对小说当中每个人物的历史与动机都了如指掌，对每个情节与悬念都精心安排，文字在他们的摆布之下更像是一个周密棋局中的棋子，而非油画画布上一缕微妙的光，或者交响乐行将结束时的一声喟叹。这使得侦探小说天然具有某种有趣的内在矛盾：一方面，侦探们在城市空间中如此自由地行动；而另一方面，他们像提线木偶一样，所有行动都被牢牢掌控着。因此，侦探们可不会像托尔斯泰的安娜·卡列尼娜那样，自己生长成一个作者始料未及的人物，以小说中神奇的虚拟生命，抵达作者的智慧原本不曾触及的地方。侦探们在城市与文字间的所有行动，都依赖于作者的意图：事实上，本雅明所说的那个混迹人群窥探秘密的侦探形象和小说家多么相像，这二者根本是同一个形象。同样强大的控制力我们也将在弋舟和《刘晓东》之间看到。弋舟显然是一位极富控制欲的小说家，在他的小说中随处可见着意打磨的痕迹。有些打磨让文本精致，而有些或许太过刻意，反而显得突兀。比如三篇小说结尾处的峰回路转与卒章显志，未免落了俗套。刘晓东和马修·斯卡德以及所有侦探们一样，几乎没有自己的生命，而依附于弋舟的意志。弋舟的意志当然足够强大，唯此才能保证这样的小说是出色的，但我想弋舟也因此失去了让刘晓东更加复杂的机会：他将总是在刘晓东身上看到自己，而难以发现更多可能。正如当他不断惦念某个特殊的时间节点，将之视为一切痛楚与堕落的起源时，他也阻碍了自己更加宽阔地理解这个时代。

我因此更加喜欢《而黑夜已至》中那个刘晓东：他得了抑郁症，因此他对自己和世界都不是那么肯定。于是当他莫名其妙地伸张了一回正义，第二次见到他的委托人徐果之后，整个人都处于恍惚之中。他仿佛预感到了什么，但是又不能确定；他看到了一些什么，想到了一些什么，弋舟将这些都写给我们看，但是又不作说明。这是唯一的一次，刘晓东不但在城市的街道上游荡，也在弋舟强力掌控的文字之间游荡，在他难得不具强烈目的性的行动轨迹中，我觉得我终于离他的秘密更近一些了。

（原载《青年作家》2016 年第 6 期）

# 今天我们怎样先锋？

20世纪80年代后期先锋小说的异军突起，当然可以被视为新时期以来文学史上最为重要的转折点。贺桂梅曾对有关先锋小说的文学史叙述加以梳理，指出至少存在三种不同的叙述方式：一是将"伤痕文学—反思文学—寻根文学和新潮小说—先锋小说和新写实小说"看作文坛持续创新的完整过程，先锋小说因此乃是70—80年代文学转型的结果；二是认为1985年之前的"伤痕文学"和"反思文学"等，实际上仍是工农兵文学的延续和发展，而"朦胧诗—寻根文学—实验小说"则构成与50—70年代文学迥然相异的另一条脉络，沿着这一脉络，先锋小说的出现才标志着文学发生真正革命性的变化；三是干脆将新时期之后的文学发展一分为二，而先锋小说则被视为"后新时期"的开端。[①] 无论哪种文学史叙述方式，都凸显出先锋小说除旧布新、开拓新局的重要价值。正是在此意义上，将以马原、苏童、孙甘露、余华、格非等人为代表的一批作家命名为"先锋派"是恰如其分的：尽管先锋应是一种永不可能完成的行动趋向，每个时代都应有自己的先锋派，但是他们对当代文学转型所曾经产生的重要影响，足以使这一永不可能完成的行动趋向固定为文学史命名，这是一种极为难得的褒奖。

---

① 贺桂梅：《"新启蒙"知识档案：80年代中国文化研究》，北京大学出版社，2010年，第151页。

因此也只有在具体的历史困局当中,才能理解80年代的"先锋派"何以为先锋的原因。在80年代前期文学想象与社会生活的蜜月期过去之后,社会效应逐渐衰减的新时期文学至少面临两个困境。一方面,的确,西方一百年来在文学与思想领域的诸多成果,在短短不到十年的时间内纷纭涌入,造成极大震撼,使得文学内部产生了强烈的创新欲望,并获得相当丰富的资源支撑。另一方面,不可忽视的是,当代中国的社会结构也在发生重要变化,经济生活上升为社会生活更为重要的层面,作为意识形态实践之一部分的传统现实主义写作所建构的文学与现实之间的关系已然失效,更为复杂暧昧的历史现场倒逼文学创作,呼唤一种更为深幽精致的文学表述与思考方式。因此,简单将先锋小说视为文学"向内转",从关注"写什么"转向关注"怎么写",显然是不够的。在小说形式的探索背后,更为重要的是先锋派建构起新的叙事方式与情感方式,新的想象世界的方式,新的文学与世界间的关联方式。晦涩难懂绝非先锋小说的目的。先锋小说是以文学自身的复杂化,试图打开外部世界的复杂维度。在我看来,先锋小说的历史价值,固然在于文学内部的形式探索,但除此之外绝不应被忽视的,是它以文学的方式完成了对当时历史的回应。

先锋小说之所以被赋予如此崇高的文学史地位,是因为自新时期以来,的确没有其他文学潮流像先锋小说一样,对后来的文学创作产生了那样深刻而内在的影响。先锋小说之后,中国作家再也不能像过去那样写作了。即使现实主义最忠实的信徒,也将在不自觉间吸收先锋小说提供的创作资源。文学技术的广泛更新当然会引起整个审美标准和创作趋势的变化,面向大众(工农兵)的通俗化写作逐渐被精英化和专门化的纯文学写作取代,诸如典型环境典型人物这样的金科玉律再也不能被后来的写作者奉为圭臬。因此上世纪80年代后期以来的中国当代文学,可以说无一不是先锋的。然而,也正因为先锋小说的影响如此巨大而广泛,在对其精神和本质了解并不甚深的后来者那里,被误解的先锋小说本身很可能成为新的僵化范本。单纯形式层面的创新，在一定周期内其潜力其实是非常容易耗尽的，但却又最醒目最具标志性，因此先锋小说的先锋性往往被简单理解为形式上的变形与叛逆，以至于蹩脚的追随者们绝不肯老老实实地讲述一个干干净净的故事，而一定要故弄玄虚。长久以来，我们已经见到太多先锋小说的恶意仿品，在当年的先锋小说家们都早已超越对形式的关注时，追随者们还在与叙述视角、叙述结构这样的基本技术纠缠不清。实际上，很多执着于玩弄形式的小说写作者，只是在努力掩盖自己经验层面的匮乏以及提炼思考之不充分：或许他们之所以不好好讲故事，乃是因为根本就缺乏讲清楚一个故事的能力。

我当然绝非反对在今天继续先锋，只是在我看来，一味以 80 年代先锋小说为圭臬，其实乃是对先锋精神的背叛而非信守。任何一个时代的先锋，都首先应以所处时代的真实处境为出发点，以此激发小说这一文体的内在潜力。没有任何小说形式规范具有天然的合法性，现实主义的写作规范不具有，现代主义与后现代主义的同样不具有。唯有不断向世界的深处、远处和复杂处探索开拓，并找到符合小说家思考深度、广度和复杂度的形式，才是真正的先锋。因此，从"写什么"转向"怎么写"绝非先锋的全部，还必须关注的是"这样写有何意义"。在阅读了大量先锋小说的当下仿品之后，我愿以三个标准来衡量一篇小说是否真正先锋：一、是否真正打开了这个时代的新命题？二、文体形式上的实验与创新是否必要，即小说所要表达的内容是否必须以此种形式承载？三、文体形式的实验是否达到足够难度？用已成俗套的怪异形式标榜先锋姿态，乃是对读者智商的羞辱。能够同时在这三个层面令人满意的小说当然并不多见，但是如果完全违背，我相信一定不会是真正富有先锋精神的小说。

对于本期发表在《大家》"先锋新浪潮"栏目的三篇小说，我也以这样的标准来看待。

刘东衢的《捕鱼人》是一篇很难索解的小说，以一个儿童的限知视角讲述故事，使得"我"的期盼、恐惧、惶惑以及对于世界的一知半解成为阅读小说的最大障碍。读者必须耐心地穿透那个表述含混不清的孩子的声音，去摸索他所看到的世界，这使得对于小说的阅读有如猜谜。"我"的父亲大概是个性无能之人，因此当"我"不满意他像拎小猫一样将"我"拎起时，"我"踢向的是他"空荡荡的大腿根"。而当老朱让"我"给自我禁闭的父亲送肉被"我"拒绝时，老朱失望地咕哝"这孩子，不听话。不是自己亲生的，疼也白疼"，更佐证了"我"与父亲之间血亲关系之可疑。当然，老朱的话也可以作另外一种解释：他感慨的并非"我"对父亲的无情，而是"我"的不听话，则他失望的乃是自己白疼了"我"。如此一来，老朱的表述当然显得更加暧昧。显而易见，老朱与"我"的母亲之间存在着某种隐秘关系，在父亲被公认为已经痴癫并在众目睽睽下出丑时，老朱与母亲的对话暗藏机锋，不但挑明了某种潜在的人物关系，甚至描绘出了极为具体清晰的隐秘场景。母亲在老朱面前的尊严、冷静、大义凛然，或许正是以无奈的背叛与放纵为代价，在不难想象的放纵与争执现场的尊严之间，构成动人的张力，使母亲的内心款曲深可玩味。

或许正是因为完整真实的父亲形象的缺席，这个身世暧昧的"我"才不得不如此孤独地成长。"我"游走在成人世界的边缘，不断地与人谈话，寻找依靠，尝试以各种方式深入那个巨大而空旷的未知世界，但是并没有人认真地对待"我"，施以真正的温暖与扶助。"我"因此长期耽溺于个人的幻想当中，期盼着捕鱼人的到来，期盼着和捕鱼人一起到水上去，去那个被视为禁地的湖心漩涡中，找到那个在"我"看来神通广大而温情脉脉的鲶鱼精。但是当然像每个幼稚的童年幻梦一样，"我"的期盼不断被冷硬的现实粉碎。捕鱼的人们来了，但并没有带来快乐的时光，捕鱼也不像"我"曾经期待的那样美好。站在捕鱼船上，"我"才发现"我"真正喜欢的仍是陆地，无边的水雾和冷漠的湖水让

"我""失明",让"中心丢失了",让"我"更加孤独与不安。二贯对美丽的野鸭子的屠杀带来血腥与死亡,成为"我"童年里难以磨灭的恐怖记忆,彻底毁掉了"我"对于水上生活不切实际的向往。而第二次偷偷到湖上去寻找鲶鱼精的经历更加乏善可陈,"我"和小伙伴们远远地望着那个漩涡,期待着表哥扔出的白色球漂如预想中那样"一直朝前走,接着转圆圈,最终落到那个漩涡里。落到漩涡里,它转得越来越快,最后就像水锅里的一滴油,蒸发不见了"。尽管这样的奇迹也并不能证明那个长久给"我"以安慰的鲶鱼精爷爷真的存在,但是至少为童年的纯真幻想保留了一份可能。然而小说在此给出了最为残忍的书写:"阳光穿过灰色的云层,突然倾泻到水面上,整块湖就像被通了电,砰地烧亮了,刺得我们睁不开眼睛。"在这样神秘光辉的时刻,"我们"以为看到了鲶鱼精,但是表哥却不无揶揄地告诉"我们":"那是水库对面的洪山火车站,火车进站啦,屁都不懂,火车能站起来跑么。"毫无诗意的异质物就这样突然闯入了童话里,那个拖沓沉溺的童年必须要结束了。

在这个隐秘的成长故事中,对"我"造成最重要刺激的,当然还是父亲形象的不断变异与坍塌。父亲曾经在"我"的心目中是那么神通广大,作为水库的电工,他是能够驯服电和光的人:"父亲在仓库前的空地上扯铜线、接电源,他把干净的电从高高的电线杆上领下来,白昼一般的灯光才亮起,捕鱼人的拉网、钓丝、套绳和家用的物件才搬进来,灯光驱走了我对黑暗的恐惧,灯光令父亲变得更加高大,更加耀眼……"然而捕鱼人想要借口闹鬼提高报酬的小算盘意外地将父亲推向泥淖深渊。这背后当然还有一个读者们耳熟能详的偷情故事:白站长和寡妇李娘显然曾在配电站中有所作为,使父亲颇有情绪。父亲假戏真做,在配电站布下天罗地网,使白站长深感遭受冒犯。而桀骜不驯的父亲犹不知克制,不断将与白站长的矛盾升级。在一个自成系统的基层组织内与领导公然对抗,其结果可想而知:父亲自我放逐,离群索居,最终成为一个濒临疯狂的"野人";而这个世界依然故我,依然狂歌纵酒,依然风流放浪。如果说,父亲与"我"可疑的血亲关系不过为"我"的成长提供了一个似有若无的宿命背景,那么他在与世界的对抗中不断落败、不断边缘化的悲剧,才真正成为"我"的童年中最需要面对的事件。在一个孤独个体努力与世界建立关系的过程中,父亲无疑应是最为重要的领路人。某种意义上,所谓成长,其实就是长成另外一个父亲。然而恰恰在童年幻梦破碎的同时,父亲的形象也坍塌了。因此"我"在配电室的黑暗中听到的那两声叹息,其实正是"我"生命深处发生断裂的回响。这样我们便不难理解,为什么在小说结尾,"我"只能采取向白站长复仇的方式,无奈地完成自己的成年礼,那同时也是对父亲的修复。

以上对于《捕鱼人》这一谜语的破解当然还远不完善,比如很难解释为什么父亲怀着那样强烈的对抗情绪走向自毁的道路:很难说白站长给了父亲多么严重的打压迫害,父亲几乎是竭力挣脱了众人的援手走向孤绝和疯狂。我愿意承认,由于能力所限,一定有很多隐藏的秘密我未能提及,或许有更多的秘密我根本未曾发现。但在勉强破解谜题之后,我想质疑的恰恰是:是否一定需要将这个故事这样讲出来?这个与乡村秘闻交杂在一起的童年往事,如果不讲得支支吾吾遮遮掩掩,而是尽量干净明澈,是否一定无法承担其中的内涵与情感?换言之,这样一种艰难晦涩的碎片化讲述方式究竟为小说增色多少?是否提供了新的情感方式,或者关于这个世界的更为复杂的认识?如果没有的话,那么索解谜题的意义何在?先锋的意义又何在?

与《捕鱼人》相比,唐棣的《叱干女子嬗》讲述的是一个相对简单的故事,甚至很难说它讲述了故事。不足六千字的小说,基本上是叱干嬗这个女子在喃喃自语。叱干当然是个极为罕见的姓氏,古怪的汉字组合形式也确实容易使人误解这乃是少数民族的姓氏汉译。因此和《捕鱼人》中的"我"一样,叱干嬗和她的家族或许都有一种身处世界边缘的孤独感,"我"需要长大,需要成为父亲,而叱干氏需要被平等而认真地对待;这大概就是为什么叱干一族总是津津乐道地讲述祖先曾经拥有的那万亩土地,以此证明自己绝非贫穷落后的少数民族;也是因为同样的原因,小说在开篇就迫不及待要向我们讲述叱干这一姓氏起源的传说。然而小说将这个起源故事讲述得如此随意,恐怕很难有助于建立任何尊严。实际上,小说中诸多讲述都让我难以理解其意图:叱干嬸到粮站登记粮税一节,被讲述得如此详尽,意义何在?只是为了说明在马州,人人都知道叱干氏?那么说明这一点又有何意义?而且这又与叱干嬸排队时的焦虑有何关系?——小说于此落墨颇多。小说中占据最多篇幅的,乃是叱干嬸与表姐在传说中祖先那一万亩土地上被困的情节。小说写道:"与土地相关的记忆就要说表姐来叱村的那年了。"然而这段情节究竟哪里与关乎土地的记忆有关?当然,通过这段情节,小说简要讲述了表姐的故事,并提供了祖母这一形象。然而这两个人物形象的塑造和整个小说的动机有何关系?如果不能构成足够紧密的关系,则人物塑造的意义又何在?又或许更为重要的,是通过这一情节,小说讲述了叱干氏的一个特点:"我们叱村的语言有个特点。平常,表达问题没什么,语速一经加快,很快便成了天书。我们小学老师大概就因此错把我当成少数民族的了。"从此特点中,我们大致可以对叱干氏的暴躁性情有更深切的体认,这种急于解释与表达的暴躁又与其长久以来被莫名其妙边缘化的处境有莫大关系。被边缘,被轻视,解释,表达,然而因为太过急于解释与表达而解释不清,表达含混,于是愈加被边缘与被轻视。某种意义上这既是对叱干氏的书写,又似乎在说明《叱干女子嬸》这篇小说自身的特点。叱干嬸的叙述本身破碎,絮叨,中心缺失,让人很难抓住重点,那些零散的情节亦很难构成一个相互关联的整体。尤为让我费解的,是叱干嬸何以插入叙述当年自己勇闯男厕所被误解的往事,何况这段往事最关键的核心被刻意隐藏:"求你别再问我具体什么原因和去男厕所看见什么了。我不想再提它,像我老师当年声情并茂说的那样:'过去吧,就让这些都过去吧。'毕竟,不是什么光彩事。"在上世纪80年代的先锋小说中,当然也不乏这样隐藏故事情节的技术,格非即惯用此术。然而,隐藏故事的关键情节并非为了故弄玄虚,而是希望建构关于真相的多种可能。为了达致这一效果,被隐藏的核心一定在小说的叙述中被充分暗示,并与袒露在外的小说叙述构成精巧的对位关系。真正有价值的意义空缺,一定是写作者已经构想了极为复杂的多重可能之后,才将流畅的叙事打断,让那些丰富的意义涌入进来。真正空空荡荡毫无根据的空缺,就只不过是空缺而已。其实《叱干女子嬗》想要表达的意思并不难解:一个对自己的历史渊源和社会位置并无信心的女子,与一个根正苗红的男子恋爱。尽管在爱情当中她占据着绝对的主动,但是来自身份的隐在落差使她对自己、对感情、对自己所属家族一遍遍在历史想象中重建信心的虚荣感都产生了强烈的质疑与焦虑。然而若以先锋精神衡量的话,我不禁要问:这样的故事,这样的内涵,这样的讲述方式,是否确实回应了这个时代的真实问题?它所使用的技术是否真的抵达了某种难度?而这种难度又是否真的与它技术之外的思考深度相匹配呢?

方磊的《南方的南》是三篇小说当中叙述最为本分单纯的,它几乎没有玩弄任何形式上的繁复技巧,也并不刻意制造阅读障碍,却因其真诚明澈而别具动人之处。庆九儿的童年即将结束了,但他却还浑然不知,只是暑假一开始,他就渐渐不愿像过去一样到街上疯跑了。几乎每个人都要问他:"你喜欢你爸还是你妈?"那些曾经让庆九儿觉得饶有兴味的童年乐趣,因为这个不断重复的问题,蒙上了一层阴影,而读者当然更容易从种种迹象推测出这个孩子即将面对的家庭变故。同样采取儿童的限知视角,但是《南方的南》并不刻意隐瞒什么,它只是将一个儿童所能感知的说出来,同时将一个儿童难以理解的隐去。小说家在此尽量尊重他所虚构的视角本身。《南方的南》并非谜题,它并不有意拒绝读者；它是一场旧梦，邀请读者共同回到童年时代，去体味那些足以令一个孩子感到惶惑不安的时刻。因此它有着较为饱满的细节和清晰的人物形象，当不安分的父亲终于下定决心，离开母亲妻子，到远方去的时候，庆九儿胆怯而笨拙的纠缠拖延多么令人心疼。父亲终究没能耐心教会庆九儿写那个"南方的南"，南方，或者任何一个远方，也许都将从此成为庆九儿久久不能释怀的所在，与有关父亲的最后记忆交缠在一起。小说结尾制造了一种富有张力的突兀效果，从一个暑假到另个暑假，其间漫长的岁月里，庆九儿走过了怎样的人生历程？而如今他的儿子，是否也将重复与他同样的变故？又或者，那只是一个足以惊起旧日噩梦的寻常对话而已？这里的空缺尽管是简单的，比较而言，至少是有意义的。然而，尽管相对而言《南方的南》有其可观之处，但若以先锋的标准要求，恐怕也还缺乏真正的创造性与锐气。

这三篇小说都涉及童年，成长，以及对不可追溯的历史和难以理解的现实之恐惧与惶惑，那种种个人与世界之间的紧张关系。这些其实也是 80 年代先锋小说家们最为重要的主题，某种意义而言，它们是人类永恒的主题。然而，正如在 20 世纪 80 年代，这些主题突然从此前琐碎具体的社会事件中超脱出来，成为文学必须处理的问题；如今在更为复杂多元变动不居的时代下，这些主题必然有此前文学从未触及的新的层面生成。今天的先锋小说，其任务在于以小说的力量打开这些新的层面，而不是在旧的先锋窠臼中将小说关闭成一座暮气沉沉的城堡。先锋是难的，难就难在它永不可能完成，因此也绝没有一个固定的审美标准可以规约，我的以上评论当然也只是一家之言，受限于个人的能力与悟性；但先锋也是必要的，在四平八稳的平庸之作依然层出不穷的当下，任何一个写作者以真诚态度与创新激情而开拓的新路都值得鼓励，《大家》杂志甘冒风险，再举"先锋"大旗更加令人尊敬，因此我也生怕自己武断的评判会对任何探险者造成损伤。但无论如何，作为文学史命名的"先锋派"早已固定成为勋章，今天的先锋必须重新出发，在那个永不可能完成的行动趋向中去寻找自己新的可能。

（原载《大家》2015年第3期）

# 有爱的文学批评

我出生在 80 年代前期,按说应该对文学风光一时的盛况有所记忆。但我在一个外省海滨小城长大,文学的光辉大概还没来得及普照这里,就已经逐渐从时代的中心黯淡下去了。这座小城的人们普遍不喜欢奢谈日常生活之外的无用之物,认为有出息的孩子理应学好数理化,然后赚钱,当官,过好日子。至于数理化和赚钱之间有何必然关系,则在讨论之外。考虑到少年时代鄙人的数理化也相当了得,所以我最终选择成为一个文学从业者,乃是异于常人之举。用西方的说法,我是我们家族里的那只黑羊。

如此选择的根本原因当然在于,文学所带给我的快乐远非寻常事情可比。高中是我大量阅读长篇小说的时期,我至今仍记得那些伟大的长篇小说所带给我的快感:为之悲喜痴狂,为之回肠荡气,为之木然不知所想。那种与生命深部呼吸振荡的激动,唯有荷尔蒙活跃时期与倾慕的女孩四目相接差可比拟,绝非叉开爪子数钱能够给我的。后来从读者尝试变为作者,写诗,写小说,过文学生活,最终开始搞研究和作批评,似乎都顺理成章。最近由于种种原因,大家似乎格外喜欢讨论文学批评的责任和义务,但实不相瞒,我并不认为此事优先重要。就我个人而言,之所以作批评,乃是因为我无比热衷于和人谈论文学。这事虽不能说与学术责任和社会义务毫无关系,但首先得是源于个体生命的强烈诉求。如果一项事业连我自己都满足不了,哪里还有什么对于别人的担当？

　　如上所述，如果从事文学批评乃出于一种非如此不可的个人选择，那么很多被讨论得热火朝天的问题就不成其为问题。比如作家和批评家之间的关系问题：作家为自己高兴而创作，批评家为自己高兴而谈论作家的创作，各自高兴的事，尽管独乐乐不如众乐乐，但谁也不用巴结着谁，谁也不用看不起谁。再比如真诚的问题：既然是为自己高兴而搞批评，为什么要不真诚？那岂非自己恶心自己？生而为人，如此与自己过不去，真是何必。与此相关的，据说有一个关于表扬与批判的问题，大意是说，现在的文学批评，表扬太多，而说坏话的几乎没有，大概是因为收了红包云云。关于此事我有四点看法：其一，有些流传甚广的全称判断，其实往往可疑，至少我从未参加过任何一个作品研讨会，大家一味谄媚而不提出商榷。其二，非常惭愧，本人所写批评也大抵以表扬为主，盖浮生若梦，为欢几何，何必花力气去读不值一读的作品？如果不幸读到了，又何必再花力气去批判？有那么多好作品还都读不完说不完哪。其三，在我看来，较之为表扬而表扬的文学批评，那些为骂而骂的所谓"酷评"恐怕对于"营造良好的艺术氛围"有更为恶劣的影响。前者至少可以鼓励孱弱的学步者勉力前行，在文学队伍已七零八落的今天，庶几算是一种正能量；而后者除了宣泄批评者的自得与自恋，究有何用？其四，关于红包，我以为文学批评乃是一种脑力劳动，而根据某种广为人知的经济学原理，凡劳动者应有所得，热爱文学的人也需吃饭住房才能活下去继续热爱文学。当然红包应该拿得像鲁迅先生一样硬气：北洋政府发的薪水当然要拿，但是刘和珍君也是要纪念的。

　　不过，既经"后学"洗礼，以上提及的诸多词汇恐怕都要搁置起来重新审视。比如关于"真诚"，吾友黄德海先生就曾经追问：你所说的真诚是什么意义上的真诚？他进而言之：批评能否真诚，并非态度问题，而是能力问题。若循此例，我所说的那种对于文学的热忱当然也应被重新考量。对于文学的最初之爱，通常表征为一种莫可名状的直观感动；而后逐渐能够玩味文体之美，可以从技术层面理解最初那种感动如何被构造出来；再然后，习得更多关于文学的"知识"，开始懂得文学绝非纯然审美的对象，而能够将作品放置在不同意识形态、不同理论框架与不同社会位置中去详加考察。很多人以为这样从普通读者到专业读者的转变，会造成文学的祛魅，令当初的纯然感动变得索然寡味；在我看来却恰恰相反：文学正是因为不断附丽的"知识"而能够持续幻化出令人惊异的新鲜的美。若非如此，我对于文学如此长久的热忱也未免过于廉价了。上世纪80年代以降，随着诸多理论不断涌入，人们关于文学的认识所发生的变化，大致和我在个人成长中所经历的变化相仿佛。推演至今，据说出现了一种学院派的文学批评，饱受争议。很多人表示这种文学批评术语太多，看不太懂，这让我想起曾经也有人这样诟病朦胧诗。我想，那时朦胧诗的追随者们，如今一定已然拥有一个不同于此前诗歌阅读者的审美结构。还有些人说，学院派的文学批评兜来转去，非常滑头，总是回避告诉我们那篇作品到底是好还是不好。然而在理论之后，面对一部足够严肃和富于创造性的作品，今天的我们真的能够以或许偏执的特定标准，去贸然判定其优劣吗？或许尽量保持谦虚的姿态，在种种前提之下以阐释的方式去丰富文本的可能，才是文学批评丰富自我的最好方式。

  所以，尽管本文标题有媚俗之嫌，我想表达的意思却比心灵鸡汤要严肃一些。爱是宝贵的，也是困难的。我所说的"有爱"的批评立场，当然是文学批评最为基本的前提，却也有着可供不断开掘丰富的深层空间。

（原载《南方文坛》2015年第5期，发表时略有删减）

# 后记：说明与致谢

这是我的第一本论文集，所选文章写于2006—2015十年间。文章写在不同时期，写的时候全无计划，但选择这些篇目归拢到一起，似乎也能看出些一以贯之的线索。2006年我开始攻读当代文学的硕士学位，因此这十年也是我学艺的最初十年。如果存在什么"初心"的话，这些文章里的线索大概就算是我的"初心"了。尽管成绩单薄，但敝帚自珍，我还想作一些说明，同时也是一种记录，用以提醒以后的我。

《选择与遮蔽：文学史叙事背后的文学现场》是2006年我硕士第一学期时，为李杨老师开设的"80年代文学专题"课撰写的课堂作业。这课是所谓seminar，每节课设专题，先由一两名同学作报告，然后大家讨论。说是讨论，其实基本是李老师点评。课堂上的李老师喜欢扮严肃面孔，报告若准备得不好，会被他一声断喝："脑袋不清楚！"脑袋不清楚，掉到地上的却是脸面，捡都捡不起来。因此包括我在内的大家都很努力。《现代性与主体性的探求、错位与混杂——作为一代知识分子心史的〈文明小史〉》则是李老师另一堂晚清小说课上，在同样压力下写出的课堂作业。李老师的研究不执着于研究对象的年代，而执着于方法，无论80年代还是晚清，问题意识有可参照处。感谢他的严格，我因此了解问题意识之重要，并初步掌握如何以一种强劲的理论视野展开文学研究；并感谢他同时也引导我对这样的研究方式心存怀疑。彼时读书并无发表压力，这两篇文章时隔多年才在《上海文学》与《新文学评论》发出来,感谢来颖燕老师和李遇春老师愿意接受一位名不见经传的作者。

从文学文本出发,借助理论与史料,由"小说"撬动"大说",论及政治社会的宏大命题,当然有无比的快感。但是这样的文章写多了,总让我感到不安。一方面,我以为自己尚不够渊博,对自己不熟悉之事还是不要盲目发言为好,或许勤勉治学,可以留待再一个十年之后;另一方面,我觉得仅仅将文学作为理论或立场的一个注脚,也有些对不住自己所从事的行当,有矮化文学之嫌疑。我当然从不认为文学是小道,也绝不认同文学研究只能拘泥于文本之内,虚构世界和所谓的真实世界之间有那样复杂的互动关联,种种看似宏大的议题或许最终都要回到话语层面去寻找动因。这就是我将这本稚拙的文集命名为"世界两侧:想象与真实"的原因。我只是希望,仍然能够从文学文本的审美肌理出发,去寻求打开外部世界的新办法。作为小说艺术的研究者,我深知道理总是暂时的,而叙事则要丰富得多。若以真理在握的自大,忽视艺术创新所提供的或许尚不能为既有理论所概括和分析的新可能,将是我的失职,也是我的遗憾。我因此撰写了一批针对具体作家作品的评论,我以为一部小说、一个作者或许才是目前之我有可能施展拳脚的尺寸之地和大千世界。在对《天·藏》《三个三重奏》《老生》《繁花》等小说的评论中,我非常努力地探索打通真实与虚构的个人途径,希望能够既不辜负作者在审美层面的苦心,也能有效理解作者唯有通过小说这一艺术方式才能告知我们的,关于这个世界的"新知识"。这方面的努力相当艰难,但却常能让我有意外之喜,从这些作品当中发现的诸多议题,或许会成为我接下来研究所关注的重点。

台湾文学是我从本科时代就爱读的,后来偶然的机会去了趟台湾,和对岸的年轻写作者交流,才发现我们对台湾,对台湾文学的了解其实都相当有限。那时骆以军还没有被引进大陆,在台湾却早已如日中天;而我们耳熟能详的朱氏姐妹,已经是神龙见首不见尾的祖师奶奶;

至于更年轻辈的童伟格、甘耀明等,至今大陆文学专业的学生恐怕都不大知道。我因此希望通过自己的文章,做些介绍的工作,这项工作现在仍在继续。我以为这不仅于文学有益,而且有助于我们在文化心理的幽深处,去理解现在的台湾、日据以来的台湾,乃至更久远历史中的台湾。尽管地缘关系的政治处置有肉食者谋之,但作为文学研究者,这是我唯一能做的事。

文学批评的从业者理应与同时代的作家共同成长,近年来年轻批评家对80后作者的关注已经成为一种现象,我虽力薄,也努力参与其中。2009年和2010年,我分别撰写《八〇后写作:狂欢下的失语症》与《我们的时代与文学,以及我们这一代》,探讨我所经历的80后文学之生成与发展。当然,80后尚显年轻,这一代的文学事业仍在进程当中,后来活跃于主流文学期刊的年轻作家们,在文章中未及提及。但我想,我已尽可能讲述了一个有温度的前史。其后我也为一些同龄朋友写过作家作品论,但选择收在这本小书里的,仍是很早之前我对南飞雁中篇小说《红酒》的短评。这篇短评和《乡土中国的内在裂变:我们时代未被重视的小说动机》一样,是我在北大求学期间,参加邵燕君老师组织的"北大评刊"时撰写的新作评论。"北大评刊"是我真正走上文学评论道路的契机与起点,那时的文章当然不免生涩简单,于我却有意义。我挑这两篇文章收进书中,作为纪念,并以此感谢邵老师,感谢"北大评刊"的同仁,感谢那么多个星期二的下午,我们为了一篇小说争得脸红脖子粗。南飞雁的主业是影视而非小说,这大概是他始终在文学期刊曝光度不高的原因,但我至今认为在这一代人中,他的才华是突出的,并且还可以被关注得更多一些。赵志明是70后,但是他出道和成名较之很多80后还要晚,因此我将关于他的作家论收在书中。在《抽打这个世界,并刺下印记》中,我将赵志明小说中一些段落摘出来,作为我文章小节的标题。这"标题"太长了些,容易让人误解是一般的引文,因此最初在杂志发表时排版有些乱,本书中恢复过来。至于《走开，你这亲爱的怪兽》，讨论的则是另外一种80后作家了，我以为对这类作家的探讨未必要在传统意义的文学层面展开，但以另外的视角，未必没有研究的价值。

书中最后一组文章大都关于文体问题，这里所说的文体，其实是关于文学类型或文学风格的一种笼统的定见。我谈及散文，谈及科幻文学，谈及儿童文学，谈及侦探小说，也谈及先锋派，想说的无非是：较之画地为牢，我更愿意拆解边界，概念无非是认识世界的工具而已，而不应该是禁锢想象的牢笼。《有爱的文学批评》是我为《南方文坛》"今日批评家"栏目写的简短批评观。在此必须郑重向《南方文坛》，尤其向张燕玲老师致谢。感谢她的善意和厚爱，愿意为我这样的年轻人提供发表平台。"今日批评家"栏目从90年代中期开始推介批评新锐，到2015年为止已经有96名批评家借此亮相，很多当年的"年轻人"如今早已是名家大方，可谓群星璀璨。我能有幸忝列其中，深感惭愧，也深感鼓舞。

在以上说明中，我已忍不住对相关老师表达谢意，但致谢当然还远远没有结束。本书是中国现代文学馆第三届客座研究员成果的一部分，能够有机会出版，首先应该感谢的当然是中国作协和中国现代文学馆。2015年4月15日，我代表第三届客座研究员作离馆发言时，希望尽量能让告别的话显得轻松和快乐，但最终还是难掩伤感。我将发言稿全文辑录在下面，或许没有什么更能够表达我的感激之情：

各位领导，各位前辈，各位同道：

大家下午好！

这是一个欢欣鼓舞的时刻，也是一个黯然神伤的时刻。非常高兴又有十位朋友加入中国现代文学馆客座研究员的队伍，即将开始团结紧张严肃活泼的一年。非常不高兴包括我在内的十二名客座研究员即将离馆，告别那些永远难忘的日子,在这为了告别的聚会上,我确实有一种"但见新人笑,谁闻旧人哭"的感慨。实际上,我们十二个小伙伴为这事已经难过了整整一年了,因此每一次短暂的聚会,我们都要狂歌痛饮,借酒浇愁,彼此安慰,相拥叹息,宣泄心中的忧伤与不舍。但是现在,离别的时刻还是来到了,下面一年该轮到别人忧心忡忡啦!想到这一点,我心里才略感欣慰。

离别之所以困难,是因为相聚太过美好。我想文学馆选择我这个年龄几乎最小,资历一定最浅的人代表第三届客座研究员发言是有深意的,因为没有人比我在这一年中受益更多。在我的印象里,没有哪一年像过去的一年那么忙碌,充实,快乐,温暖。尽管自己表扬自己有点不大好意思,但我确实觉得,过去的一年里,我进步很大。一年前的这个时候,我刚刚博士毕业不到一年,懵懂无知;如今虽然依然懵懂无知,但是毕竟见了世面,经了历练,尤为重要的是得到了很多前辈和朋友的教诲与指点。在此当然必须感谢在作协领导的支持下,现代文学馆设立的客座研究员制度,作为最大的受益者,我深信这项制度对于推动青年批评家的成长有着切实的效果。感谢铁凝老师,一年前从您手中接过聘书,是我迄今为止短暂的批评生涯中最重要辉煌的时刻。感谢敬泽老师,几乎每次研讨会,敬泽老师都尽量到场,听取我们那些一定还很幼稚的发言,并给予我们鼓励。感谢吴馆长,尽管这一年里他有更为重要的工作,但也经常在百忙当中参加我们的研讨,给我们指点。感谢李洱老师,我深知我们每一次活动,从策划到落实,都倾注了李洱老师的大量心血。为此,他的新长篇小说到现在还没有能够问世,在这件事情上,我觉得我们对当代文学是有罪的。感谢计文君老师、郭瑾老师和宋嵩老师,由于你们是那么可爱有趣,我们这一年才格外愉快。

虽然我们经常拖稿子，给你们的工作造成不少麻烦，但请相信我们是爱你们的！当然还要感谢那些在幕后默默为我们工作的文学馆的老师们，感谢你们为我们所付出的那些辛苦的劳动。

当然，我还要特别感谢通过客座研究员的活动所结识的那些前辈老师们，尤其是那些在一年前把我们选入这个行列的老师们，感谢他们对我们这些年轻人的善意和帮助。感谢张燕玲老师、韩春燕老师、李国平老师等刊物的主编老师，感谢你们给我们机会，鼓励我们成长。感谢云雷兄、刘涛兄等前两届客座研究员，是因为你们的优秀才使得我们这些后来者格外感到荣耀。也感谢项静、德海等新一届客座研究员，能够和你们同在这个序列，是我们的荣幸。

这一年最重要的收获当然是友谊，是有幸和这十一个小伙伴切磋交流，因此我也要郑重地感谢他们。他们每个人的学识，才华，都令我极为钦佩，给我以深深的教益，时时让我感到忝列他们当中是一件很惭愧的事。当然，我也有比他们占优势的地方，那就是我这么年轻就认识了他们，我还有不少时间可以追赶他们。当然，李振比我还年轻，但是我觉得我这个长相的，就不要跟李振那样颜值的人比啦！

最后，我想归根结底我要感谢文学。是文学这项事业让我们走到一起，我们都曾经长久地从文学当中汲取营养，丰富自己，长成现在的样子。如今，经过了一年客座研究员的磨炼，承受着前辈们的鼓励和支持，我想是我们应该反哺文学的时候了。文学是经世大业，文学批评应该是这事业的灯塔，我自知浅薄，但我愿意为成为一个优秀的灯塔守护人而努力。

离馆发言最终还是被我搞成了感谢信汇总，但是此时此刻坐在这里，我心中确实唯有感恩。几天前在武汉，我们几个"铜人"曾经开玩笑，说离馆的时候要献歌一首，表示对作协，对文学馆的深深感谢和热爱。当然那不大严肃，就算了。但请允许我以文学的方式，用一首打油诗来替代我们的合唱，结束我的发言吧：

聚是一团火，
散是满天星。
虽然现在还年轻，
争取将来亮晶晶！
谢谢大家！

作为"资深"的感谢信写作者，我的信还要继续：当然我要感谢我的母校，感谢北大中文系。感谢十一年的求学经历，让懵懂无知如我也能够变得聪明那么一些。尤其感谢我在这里遇到的老师们，你们才是北大的灵魂。是你们让我坚信：从事人文学科的研究，是何等幸福而高尚的事业。

感谢求学过程中结识的前辈老师们，如孟繁华老师、陈福民老师、白烨老师、张清华老师、程光炜老师、张柠老师等等，这个名单很长，还会更长——你们的学养风范，我虽不能至，始终心向往之。

感谢愿意发表本书中这些文章的编辑老师们，你们的宽容心，你们的专业意见，令我始终感恩与敬佩。我尽量在每篇文章后面一一注明原发在哪里，也是希望以这样的方式向你们表示感谢。

感谢北大出版社，感谢高秀芹女士，尤其感谢本书的责编黄敏劼师姐。出版我的第一本译著《电脑游戏》时，你便饱受我拖稿折磨，没想到如今又害你再度烦恼。

感谢本书所论及文学作品的作者们，也感谢那些将会感动我或触动我的还在未知当中的作者们，感谢你们宝贵的劳动，让世界变得更好一些，更有趣一些。

我尤其要郑重感谢李敬泽老师，感谢您愿意在百忙当中抽出时间阅读我这些稚嫩的文字，并努力找出可资鼓励之处。您说"一切还在未定之天，治辰仍须努力"，我将时刻铭记，希望经过不懈努力，我能够真正配得上您的褒奖。

特别要感谢的，当然还有我的导师陈晓明先生。陈老师常回忆起2003年在当代文学史的课堂上，我第一次聆听他讲课的情形。他或许不知道的是，在课前几分钟，北大文史楼阴暗的过道里，我便迎面撞见过他。他穿着西装，提着包，表情严肃，目光深邃，在课间嘈杂的人群里穿行，却像是走在电影画面的特写镜头里一样，帅气儒雅得让人顿生敬畏之心。我想这是我人生的重要时刻，我选择以当代文学为志业和陈老师人格魅力的感召不无关系。可惜的是，以我的鲁钝怠惰，当然有负老师教诲，做人治学都难及老师之万一。我因此唯有继续苦学，希望包括这本小书在内的学术工作，不至于辱及师门。

在一本学术作品里，似乎不该谈及家事。但我仍想感谢我的父亲，如果他能看到我的第一本书出版，该有多好。

2015 年 12 月 31 日